Von Nicolas Freeling sind außerdem
im Goldmann Verlag erschienen:

Van der Valk muß schweigen · 5254
Keine Schuld an ihrem Tod · 5257
Van der Valk und der tote Maler · 5246
Im Rücken des Nordwinds · 5251
Liebe in Amsterdam · 5241
Wolfsnacht · 5231
Ein verdammtes Ding nach dem anderen · 5225
Castangs Stadt · 5221
Die Formel · 5213
Inspektor van der Valks Witwe · 4897
Der schwarze Rolls-Royce · 5206

NICOLAS

FREELING

Tsching bumm!

TSING-BOUM

GOLDMANN VERLAG

Aus dem Englischen übertragen von
Hansjürgen Wille und Barbara Klau

Made in Germany · 9/85 · 1. Auflage

Umschlaggestaltung: Design Team München
Umschlagillustration: Design Team München
Satz: IBV Satz- und Datentechnik GmbH, Berlin
Druck: Elsnerdruck, Berlin
Krimi 5261
Lektorat: AB · Herstellung: Gisela Ernst
ISBN 3-442-05261-0

Vorwort

Im Januar 1968 kam zusammen mit Meldungen von Erdbeben, Feuersbrünsten, niedergegangenen Lawinen und vermißten Unterseebooten die Nachricht, daß die vietnamesische Volksarmee eine befestigte Stellung, die von etwa fünftausend Marineinfanteristen verteidigt wurde, eingekreist habe und belagere. Am Sonntag, dem 18. Januar, berichteten die Zeitungen, das Verteidigungskontingent sei in aller Eile auf zehntausend Mann oder mehr erhöht worden, die Stellung werde von Hubschraubern unter großen Schwierigkeiten und beträchtlichen Verlusten mit allem Notwendigen versorgt, und man glaube, daß eine Offensive unmittelbar bevorstehe. Die Meldung schloß: »Dien Bien Phu ist in Vietnam nach wie vor ein Zauberwort.«

Man glaubte, daß General Giap selber das Kommando übernommen habe. 1953 war in Presseberichten das Wort General noch in Anführungsstriche gesetzt worden.

Die amerikanische Luftüberlegenheit und Feuerkraft ist natürlich so überwältigend, daß wir alle den amerikanischen amtlichen Stellen vertrauen, die versichern: »Ein neues Dien Bien Phu ist völlig unmöglich.« Mit nur leisem Unbehagen erinnern wir uns dabei an General Navarres Allwissenheit und Allmacht im Januar 1954.

Da inzwischen das alles bis auf den Namen so gut wie vergessen ist, ist ein kurzes Aide-mémoire gewiß nützlich. Dien Bien Phu ist ein breites flaches Tal, das eine Start- und Landebahn besitzt und Bewegungsfreiheit zu bieten schien und dem man damals große strategische Bedeutung beimaß. Es liegt im Hochland von Nordvietnam, unweit der Grenze nach Laos.

Französische Truppen hielten das Tal, während die Vietminh alle umliegenden Höhen besetzen durften. Das hatte angesichts der französischen Feuerkraft und Luftüberlegenheit keine Bedeutung. Man ermutigte den Gegner sogar dazu, denn man wollte starke Truppenverbände der Vietminh an einem Punkt binden, wo sie durch die überlegene Feuerkraft leicht vernichtet werden konnten.

Etwa vierzehntausend Soldaten der Französischen Union zogen durch das Tal. Die Vietminh wurden auf rund dreißigtausend geschätzt.

Diese französischen Truppen, die darauf nicht vorbereitet und kaum geschützt waren, wurden von der Artillerie des Feindes mit ungewöhnlicher Heftigkeit beschossen. Nur wenige ihrer Einheiten behielten die für einen Gegenangriff notwendige Kampfmoral, und die Stellung wurde vom 13. März bis 8. Mai 1954 von einer ungefähr zweitausendfünfhundert Mann zählenden Elitetruppe, die vor allem aus Fallschirmspringereinheiten bestand, verteidigt. Es gingen Gerüchte um, daß es in der Mehrzahl deutsche Legionäre seien; in Wirklichkeit war es ein buntgemischter Haufen, vor allem Vietnamesen unter dem Befehl französischer Offiziere, außerdem Angehörige der Fremdenlegion, marokkanische und algerische Verbände der regulären Kolonialarmee. Die Kommandeure dieses Sammelsuriums nannte man später die »Mafia der Fallschirmtruppe«.

Diese Gruppe relativ junger Offiziere, die von Oberstleutnant Langlais und Bigerad als seinem Vertreter angeführt wurde, verteidigte sich mit äußerster Entschlossenheit. Sie wurde erst überrannt, als ihr die Munition ausgegangen war.

Die Hauptquelle für jeden Interessierten bleibt »Die Schlacht von Dien Bien Phu« von Jules Roy. »Hell in a very small Place« (ein sehr passender Titel) von Bernard Fall bringt die Statistiken und viele wissenswerte Einzelheiten. Auch Oberst Langlais, Dr. Paul Grauwin und Hauptmann Jean Pouget haben gut über das Thema geschrieben. General Navarre, der Oberbefehlshaber in Saigon, General Cogny, Befehlshaber des Kriegsschauplatzes in Hanoi, haben lange erklärende und anklagende Schriften veröffentlicht.

Selbst der kürzeste Bericht über die Schlacht selbst wäre hier zu lang und fiele aus dem Rahmen. Aber die folgenden Bemerkungen, die ich gesammelt habe, zeigen auf französischer Seite den Übergang von strahlender Zuversicht zu tiefster Verzweiflung. Die hier in chronologischer Reihenfolge gedruckten Zitate sind Presse- und Augenzeugenberichten entnommen.

2. Januar 1954: »Das französische Kommando ist fest davon überzeugt, daß es den Vietminh in Dien Bien Phu eine schwere Niederlage bereiten wird.« (General Cogny vor der versammelten Presse.)

5. Januar 1954: »Dien Bien Phu ist keine befestigte Stellung, sondern eine Basis für offensive Operationen.« (Oberst Castries, der Befehlshaber der Stellung, zu Graham Greene.)

11. März 1954: »Die Stunde ist gekommen, zum Angriff überzugehen. Meistert eure Angst und eure Leiden...« (Tagesbefehl der vietnamesischen Volksarmee; unterzeichnet: Vo nguyen Giap.)

14. März 1954: »Wir gehen in eine Katastrophe, und es ist meine Schuld.« (Oberst Piroth, der einarmige Artilleriekommandeur zu Langlais. Am nächsten Tage beging Piroth Selbstmord.)

8. Mai 1954: »Nein, nein, mein Lieber, keine weiße Fahne. Sie wurden überwältigt – Sie ergeben sich nicht.« (General Cogny in einem Funkspruch aus Hanoi an Castries.)

Kapitel 1

Van der Valk war nicht gerade erfreut: Warum mußten Verbrechen immer zur Mittagszeit entdeckt werden? Daß auch andere beim Mittagessen gestört wurden, daß jemand, wie er soeben gehört hatte, nicht nur vom Tisch hatte aufstehen, sondern aus dem Leben hatte scheiden müssen... Du abscheulicher alter Kerl, sagte er immer wieder vor sich hin.

Auch die Auberginen, die im Ofen mit einer köstlichen Käsesoße überbacken worden waren, mußten daran glauben. Er hielt noch die Gabel in der Hand, als er den Telefonhörer auflegte; da seine Frau gekichert hatte, warf er die Gabel wütend hin, und erst als er draußen auf der Straße stand und seinen Regenmantel zuknöpfte, fand er sein Verhalten komisch. Ein garstiger grauer Tag mit kaltem Wind und ständigen heftigen Schauern. Kein Wunder eigentlich, schließlich war es Spätherbst. Aber da man hier in Holland und er obendrein der Auberginen wegen in schlechter Stimmung war, sagte er laut und mürrisch: »Typisch August«, aber niemand hörte es, denn es war niemand da.

Er mußte mehr als eine Minute vor seiner Haustür warten, und in dieser Zeit schaltete er seine Gedanken auf dienstlich. Jemand war tot – jemand, der nicht zu Mittag gegessen hatte. Der Gerichtsarzt hatte gewiß auch seine Gabel mit großem Bedauern hingelegt (wetten aber, daß es bei ihm keine Auberginen gab?). Und wie war es mit der Streifenwagenbesatzung? Er war schließlich Kriminalkommissar, und da konnte man zwischen ihm und einem gewaltsamen Tod nicht zu viele Prellböcke erwarten.

Er sah auf seine Uhr: zehn Minuten vor eins. Warum kam das Auto immer noch nicht? Van der Valk nahm seinen Hut ab und setzte ihn dann tiefer in die Stirn, damit er nicht davonflog. Eine feuchte Pappschachtel mit lustigen Reklamebildern darauf glitt über den Gehsteig und blieb vor seinen Füßen liegen. Im gleichen Augenblick hielt der Kombiwagen mit dem kleinen Blinkfeuer auf dem Dach neben ihm, und er stieg ein, gerade als es wieder zu regnen begann.

»Wo?« Am Telefon hatte man es bereits erwähnt, aber er hatte es vergessen: Man wurde allmählich alt.

»Van-Lennep-Weg.« Natürlich. Eine breite, langweilige öde Straße am Stadtrand. Neues Viertel. Endlose vor der Stadt gebaute Blöcke, Paläste des Volkes. Kommunaler Mord.

Es hatte keinen Sinn, den Fahrer nach Einzelheiten zu fragen: Er war nur ein weiterer Mann, der Messer und Gabel hatte hinlegen müssen, um sich noch mit vollem Mund am Telefon zu melden. Das Auto bog in den nassen, wie ausgestorbenen Van-Lennep-Weg ein: Alles hier sah billig, wacklig und unfertig aus. Zugige Bushaltestellen auf Gehsteigen, die viel zu breit waren, was als Vorwand diente, sie mit sorglos geparkten Wagen, Radfahrständern und kleinen Reklameschildern zu blockieren. Es war ein Uhr, als das Auto hielt.

»Hier ist es.« Vor dem Haus stand ein Krankenwagen. Eine Gruppe von etwa fünfzehn Gaffern beiderlei Geschlechts und aller Altersstufen freute sich, von einem Polizisten in Schach gehalten, ihres Lebens. Man flüsterte und stieß sich mit dem Ellbogen an, als van der Valk erschien. Als er noch jünger war, hatte er die Neugierigen ärgerlich verscheucht, aber das war völlig sinnlos – wie Wasser sikkerten sie wieder durch. Den Leuten bereitete es direkt physische Lust. Nicht – um ihnen Gerechtigkeit widerfahren zu lassen – weil andere litten. Sie wollten nur dabeisein, so nahe, daß sie einiges aufschnappen konnten – es war, als erschiene man auf dem Fernsehschirm. Er hatte es erlebt, daß Menschen dastanden und zusahen, wie ein Mann verblutete, offenbar unfähig, zu helfen oder auch nur etwas zu empfinden. Was konnte er dagegen tun?

Es machte Arlette, seine Frau, so wütend und traurig, erinnerte er sich, daß sie den einen ihrer Jungen, der damals etwa zehn Jahre alt war, so geschüttelt hatte, bis ihm fast der Kopf herunterfiel. Kreideweiß, zischte sie angeekelt: »Wenn ich dich noch einmal dabei ertappe, wie du zusiehst, wenn andere Menschen in Not sind, dann bringe ich dich um. Darauf kannst du dich verlassen.« Der Junge hatte bei einem Brand zugesehen.

Van der Valk drängte sich hindurch, und die Leute traten einen Schritt zurück. »Vierter Stock«, sagte der Polizist. Einen Fahrstuhl gab es hier nicht. Es war einer der niedrigeren Blöcke; der vierte Stock war der oberste. Auf den Treppenabsätzen standen noch mehr Menschen in offenen Türen, und hinter ihnen grölten Fernsehapparate. Einige der Leute kauten noch. Van der Valk tat sein Bein weh, wie immer, wenn er Treppen steigen mußte. Es roch nach Margarine, die in der Pfanne brutzelte, und nach Dosenerbsen. Ein holländischer Bienenstock – kein Staubgeruch. Alle Hausfrauen hielten ihr Stück Flur rein, und die Säumigen bekamen es mit dem »Verein gute Nachbarschaft« zu tun.

Im vierten Stock waren die Türen geschlossen. Graugestrichene Sperrholztüren. Ein Polizist hielt Wache. »Bitte dort hinein.« Die Männer vom Erkennungsdienst waren bereits da. Drei oder vier, und sie hatten Bindfaden, Kreide und Plastiktüten mitgebracht. Der Fotograf machte eifrig Aufnahmen. Eine städtische Durchschnittswohnung: kleine Diele mit Küche und Toilette, ein ganz schön großer Wohnraum nach holländischem Muster, halb zum Sitzen und halb zum Essen. Von ihm führte ein Flur zu zwei oder drei Schlafzimmern und einem Bad. Es war sehr hell, denn das große Fenster nahm die ganze Front ein, und in der Küche ging eine Glastür auf einen winzigen Balkon hinaus, wo ein paar Kleidungsstücke zum Trocknen hingen. Der Wohnraum hatte Teppichboden, und alle blickten auf verstreut daliegende Metallhülsen. Der Wachtmeister richtete sich auf, als van der Valk hereinkam.

»Keine Fußabdrücke – hat sich vorher sehr sorgfältig abgeputzt. Eiskalt, könnte man sagen, aber er hat sieben Schüsse abgegeben. Sieben! Was halten Sie davon, Chef?«

Van der Valk verstand, was er meinte. Schon ein Schuß war in Holland eine Seltenheit. Sieben waren übertrieben.

»Wer ist ermordet worden?«

»Die Frau.«

»Wo ist der Mann?«

»Weiß nicht. Wir haben noch keine Zeit gehabt, uns zu erkundigen. Sie liegt dort hinten.«

Die junge Frau lag zusammengekrümmt da, und aus ihrem Mund tropfte Blut. Eine hübsche junge Frau, soweit man es sehen konnte: Gesichter von Toten besagen so wenig.

Starker Brandgeruch im Raum.

»Was brennt da?«

»Die Kartoffeln sind angebrannt«, sagte der Wachtmeister fast entschuldigend.

Van der Valk berührte das verzerrte Gesicht.

»Es ist schon vor einer Weile passiert – warum wurde ich nicht eher benachrichtigt? Hat es niemand gehört? Sieben Schüsse!«

»Der Fernsehapparat lief, und zur Essenszeit ist es laut im Flur. Leute kommen nach Hause, Türen werden geöffnet und zugeschlagen. Sie hat ein Kind. Nachbarn haben sich seiner angenommen.«

»Die Hülsen müssen an den Ballistiker in Amsterdam geschickt werden. Sieben Schüsse – da muß es eine automatische Waffe sein. Man könnte meinen, der Täter habe im Affekt gehandelt – aber er scheint seelenruhig weggegangen zu sein. Hat niemand etwas gesehen?«

»Soviel wir bisher wissen, nein«, sagte der Polizist ungerührt. Er hatte genug Plage damit gehabt, daß die Schaulustigen sich still verhielten.

Der Gerichtsarzt kam herein, warf einen kurzen Blick auf die Tote und sagte: »Großer Gott. Buchstäblich in Stücke geschossen. Der Tod ist binnen Sekunden eingetreten. Man könnte denken, sie sei mit einer Maschinenpistole niedergemäht worden.«

»Vielleicht ist sie's auch.«

»Von einem guten Schützen, kann ich nur sagen.«

»Von einem guten Schützen«, wiederholte van der Valk.

»Ist der Fotograf fertig?«

»Noch eine Totalaufnahme, Chef. Aber das dauert nicht lange.«

»Ich möchte die Schlüssel und ihre Personalpapiere. Sehen Sie in ihrer Tasche nach. Ich gehe zu den Nachbarn hinüber.« Er warf dem Wachtmeister einen Blick zu. »Wer hat einen Fremden im Haus gesehen?«

»Haben Sie einen Mann mit MPi gesehen?« flüsterte einer der Männer vom Erkennungsdienst hämisch.

»Und die Fingerabdrücke an der Wasserspülung in der Toilette?« antwortete der andere bissig.

»Wer hat es gemeldet?«

»Der Portier.«

Kapitel 2

Die Plastikfliesen im Flur waren jetzt mit so vielen feuchten Fußabdrücken übersät, daß sie sehr schmutzig aussahen. Zwei Sanitäter gingen vorüber und machten ein mißmutiges Gesicht bei dem Gedanken, daß sie eine Leiche vier Treppen hinuntertragen mußten. Van der Valk klopfte an die Tür gegenüber, die sofort von einem blassen Mann mit sensiblem Künstlerkopf geöffnet wurde. Van der Valk zeigte seine Marke und legte einen Finger auf den Mund.

»Ist das Kind hier?« fragte er leise. »Weiß sie's schon?«

Der Mann nickte erst und schüttelte dann den Kopf. Erleichtert bat er van der Valk einzutreten. Endlich jemand, der ihm sagen würde, was er tun sollte.

Um den Tisch herum saßen eine Frau und drei Kinder, zwei waren blond und eins hatte dunkles Haar, ein Mädchen von etwa zehn Jahren. Vor ihm stand ein gefüllter Teller, aber es aß nicht. Die Atmosphäre wirkte gespannt.

»Entschuldigen Sie, daß ich hier so eindringe.« Van der Valk zog sich einen Stuhl heran und setzte sich. Sein Fahrer erschien in der Tür.

»Ich habe telefonisch Verstärkung angefordert.«

Van der Valk nickte und wandte sich dem Mann zu.

»Wenn Sie mit dem Essen fertig sind, seien Sie so freundlich und sagen Sie ihm, was er wissen möchte: Name, wo Sie arbeiten und so weiter.« Als er sich wieder zum Tisch umdrehte, merkte er, daß das Kind ihn genau musterte.

»So. Du bist also heute bei den Nachbarn, weil deine Mama krank ist. Wir haben sie ins Krankenhaus gebracht. Und jetzt müssen wir uns um dich kümmern. Bist du gerade aus der Schule gekommen?«

»Ist Mama tot?« fragte das Mädchen ruhig.

»Der Arzt befaßt sich mit ihr, und ich darf jetzt nicht stören, denn sie ist sicher schwer verletzt. Hast du Geschwister?« Die Frau machte den Mund auf, und er legte einen Finger an die Lippen.

»Moment noch, Mevrouw.«

»Nein. Ich kam aus der Schule und Mevrouw Paap sagte mir, Mama sei nicht zu Hause, aber ich wußte, daß etwas passiert ist.«

»Keiner von uns weiß bis jetzt, was eigentlich passiert ist. Wir werden versuchen, es herauszubekommen – das ist mein Beruf. Und jetzt ißt du wenigstens etwas – denn das wäre sonst unhöflich –, während ich mit Mevrouw spreche.«

»Stochert nicht so in eurem Essen herum«, sagte sie streng zu ihren eigenen Kindern. »Eßt auf und zeigt dann Ruth euer Spielzeug. Nachher bekommt ihr Pudding.«

Er folgte der Frau ins Schlafzimmer, wo sie sich verwirrt zu ihm umdrehte.

»Es war so merkwürdig«, begann sie atemlos.

»Sekunde. Es ist leichter, wenn ich frage und Sie antworten. Wissen Sie, wer sie gefunden hat?«

»Ja, ich. Ich hörte ein krachendes Geräusch und dachte, da ist sicher jemand von der Leiter gestürzt. Nun... Ich kannte sie kaum...« Sie verstummte verlegen.

»Ja. Haben Sie sie gesehen?«

»Es war niemand im Flur. Aber es ging mir nicht aus dem Kopf. Ich bin selber einmal von einer Leiter gefallen und mit einem Tablett voller Geschirr die Treppe hinunter – und so dachte ich, ich will lieber bei ihr klingeln, falls sie sich verletzt hat.«

»Wer hat Ihnen geöffnet?«

»Das ist eben das Sonderbare. Die Tür öffnete sich, und es war niemand da, und da man nicht einfach eine fremde Wohnung betritt, rief ich: ›Mevrouw Marks?‹, und dann noch einmal lauter, aber es kam keine Antwort, und es roch so komisch, wie nach Feuerwerk, und ich ging weiter ins Wohnzimmer, und dort sah ich sie liegen, und ich bekam einen solchen Schreck, daß ich hierher zurückrannte und mich einschloß, und dann wußte ich nicht, was ich tun sollte...«

»Haben Sie niemanden gesehen?«

»Keine Menschenseele.«

»Wie spät war es?«

»Etwa Viertel vor zwölf. Nun, ich dachte, da ist das Kind, das bald aus der Schule kommt, und meins auch, und es darf das nicht sehen, ich muß sie abfangen. Doch da kam zum Glück mein Mann zurück. Er arbeitet hier ganz in der Nähe. Ich sagte ihm, es sei etwas Furchtbares passiert, und er lief gleich zum Portier hinunter und sagte ihm, er solle sofort die Polizei anrufen. Sie waren dann auch ziemlich schnell hier. Die Beamten sind einfach hineingegangen.«

»Sie hatten die Tür drüben also offengelassen?«

»Ja, aber ich habe meine der Kinder wegen zugemacht – die Kleine hat Gott sei Dank nichts gesehen.«

»Sie sagten, Sie haben Frau Marks kaum gekannt – kennen Sie ihren Mann?«

»Nun, ich will versuchen, es zu erklären – wissen Sie, sie ist gar nicht Frau Marks, ich weiß es jedenfalls nicht. Er heißt Zomerlust und ist Soldat. Er kommt immer nur zum Wochenende nach Hause. Ach, ich erinnere mich, ich habe die Kleine, als sie hier einzogen, einmal gefragt, wie sie heiße, und sie sagte: ›Ruth Marks‹, und darum sagte ich immer: ›Guten Morgen, Mevrouw Marks‹, und sie hat mich nie berichtigt. Freilich sprach sie fast mit keinem. Wie ich schon sagte, ich habe sie kaum gekannt. Wir haben uns nur gegrüßt.«

»Wissen Sie, ob sie mit jemandem befreundet war?«

»Ich glaube nicht. Sie war sehr zurückhaltend. Sie lächelte zwar immer und sagte ein paar Worte, war alles andere als unhöflich, aber näher kam man ihr nicht. Herr Kommissar, was soll ich mit der Kleinen machen? Ich kann sie natürlich versorgen, aber – ihre Kleider und... Ich will sagen...«

Van der Valk mußte schnell nachrechnen. Der Soldat würde nicht schwer zu finden sein, aber das Kind schien entweder aus einer früheren Ehe zu stammen oder war unehelich. Wahrscheinlich lag da der Haken. Die Frau war mit einer automatischen Waffe erschossen worden. War es eine Militärwaffe? Man konnte die Sozialhelferin rufen, eine freundliche, muntere, erfahrene Frau. Aber jede Institution würde bestimmt die eine Wirkung haben: Die Kleine würde kein Wort sagen und sich weigern, Fragen zu beantworten. Sie war zehn Jahre alt. Was mochte sie wissen, und was mochte sie erzählen können? Er faßte einen plötzlichen Entschluß.

»Ich nehme sie mit zu mir nach Hause.« Er lächelte fast. Die Frau machte ein erleichtertes Gesicht.

»Denken Sie aber nicht, Herr Kommissar, ich wüßte nicht, was meine Christenpflicht ist...«

»Nein, nein. Ich nehme sie mit. Jetzt gleich, je früher, desto besser... Vielleicht komme ich heute abend noch einmal zu Ihnen. Ich muß Sie aber bitten, dringend und feierlich, sagen Sie kein Wort. Zu niemandem, zu keinem Nachbarn und schon gar nicht zur Presse. Sagen Sie, ich hätte Ihnen das verboten.« Er war zwar eigentlich nicht berechtigt, ihr das zu verbieten, aber die Taktik war gut. »Der Kommissar hat mir gesagt...« Das machte sie zu einer wichtigen Person und erweckte die Illusion, sie wisse allerlei.

Ruth hielt eine Puppe im Arm, die sie gar nicht interessierte, aber mit der Bravheit, die man von ihr erwartete. Er war es nicht mehr gewöhnt, sich mit Kindern zu unterhalten. Sie hatten es lieber, wenn man kurz angebunden war, nicht den gönnerhaften Onkel spielte. Kinder wollten immer wissen, woran sie waren.

»Zieh deinen Mantel an, Ruth – ja, nimm deine Schulsachen mit, du kommst mit mir.«

»Gehen wir zu Mama?«

»Nicht sofort, denn der Doktor hat es uns noch nicht erlaubt. Wir müssen erst einmal für dich sorgen. Ich kenne ein Haus, wo man sich um Kinder kümmert, deren Mamas im Krankenhaus sind, aber ich bringe dich lieber zu mir nach Hause. Mevrouw Paap war sehr freundlich, sie hat jedoch eine Menge Arbeit.«

»Woher wissen Sie meinen Namen?«

»Mevrouw Paap hat ihn mir gesagt, sonst hätte ich dich gefragt: Fräulein Marks, ich bin Herr van der Valk. Wie geht es Ihnen, Mademoiselle? Ich bin sehr glücklich, Ihre Bekanntschaft zu machen.« Sie kicherte leise. »Wir haben ein Auto mit einer Lampe auf dem Dach, und wenn es dir Spaß macht, kannst du sie blitzen lassen.«

Sie wußte nicht, wovon er redete. Er war an Jungen gewöhnt.

»Zum Büro, Chef?«

»Nein, zu mir nach Hause. Du hast noch nicht zu Mittag gegessen«, sagte er zu dem neben ihm sitzenden Kind. »Aber weißt du was? Ich auch noch nicht.«

»Und ich ebenfalls nicht«, sagte der Fahrer mit Betonung.

»Ich habe keinen Hunger«, sagte Ruth.

»Ich eigentlich auch nicht, aber vielleicht können wir ein Glas Milch bekommen. Sieh mal, hier wohne ich. Es dauert nur eine Minute, Joe. Und dies ist meine Frau. Sie heißt Arlette. Das ist ein französischer Name.«

»Ich weiß. Ich heiße Ruth.«

»Arlette, die Mutter des kleinen Mädchens hat einen Unfall gehabt, und da ihr Papa nicht zu Hause ist, wird es eine Weile bei uns bleiben.«

»Er ist nicht mein Papa. Er ist mein Stiefvater.« Ruhig.

»Das ist ja fein«, sagte Arlette. »Ich brauche jemanden, der mir tüchtig hilft. Erstens ist die Autobatterie leer, und ich muß sie aufladen lassen, und dann habe ich einen Riesenhaufen Wäsche zu bügeln, und da das Mittagessen verdorben ist, muß ich ein schönes Abendbrot machen – kannst du kochen, Ruth?«

»Ja, aber nicht gut.«

»Du kannst mir aber helfen, und ich werde sehr froh darüber sein.«

»Ja. Mama wird sich aber Sorgen machen.«

»Ich sage ihr Bescheid«, sagte van der Valk, während er Milch aus dem Kühlschrank nahm.

Arlettes Augen blitzten wie die Scheinwerfer eines schweren DS, der jeden anderen Wagen auf der Autobahn überholt. Er wußte nicht, warum, aber Arlette wurde bestimmt mit allem fertig, bis er ihr mehr erzählen konnte.

»Ich bin kein Archie Goodwin.« Aber er trank dennoch ein zweites Glas Milch, bevor er zum Auto hinauseilte.

Kapitel 3

Im Amt drehte sich die Maschinerie mit Höchstgeschwindigkeit, und alle waren geschäftig. Wahrscheinlich, dachte er, aus den gleichen Gründen wie er selbst: Man roch schon, daß die Sache Aufsehen erregen würde. Es war der Presse nicht zu verdenken, wenn sie es hochspielte; wer hätte erwartet (konnte es wirklich eine Maschinenpistole gewesen sein?), in einem städtischen Häuserblock in der holländischen Provinz eine von sieben Schüssen getötete Frau aufzufinden? Seit Jahren hatte er nichts so Sensationelles erlebt. Da war das Mädchen in dem weißen Mercedes gewesen, aber das hatte seinen Liebhaber eines Nachmittags nur mit einem Taschenmesser erstochen – obwohl es gewiß eine Maschinenpistole benutzt hätte, wäre eine in Reichweite gewesen. Er grinste. Die gute Lucienne, in die er sich selber auf eine naive Art verliebt hatte. Ob sie noch mit ihrem Exboxer verheiratet war? Wie üblich war die Zentralheizung zu heiß; er zog seine Jacke aus.

»Klar zum Gefecht.« Der Ausdruck gefiel ihm. Wir pirschen uns jetzt an Marks heran, und siehe da, sie heißt nicht Marks, sie heißt Marx. Ein Anruf im Rathaus, ein schnelles Nachsehen in ihrer wertvollen Kartei, und er erfuhr, daß Esther Marx in Frankreich Joseph Egbert Zomerlust geheiratet hatte und daß kurz darauf ein Kind weiblichen Geschlechts, das besagte Esther in Frankreich geboren hatte, auf dem Standesamt als Ruth Sabine Marx eingetragen worden war. Esther Marx galt nicht als Ausländerin, da sie mit einem holländischen Staatsangehörigen verheiratet war. Sie hatte keinen Beruf, während Zomerlust Berufssoldat – Unteroffizier – und sein »Arbeitsplatz« die Juliana-Kaserne war, die noch innerhalb des Stadtgebiets lag.

Van der Valk rief den Erkennungsdienst an und sprach mit dem Wachtmeister.

»Hat sich schon etwas ergeben?«

»Nein, wir entwickeln die Fotos, so schnell wir können, und untersuchen alles mit der Lupe. Keine fremden Fingerabdrücke. Sie war in der Küche und ging vermutlich, als es klingelte, zur Wohnungstür. Wahrscheinlich hat er sie mit der Waffe zurückgedrängt, ehe er sie erschoß. Er ist nicht lange geblieben und hat nichts angefaßt. Wir machen Ihnen natürlich einen maßstabgerechten Plan.«

»Halten Sie mich weiter auf dem laufenden... Jeanette, verbinden Sie mich mit dem Ballistiker in Amsterdam... Hallo, Sam? Haben Sie meine Nachricht erhalten?«

»Ja, sie ist über Fernschreiber gekommen, aber die Patronenhülsen sind noch nicht da. Sobald ich sie bekomme, werde ich sie untersuchen.«

Van der Valk war ein bißchen ärgerlich: es schien viel Zeit verstrichen zu sein. Aber nein, es war noch kaum eine Stunde her, daß der Bote abgefahren war, und er hatte auf dem Motorrad fünfzig Kilometer zurückzulegen.

»Rufen Sie mich dann sofort an. Es ist da etwas nicht geheuer, scheint mir.«

»Jawohl, Mister.« Sam nannte jeden Mister. Er hatte im vorigen

Jahr nach Israel gehen wollen und war nur sehr schwer davon abzubringen gewesen. Sagte, er hätte die Luftgewehrkugeln satt.

Van der Valk hatte seinem Inspektor und zwei Kriminalpolizisten die Recherchen im Haus am Van-Lennep-Weg übertragen, aber sie hatten noch nicht angerufen, was bedeutete, daß sie nichts zu berichten hatten.

Auf seinem Schreibtisch lag Esthers Handtasche. Sie hatte dort auf dem Couchtisch gelegen, war fotografiert worden, man hatte die Fingerabdrücke abgenommen, und er hatte seinem Fahrer gesagt, er solle sie mitnehmen. Eine Handtasche konnte – mußte – einem viel über ihre Besitzerin verraten.

Eine Tasche aus imitiertem Leder, aber von guter Qualität. Ziemlich teuer. Firmenschild eines großen Warenhauses. Verhältnismäßig neu. Ob modern oder nicht, wußte er nicht. Ihre Kleidung hatte ihm auch nichts gesagt: sie war in der Küche gewesen und hatte einen weißen Kittel angehabt.

Die üblichen Requisiten einer Frau – vielleicht etwas viel Augentusche, aber auf ihre Augen hatte er nicht geachtet. Hätte er es gemußt? Ein Portemonnaie mit etwa vierzig Gulden. Ein Notizbuch mit Einkaufslisten. Auf der letzten stand: rote Rüben, Kaffee, Milch, Strümpfe für R. Ruth brauchte also Strümpfe: Er mußte das Arlette sagen. Keine Ausweise, keinerlei Papiere oder Briefe, nicht einmal Umschläge. Hatte sie keine Verwandten? Die Kreditkarte eines Schuhladens. Die üblichen Rabattmarken und Kassenzettel. Knöpfe und Strumpfbänder. Keine Haarklammern – sie hatte das Haar kurz getragen. Sein Telefon läutete. Van-Lennep-Weg.

»Nichts, Chef. Ein paar vage Aussagen über einen Fremden, aber die Beschreibungen gehen alle auseinander. Eine Frau glaubt, den Ehemann gesehen zu haben – aber von hinten. Blond. Stämmig. Brauner Regenmantel – was nützt uns das? Sie war ihrer Sache nicht ganz sicher. Die Zomerlusts wohnen seit eineinhalb Jahren im Haus. Niemand weiß viel zu sagen. Sie war sehr zurückhaltend, ruhig und freundlich. Mit niemandem eng befreundet, soweit man das weiß. Ging aber viel allein aus. Der Mann war meistens fort. Wissen Sie, daß er Soldat ist?«

»Ja. Macht weiter. Erkundigt euch in der Nachbarschaft, in den Läden. Ihr wißt schon.«

Ein seltsamer Tod. So glatt, viel zu glatt. Als die Nachbarin klingelte, hatte der Mann, der sich in der Toilette daneben versteckt hielt, die Tür geöffnet, hatte gewartet, bis die gute Seele im Wohnzimmer war, und sich dann leise hinausgeschlichen. War das leicht? Ja, aber es mußte jemand sein, der daran gewöhnt war, sich leise zu bewegen und wenn nötig schnell zu denken. Es sah nicht nach einem Eifersuchtsmord aus. Und der Ehemann war Soldat... Recht betrübt bat van der Valk die Telefonzentrale, ihn mit dem Kommandeur der Kaserne zu verbinden.

»Oberstleutnant Bakker«, sagte ein strenger Baß plötzlich in sein Ohr.

»Kriminalpolizei. Kommissar van der Valk.«

»Was kann ich für Sie tun?«

»Sie haben dort draußen einen Soldaten, keinen Wehrpflichtigen, einen Berufssoldaten. Unteroffizier wohl, namens Zomerlust. Sie kennen ihn wahrscheinlich.«

»Stimmt. Er ist Waffenmeister.« – Waffenmeister, das fehlte gerade noch!

»Ist er im Augenblick im Dienst?«

»Das weiß ich nicht. Ich muß mich erst erkundigen – aber Sie sagen mir am besten gleich, worum es sich handelt.«

»Seine Frau ist ermordet worden. Ich möchte der erste sein, von dem er es erfährt. Solche Nachrichten verbreiten sich schnell. Halten Sie ihn doch bitte, wenn möglich, eine Stunde dort fest.«

»Kann ich tun. Ich rufe zurück.«

Hm, man mußte also taktvoll vorgehen. Beim Militär wusch man die eigene schmutzige Wäsche am liebsten allein und war meist nicht gerade erfreut, wenn die Kriminalpolizei mit einer Nachricht kam, die in den Abendzeitungen erscheinen würde. Aber es dauerte weniger als fünf Minuten.

»Kommissar? Zomerlust ist im Dienst. Ich habe ihn gebeten, in einer halben Stunde bei mir zu sein. Vorher würde ich gern mit Ihnen sprechen – ist Ihnen das recht?«

»Ja, ich komme. Aber ich möchte nicht vom Wachtposten nach der Parole gefragt werden.«

»Geht in Ordnung«, sagte die tiefe Stimme, und der Oberstleutnant legte auf.

Van der Valk bestellte einen Wagen mit Fahrer.

»Ich bleibe ein bis anderthalb Stunden fort. Alle Berichte und

Meldungen können auf meinen Schreibtisch gelegt werden.«

Der übliche Stacheldraht und die häßlichen roten Ziegelbauten, wie sie eine sparsame Militärverwaltung liebt. Reihen von Lastwagen und Kettenfahrzeugen standen säuberlich ausgerichtet neben einem weißen Strich. Drinnen herrschte altjüngferliche Geschäftigkeit. Alles blitzsauber, glänzend rotes Linoleum. Flur voller Aushangbretter, blitzblank geputzter Stiefel und Abzeichen. Der übliche Spieß mit Schnurrbart und Medaillen.

Van der Valk gelangte schließlich in ein auf Hochglanz poliertes Büro mit einem unerwartet sympathischen Offizier von etwa fünfzig Jahren, schlank um die Taille dank fleißiger Gymnastik. Ohne Umschweife sagte er: »Guten Tag, Kommissar. Ein trauriger Anlaß.«

Van der Valk, der sich über den Unterschied zwischen einem Oberstleutnant und einem Oberst nicht ganz klar war, sagte auf alle Fälle: »Guten Tag, Oberst, ja, leider.«

»Unser Mann wird erst in zehn Minuten hier sein. Sagten Sie Mord?«

»Sie ist heute mittag mit einer automatischen Waffe erschossen worden.«

»Entsetzlich! Sie glauben doch nicht...?«

»Nein. Aber ich muß ganz sicher sein. Es wäre eine Erleichterung für mich, wenn er ein stichhaltiges Alibi hätte.«

»Dann können Sie erleichtert sein. Er ist den ganzen Tag hiergewesen, und ein Dutzend Männer können das bezeugen. Sein Privatleben ist natürlich seine Sache. Aber er ist ein guter Mann – ich weiß, wovon ich spreche. Die Annahme, daß er ein Verbrechen begangen haben könnte, würde hier auf eine Mauer der Ungläubigkeit stoßen.« Er hielt inne, fand, daß er sich nicht gut ausgedrückt hatte, lächelte, wobei er schöne ebenmäßige Zähne entblößte, und sagte: »Ich versuche, Ihnen etwas unbeholfen klarzumachen, daß ein Verdacht gegen diesen Mann schon stichhaltig sein müßte; es ist meine Pflicht, seine Interessen zu schützen. Sie verzeihen mir hoffentlich, daß ich mich so unumwunden äußere.«

»Das ist ganz richtig. Ich bin froh, daß Sie es getan haben. Aber werden Sie auch froh sein, wenn ich ebenso offen spreche? Gut. Ich bin nicht voreingenommen gegen Ihren Mann – ich setze nicht voraus, daß er der Täter ist oder jemanden dafür gedungen hat. Ich muß ihn vernehmen, was ich gern auch in Ihrem Beisein tue.«

Er hatte beschlossen, sich ganz leger zu geben, und nun saß er bequem zurückgelehnt auf dem harten Militärstuhl, hatte die Beine übereinandergeschlagen, spielte mit einer Zigarette, die er nicht wollte, und war dabei, die Partie zu gewinnen.

»Es ist sozusagen Tradition, Oberst, daß es der Armee sehr gegen den Strich geht, wenn einer ihrer Männer auf irgendeine Weise mit der Polizei zu tun bekommt. Jemand hat die Frau dieses Mannes ermordet. Warum sind die Schüsse mit einer automatischen Waffe abgegeben worden, die militärischer Herkunft sein könnte? Ich habe den Bericht des Ballistikers noch nicht.«

»Natürlich habe ich nichts dagegen, daß Sie ihn vernehmen. Ich kann mich nicht erinnern« – er sagte das in etwas gequältem Ton –, »daß die Zivilbehörden jemals Anlaß zu der Annahme gehabt hätten, wir versagten uns der Zusammenarbeit – wenn sie notwendig war.«

»Ich würde gern einmal einen Blick in seine Personalakte werfen – ich glaube nicht, daß das eine Gefährdung der NATO-Sicherheit wäre.«

Der Oberst runzelte die Brauen, als dächte er: doch.

»Wie Sie wissen, steht ein Polizeibeamter unter Eid und ist genau wie ein Arzt an das Berufsgeheimnis gebunden.«

»Aber wenn Sie ihn vernommen und sich davon überzeugt haben, daß er mit diesem furchtbaren Verbrechen nichts zu tun haben kann...«

»Der Richter, wissen Sie, würde erst alle Papiere und Protokolle einsehen wollen, ehe er mit dem Mann spricht. Ich spreche lieber vorher mit dem Mann. Das ist alles.«

Der Oberst nahm den Telefonhörer ab. »Wachtmeister, bitte die Akte Zomerlust.« Der Mann mußte gesagt haben: »Er ist hier«, denn der Oberst fügte hinzu: »Schicken Sie ihn herein.«

Van der Valk stand auf, da es ihn nicht verlangte, wie das delphische Orakel dazusitzen oder wie die verkörperte Weisheit, als wäre er das FBI.

Ein Mann wurde hereingeführt und nahm Haltung an, ohne Neugier zu zeigen. Van der Valk blickte ihn an und war ganz sicher, daß er vom Tod seiner Frau noch nichts wußte. So oder so war es ein scheußlicher Augenblick, der durchgestanden werden mußte. Solch ein anständiges Gesicht, keine niedergeschlagenen Augen. Es war ein rundes, pausbäckiges, sehr holländisches Gesicht mit glänzender höckriger Nase und gewölbter Stirn und lockigem blondem Haar. Der Mann war wahrscheinlich nicht sehr intelligent, aber bestimmt ein guter Soldat und Kamerad. Der Oberst räusperte sich. »Zomerlust, dies ist ein Kriminalbeamter, der mit einer wichtigen Nachricht gekommen ist. Ich muß hinzufügen, es ist keine, die ich einem Soldaten gern übermittle.«

Der Mann blickte seinen Vorgesetzten fest an. Eine peinliche Pause folgte.

»Meine Frau?« fragte er schließlich. Der Ton war so unbewegt und diszipliniert wie das Gesicht. Aber selbst in diesen beiden Worten, dachte van der Valk, der Nachrichten dieser Art so manchem hatte bringen müssen, war mehr Resignation als Unglaube oder sogar Angst. Es war, als ob der Mann das früher oder später erwartet hätte... Aber man durfte nicht zu früh etwas hineinlesen.

»Eine schlimme Sache«, sagte der Oberst greulich banal.

»Ist sie tot?« Es klang kaum fragend.

»Ich spreche mit einem Soldaten – sie ist tot.«

Die Augen wandten sich langsam van der Valk zu und blieben auf ihm ruhen.

»Wie ist es passiert?«

»Sie ist erschossen worden.«

»Ja – ich verstehe.«

Das Gesicht verzog sich ein wenig, und er bemühte sich, die Selbstbeherrschung zu wahren. »Ich verstehe«, sagte er noch einmal in einem Ton, in dem man spricht, wenn man gar nichts versteht, sondern nur prüfen möchte, ob die Stimme fest ist.

»Wir müssen uns unterhalten«, sagte van der Valk. »Nichts Förmliches. Kein Verhör oder derlei.«

Dem Oberst gefiel es gar nicht, daß der Mann sich so wenig überrascht zeigte. Er erhob sich bekümmert.

»Ich habe nichts gegen Ihre Anwesenheit einzuwenden, Herr Oberst.«

»Ja, aber ich glaube, es ist besser, ich lasse Sie beide eine Weile allein. Sie können dieses Büro benutzen.« Doch sofort zeigte sich wieder die Loyalität. »Mein tiefstes Beileid, Zomerlust, und ich weiß genau, daß Sie nichts mit diesem unseligen Ereignis zu tun haben. Machen Sie sich keine Sorgen. Wir werden uns um alles kümmern.« Er blickte dann van der Valk ohne Sympathie oder Feindseligkeit an. »Ich warte draußen.«

Es klang kläglich, fast wie eine Kapitulation. Er wird sich jetzt noch einmal genau nach dem Mann erkundigen, dachte van der Valk.

»Unteroffizier Zomerlust, Ihre Frau ist von jemandem in Ihrer Wohnung erschossen worden. Sie war sofort tot, und ich würde sagen, sie hat nicht gelitten. Es ist zu keinem Kampf gekommen, soweit wir das beurteilen können. Es ist ein Mord. Sie können mir sehr helfen... Würden Sie mir eindeutig sagen, wo Sie heute den Tag über gewesen sind?«

»Nun, hier. Ich hatte Dienst.«

»Hat man Sie die ganze Zeit gesehen? Ich meine damit nicht die fünf Minuten, in denen Sie eine Zigarette geraucht haben.«

»Meine ganze Abteilung.«

»Sie können also eindeutig nachweisen, wo Sie den ganzen Tag gewesen sind?«

»Ja«, erwiderte der Mann sehr ruhig. Van der Valk seufzte befriedigt.

»Niemand nimmt an, daß Ihre ganze Abteilung einen Meineid schwören würde«, sagte er trocken. »Sie stehen nicht unter Verdacht. Aber es ist sehr wichtig für mich, zu klären, daß Sie nichts mit der Sache zu tun haben. Ich habe Ihnen eine Menge Fragen zu stellen, die Ihnen keine Freude machen werden.«

»Das ist schließlich Ihr Beruf«, sagte Zomerlust geduldig. Dennoch, etwas beunruhigte van der Valk. Er wußte auch, was. »Ihr Töchterchen ist wohlauf. Sie werden froh sein, das zu hören. Zunächst einmal kümmere ich mich um sie. Sie ist bei meiner Frau.«

Der Mann wurde dunkelrot. Sein offenes holländisches Gesicht war eins von jenen, die leicht erröten.

»Sie hatten nicht erwähnt, daß ihr etwas geschehen sei, und ich glaubte auch nicht, daß sie dabeigewesen sein könnte.«

»Es ist in den Mittagsstunden passiert. Aber das hatte ich Ihnen noch gar nicht gesagt.«

Zomerlust ging nicht darauf ein. »Ich liebe sie sehr«, sagte er unbeholfen. »Sie ist sozusagen mein Stiefkind.«

»Das war kein Geheimnis, glaube ich, denn sie führt ja den Namen Ihrer Frau.«

Hatte er das zu kühl gesagt? Im Gesicht des Mannes spiegelten sich plötzlich Groll und Argwohn. »Nein, ich habe nie ein Geheimnis daraus gemacht. Warum sollte ich auch? Ich habe nie... Ich wollte sie adoptieren. Ich bin ihr Vormund.«

»War Ihre Frau schon einmal verheiratet?«

»Weiß nicht. Ich glaube nicht. Das klingt albern, aber ich habe sie nie gefragt. Es war eine Art Pakt – ich habe nie gefragt. Gott, was für ein Elend«, sagte er kläglich.

»Ruth ist jetzt gut aufgehoben. Sie glaubt, ihre Mutter sei im Krankenhaus. Ist es Ihnen recht, daß wir sie vorläufig bei uns behalten und sie in dem Glauben lassen?«

»Was soll ich dazu sagen?«

»Ich muß fragen, welche Wünsche Sie haben. Sie wird nicht verhört oder behelligt werden – Sie können sich da auf mich verlassen.«

Zomerlust sah jetzt sehr mitgenommen aus. »Ich weiß es nicht. Ich muß mir das erst überlegen.«

»Haben Sie keine Verwandten, die für sie sorgen könnten?«

»Ja – aber sie würden es nicht wollen«, sagte er schließlich widerwillig.

»Ach so. Nun, sie kann bei uns bleiben, solange Sie es wünschen.«

»Ich weiß nicht, wer ihr Vater ist«, sagte Zomerlust. »Ich wollte und will es nicht wissen. Wir – meine Frau und ich – verstanden uns. Keiner stellte dem anderen Fragen. So ist es besser.«

»Waren Sie glücklich mit ihr?«

»Ja. Sie war eine gute Frau.«

»War sie glücklich?« Und wie aus der Pistole geschossen kam die Antwort: »Ja.«

»Ich muß Sie das alles fragen.«

»Sie meinen, ich könnte jemanden dafür gedungen haben?«

»Natürlich wäre das möglich, aber so sehe ich es nicht.«

»Wie denn?« Wieder argwöhnisch.

»War Ihre Frau mit vielen hier in der Kaserne befreundet?«

»Mit niemandem. Sie haßte die Cliquen der Soldatenfrauen. Warum fragen Sie das?«

»Sie ist wahrscheinlich von jemandem erschossen worden, der sie kannte und den sie kannte, da sie ihn in die Wohnung eingelassen hat. Sie ist mit einer besonderen Waffe erschossen worden – es waren mehrere Schüsse, und die Patronenhülsen weisen auf ein beim Militär gebräuchliches Kaliber hin. Wir wissen es noch nicht, doch es könnte eine Maschinenpistole gewesen sein.«

Zomerlust machte ein entgeistertes Gesicht. »Sie meinen, wir haben solche Dinger hier?«

»Ich weiß es nicht. Man hat mir gesagt, Sie seien Waffenmeister.« Vorsichtig. Aber Zomerlust wirkte wie nicht bei sich. Vielleicht war er es auch nicht – ein Schock nahm die seltsamsten Formen an. Van der Valk versuchte es noch einmal.

»Wir überlegen zunächst, was am wahrscheinlichsten ist. Etwas Idiotisches – kein eigentlicher Mord. Eine Eifersuchtstat. Aber wer in Holland hat eine solche Waffe oder Zugang zu ihr?«

»Sie glauben doch wohl nicht, Soldaten?« Es kam ihm so unglaubhaft vor wie ein sadistisches Märchen.

»Beide Vermutungen wirken gleichermaßen dumm, nicht wahr? Daß Sie Ihre Frau ohne Vorsatz, in einer Anwandlung von Eifersucht, ermordet haben, ohne daran zu denken, daß die Wahl der Waffe auf Sie als den Täter hinweisen könnte – oder daß jemand sie kaltblütig ermordet und dazu eine Waffe benutzt hat, die auf Sie hinweist.«

Der ruhige Ton schien den Mann wieder in die Wirklichkeit zurückzubringen.

»Eine Maschinenpistole? Natürlich haben wir welche hier, aber Sie würden nie eine aus der Kaserne herausbringen. Jedesmal wird genau kontrolliert, nachgezählt, geprüft, und wer eine bekommt, muß es unterschreiben.«

»Ja, natürlich – vergessen Sie diese dumme Vermutung.«

»Es hat hier keiner meine Frau gekannt.« Barsch. »Sie war nie hier. Hatte nichts damit zu tun. Schätzte die Kaserne nicht.«

»Mochte sie es nicht, daß Sie Berufssoldat waren?«

Zomerlust schüttelte den Kopf wie jemand, der von Fliegen belästigt wird. »Sie hatte nichts dagegen, aber sie wollte nichts mit Kasernen oder Soldaten oder meinem Leben hier zu tun haben. Unser Leben war – war rein privat.«

»Nun, das ist alles«, sagte van der Valk. »Ich komme natürlich noch mal wieder und muß mit Ihnen in Verbindung bleiben. Ruth wohnt also eine Weile bei uns, bis sich alles geklärt hat.«

»Ja.« Er konnte das alles noch nicht ganz fassen.

Van der Valk öffnete die Tür. Der Oberst saß jungenhaft auf der

Kante des Schreibtischs. »Es tut mir leid, daß ich Sie von Ihrem Schreibtisch vertrieben habe, Oberst.«

»Es hat ja nicht lange gedauert.« Das klang so ehrlich, daß er inzwischen entweder mit dem Kriegsministerium telefoniert haben mußte und ihm dort gesagt worden war, er solle den Kriminalbeamten mit Samthandschuhen anfassen, oder daß er dem Büro gern einmal den Rücken kehrte. Oder er war jetzt von der Unschuld des Mannes ebenso überzeugt wie van der Valk.

»Einen Augenblick noch, Zomerlust. Ich habe noch etwas mit Ihnen zu besprechen... Nun, Kommissar?«

»Sehr netter Mann. Hat niemanden umgebracht.«

»Ja, sehr beliebt. Das ist nicht immer ein Vorteil für einen Unteroffizier, aber er ist tüchtig im Dienst.«

»Er hat ein Alibi, wie es ein Erzbischof nicht besser haben könnte. Ich werde einen Inspektor schicken, der seine Kameraden kurz vernimmt. Auch formell soll er von jedem Verdacht befreit sein. Ich wäre dankbar, wenn Sie da eine Zusammenarbeit arrangieren könnten. Sie geben ihm doch wohl Sonderurlaub?«

»Er ist in der Armee. Wir werden ihm beistehen.«

»Ich würde gern seine Akte studieren. Nicht daß ich noch einen Verdacht hätte, aber man erfährt darin vielleicht manches über seine Umwelt.«

»Ja... Nun, sie ist Militäreigentum... Sie werden sie doch vertraulich behandeln?«

»Das gebe ich Ihnen schriftlich, wenn Sie wollen.«

»Nein, nein. Aber sie ist nur für Ihre Augen bestimmt.«

»Ich werde Sie sehr bald anrufen, Oberst, und höchstwahrscheinlich lasse ich die Akte morgen durch einen Boten zurückschicken.«

»Das wäre sehr nett. Wissen Sie den Weg? Sergeant...«

Kapitel 4

Auf van der Valks Schreibtisch lagen viele mit Bleistift geschriebene Meldungen (er haßte Tonbandgeräte): Piet Hertsuiker hat nichts über den Eindringling im Wohnblock Van Lennep erfahren. Rik und Gerard haben sich bei den Nachbarn über Zomerlust/Marx erkundigt. Haben nichts Ungewöhnliches erfahren, auch nichts über Freunde der beiden. Labor sehr interessiert an Waffe, die eine Uzzi s. m. g. sein soll.

Was heißt das?

»Verbinden Sie mich mit Amsterdam, Erkennungsdienst… Labor? Ist dort der Ballistiker?… Sam? Was ist das für ein Ding, ein japanisches Motorrad?« Man hörte Kichern in der Leitung.

»Jetzt sind Sie an der richtigen Adresse, Mister.«

»Wie?«

»Israelisch. Sehr hübsche, einfache, bemerkenswert kleine Waffe.«

»Sam, Guter, reden Sie nicht von Technik. Waffen langweilen mich. Könnte man sie unter einem Regenmantel verbergen?«

»In Ihrem Hosenbein, wenn Sie wollen, Mister.«

Da die einzig mögliche Antwort darauf eine obszöne Bemerkung war, machte er sie, legte dann auf und fragte sich, wer in Holland so unzüchtig mit einer israelischen Armee-MPi umherspazierte. Es blieb klar und eindeutig die Tat eines Profis, aber dieses blühende Rankenwerk von kindischer Melodramatik reizte, beunruhigte… Kein Holländer tat so etwas. Außerdem benutzten Profis gewöhnliche Revolver mittleren Kalibers, aus holländischen Waffenfabriken, die einfach zu beschaffen, zu pflegen, zu tauschen oder loszuwerden, aber schwer aufzuspüren oder zu identifizieren waren. Schicke Waffen benutzten nur Spione in Operetten. Um sich zu beruhigen, griff er nach Unteroffizier Zomerlusts Akte. Der wenigstens war ein anständiger normaler Holländer, der nie etwas Überraschendes tat. Und zu seiner Belustigung irrte er sich da sehr.

Vierzig Jahre alt, aus Brabant stammend, römisch-katholisch. Beruf des Vaters: Metallarbeiter. Beide Eltern noch am Leben. Berufssoldat. Guter Techniker. Erstklassiger Waffenmeister. Sein relativ niedriger Rang erklärte sich auf einfache Weise: Heutzutage waren Beförderungen von schriftlichen Prüfungen abhängig, und darin versagte er. Er hatte nur die Volksschule besucht. Seine Handschrift war die eines fleißigen Schülers. Er würde immer in der Praxis gut und in der Theorie schlecht sein. Vollkommen gesund. Gehör und Sehvermögen normal... Aha, er war verwundet worden. Nun, er hatte in Korea gedient. Und das erste Ausgefallene: Der Mann hatte eine Mordsmedaille. Er war von Granatsplittern im Gesicht und am Arm verwundet worden, hieß es in der Verleihungsurkunde, hatte die Reste der stark aufgeriebenen Infanterieabteilung um sich geschart, war wieder verwundet worden (am Bauch), hatte lange in der Etappe (Philippinen) im Hospital gelegen. Hm, hm, hm. Seite umblättern. Dienst bei den holländischen Streitkräften in Neu-Guinea. Zurück nach Europa. Abkommandiert ins NATO-Ausbildungslager La Courtine, Frankreich. Bei einem durch einen nervösen Rekruten verursachten Unfall von Granatsplittern am Bein und Fuß verletzt. Lobend erwähnt, weil er dem Dummkopf das Leben gerettet hatte. Sechs Wochen in französischem Militärhospital. Van der Valk blätterte immer wieder in der Akte. Noch etwas Originelles: lernte – im Krankenhaus? – eine Frau mit zweifelhaftem Vorleben kennen und heiratete sie. Aber über Esther Marx stand nicht viel darin. Jugoslawischer Abstammung, französische Staatsangehörigkeit, geboren im Pas de Calais, Vater Bergmann, Beruf Krankenschwester.

Eine Frau, die sich geweigert hatte, über ihre Vergangenheit zu sprechen; die Ehe war von Zomerlusts Kommandeur nicht gebilligt worden. Es schien da irgend etwas vorgefallen zu sein. Die Episode hatte Unteroffizier Zomerlust sehr geschadet; er war dafür belastet, aber nicht gerade disziplinarisch belangt worden. Seine saubere Akte, die Verwundungen, die Medaille hatten ihm dabei geholfen. Aber die Beförderung ließ auf sich warten, und immer wieder tauchten im Militärjargon Bemerkungen auf, aus denen man nur halb klug wurde: nicht geeignet für die Ausbildung an taktischen Atomwaffen; geeignet für die Zusammenarbeit mit englischen Truppen, aber nicht mit französischen oder deutschen.

War das alles nur NATO-Quatsch? Er war auch zu Manövern nach Skandinavien abkommandiert worden, hatte mit Panzern zu tun gehabt, war erst spät befördert und auf den Posten in seiner jetzigen Einheit, einem Infanteriedepot, versetzt worden; van der Valks Aufmerksamkeit ließ nach. Das alles war zu verschwommen. Was bedeutete: nicht geeignet als Frontkämpfer in Mitteleuropa? Das klang, als wäre er politisch unzuverlässig. Hatte die Ehe mit der Frau, die jugoslawischer Herkunft war, etwas damit zu tun?

Akten, ging es van der Valk durch den Kopf, hatten immer etwas Unwirkliches. Es war gefährlich, zwischen den Zeilen zu lesen; die Hälfte davon hatten vielleicht blöde Schreiber verfaßt.

Der Bericht vom Erkennungsdienst mit vielen Fotos erschien jetzt auf dem Schreibtisch. Entmutigend. Keine Fuß- oder Fingerabdrücke wiesen auf einen mysteriösen Eindringling hin. Esther Marx hatte friedlich das Mittagessen gekocht, als es klingelte, und war gleich darauf ermordet worden, und das war so ungefähr alles. Eine scheußliche Geschichte.

Es kam die Zeit, da es nichts mehr zu tun gab, und mit ihr die Presse. Der sensationelle Fall hatte ungewöhnlich viele Journalisten angelockt, die sich im Wartezimmer drängten und Krach machten. Zwei oder drei hoffnungsvolle Fotografen schossen Aufnahmen von ihm, als er erschien.

»Eine Erklärung, eine Erklärung!«

»Sie kennen alle die Vorschriften. Der Richter gestattet keinen Kommentar, der der Untersuchung vorgreifen könnte, die, wie ich wohl kaum zu sagen brauche, gerade erst begonnen hat und lange dauern kann. Wir besitzen kaum stichhaltige Indizien.«

»Dieser Unteroffizier...«

»... hat mir eindeutig bewiesen, daß er zur Tatzeit unmöglich dort gewesen sein kann.«

»Sie war keine Holländerin.«

»Nein, jugoslawischer Herkunft.«

»Hat das etwas damit zu tun?«

»Keine Ahnung.«

»Und was für eine Waffe war es?«

»Eine automatische.«

»Die dem Militär gehört? Eine Militärwaffe?«

»Das ist möglich. Aber keine der NATO.«

»Eine russische? Eine tschechische?«

Er hätte sie gern mit ihren dummen Köpfen gegeneinandergeschlagen.

Kapitel 5

Keins seiner Kinder lebte noch zu Hause. Die Frechheit, mit der die Schulkinder jetzt mir nichts, dir nichts nach Tunis oder in die Türkei brausten, hatte ihn zuerst geärgert und dann amüsiert. Seit sie die Universität besuchten und aus seinem Blickfeld verschwunden waren, waren sie immer weiter gereist, und der ältere, der eigentlich in Besançon Maschinenbau studieren sollte, sprach ganz nebenbei von Leningrad und Montreal, als ob es dorthin nur ein Katzensprung wäre. Ihre Welterfahrenheit und ihr unerschütterliches Selbstvertrauen hatten etwas bezaubernd Unschuldiges: Ihr Vater, der zum Beispiel nie Amerika besucht hatte, war darum in ihren Augen nichts als ein beschränkter Bauer.

Arlette hatte nichts Rechtes mehr zu tun; ihr Tätigkeitstrieb hatte jetzt ein Feld außerhalb des Hauses gefunden. Zwei Nachmittage in der Woche arbeitete sie im Waisenhaus der Stadt und drei Abende im Krankenhaus. Daß sie keine »Diplome« hatte, ärgerte sie fürchterlich. Andere Leute durften Dinge tun, die sie so viel besser hätte tun können!

»Dann mach doch ein paar Diplome«, riet van der Valk, der Dutzende dieser idiotischen Dinge hatte. »Das ist nicht schwer.«

»Das lehne ich ab. Ich bin wie Malraux' Großvater – zu alt, um Prüfungen zu machen oder meinen Glauben zu wechseln.«

»Nun, dann schluck's runter und freu dich daran. Es ist eine gute Lektion in Demut.«

»Ich versuche es«, sagte Arlette demütig, »aber ich fahre ziemlich oft aus der Haut.«

Heute abend hatte sie keinen Dienst im Krankenhaus. Zum Glück – es gab ein schönes Essen statt etwas Aufgewärmtem. Ihm fiel ein, daß sie des Kindes wegen sowieso nicht hätte weggehen können. Dieses Kind... Sagte Zomerlust die Wahrheit, wenn er behauptete, er habe keine Ahnung, wer der Vater sei? Es hatte wahr geklungen. Aber warum hatte er Esther Marx in einer für ihn so gar nicht typischen Anwandlung von romantischer Überspanntheit geheiratet? Sie war Krankenschwester gewesen – am Militärhospital. War der Vater vielleicht ein Kamerad von ihm gewesen und gefallen? Er merkte, er konstruierte da eine Geschichte, die er demnächst einer Frauenzeitschrift anbieten konnte. Als er seine Haustür öffnete, schlug ihm ein wunderbarer Geruch entgegen. Arlette bereitete mit Ruths Hilfe das Abendessen.

Es war, als habe er ein Brett vor dem Kopf, und schließlich war er daran gewöhnt, daß sie zu Hause Französisch sprach; sie tat es immer, damit die Jungen zwei Sprachen beherrschten. Aber als er seine Schnürsenkel aufknüpfte, hörte er, daß das Kind die fremde Sprache nicht nur verstand, sondern auch in ihr antwortete. Er sprang auf, als habe er auf einer Nadel gesessen, und stapfte in die Küche.

»Haben Sie Mama gesehen?« fragte das Kind sofort. Aber er war darauf vorbereitet.

»Wir werden beide morgen vormittag zu ihr gehen. Aber sie wird vielleicht noch nicht wohl genug sein, um sich mit uns unterhalten zu können.« Ruth, die vor Eifer rot war, schien mit Arlette gut auszukommen. »Ich bin müde und durstig und möchte ein Glas Wein.«

»Darf ich es Ihnen holen?«

»Ja, er ist im Kühlschrank, und nimm ein Glas aus der Küche.«

»Madame spricht Französisch.«

»Madame ist Französin. Und du sprichst auch Französisch, wie ich höre.«

»Sie auch. Und ich bin doch Französin.«

»Wirklich?«

»Ist es so recht?«

»Gieß mir auch eins ein«, sagte Arlette. »Und wenn du magst, kannst du dir auch ein kleines nehmen.«

»Ja, gern.«

Ruth hatte gute Tischmanieren und war übererregt. Nach dem Essen gab van der Valk Arlette durch Zeichen zu verstehen, daß das Kind zu Bett mußte. Arlette machte ein Belehr-du-deine-Großmutter-Gesicht und verschwand für eine ganze Weile. Aus dem Bad hallten laute Geräusche herunter. Schließlich erschien sie wieder, sagte, sie sei völlig zerschlagen, und bat um ein Glas Portwein.

»Sie hat's schwer gehabt. Braucht viel Wärme, viel Liebe, viel spontane Anerkennung. Sie ist oft allein gewesen. Jetzt ist sie daran gewöhnt, alles in sich zu verschließen, und muß erst lernen, sich auszusprechen. Das kann man nicht in drei Tagen erreichen. Hast du etwas erfahren?«

»Sehr wenig. Die Frau ist von X erschossen worden mit einer, wie es scheint, israelischen Armeemaschinenpistole. Sie heißt Esther Marx, ist in Frankreich von jugoslawischen Eltern geboren.«

»Israelisch? Esther – Ruth... Glaubst du, daß sie Jüdin ist?«

»Weiß nicht. Hat das etwas zu sagen? Haben Juden sie erschossen?«

»Wahrscheinlicher schon Araber. Die können so schnell wegrennen«, sagte Arlette frivol. »Ich glaube, sie ahnt, daß ihre Mama tot ist. Kinder lassen sich nicht so leicht etwas vormachen. Hast du den Mann gesehen?«

»Netter Kerl. Er sagt, Esther habe nie über die Vergangenheit gesprochen, und er habe es sich zum Prinzip gemacht, nie eine Frage zu stellen. Wenn ich jetzt darüber nachdenke, bin ich sicher, daß es die Wahrheit ist und obendrein sehr vernünftig von ihm war.«

»Dann war es also etwas oder jemand aus der Vergangenheit?«

»Vielleicht – wenn auch nur darum, weil sie so wenig zu Hause war. Was hat sie den ganzen Tag gemacht? Wir werden es schließlich von Ruth erfahren.«

»Hast du Pläne für heute abend?«

»Ich möchte einen Blick in die Wohnung werfen. Der Bericht vom Erkennungsdienst ist sehr nichtssagend. Aber ich komme nicht spät nach Hause.«

»Was machen wir mit dem Kind?«

»Es erst einmal hierbehalten. Ist dir das recht?«

»Ich finde es sehr hübsch. Vielleicht liege ich schon im Bett, wenn du wiederkommst – man muß sich bei ihr sehr konzentrieren.«

»Die Familie des Mannes will nichts von ihr wissen, und so weiß er nicht, was er mit ihr machen soll.«

»Ein großes Glück, daß sie Französisch spricht. Muß das arme Wurm ins Waisenhaus? Da könnte ich ihr zur Seite stehen, aber nur wenig. Ob man sie wohl adoptieren könnte?« Sie blickte ihn an, darauf wartend, was er dazu sagen würde.

»Ich weiß es nicht. Mir scheint, wir könnten es. Dieser Zomerlust ist freilich ihr gesetzlicher Vormund.«

»Überleg's dir mal.«

»Ich werde es beschlafen.«

Kapitel 6

Es regnete wieder – dieser feine, kalte holländische Regen, der einem ins Gesicht peitscht. Er kam sich alt und mutlos vor, weil ihm dieses Wetter etwas ausmachte. Wie viele Nächte hatte er im Freien verbracht, beruflich gewappnet gegen Kälte und Nebel, Langeweile und Müdigkeit! Aber jetzt hatte er es satt und zählte die Jahre bis zu seiner Pensionierung. Zehn Jahre? Es sei denn, daß die Ärzte ihn vorher hinauswarfen. Bei diesem Wetter tat ihm sein Bein weh, und er hinkte, hatte seine liebe Not, in Arlettes kleines Auto einzusteigen, und erst recht, am Van-Lennep-Weg wieder aus ihm herauszukommen. Ach, Arbeit hielt einen jung.

Er hatte es nicht nötig, bei Nacht durch zugige Straßen zu laufen; er war der Kommissar, der Schreibtischmann, der Sesselstratege, und für das Herumrennen standen ihm tatkräftige, gesunde junge Männer zur Verfügung. Aber er konnte nicht mit ihrer Zunge schmecken.

Der Van-Lennep-Weg war um neun Uhr dreißig an diesem feuchten Herbstabend so ausgestorben wie ein andalusisches Dorf um zwei Uhr an einem Julinachmittag; die langstieligen Laternen ergossen ihr trübes orangefarbenes Licht in eine totale Stille. Der Wind pfiff über den hohen grimmigen Betonblöcken, rührte aber nicht an die Ruhe, die so tief war wie die des Waldes. Bis vor etwa einem Jahr hatte er noch keinen Wald gesehen; Arlette hatte ihn ausgelacht – vierzig Jahre alt und noch nie den Wald gesehen! Nun, in Holland gab es keine Wälder. Aber nach seinem Unfall hatte er in der waldigen Gegend, in die Arlette mit ihm gefahren war, wieder gehen gelernt. Buchenwälder, Tannenwälder, Kiefernwälder – jetzt hatte er sie im Blut.

Keine einzige Katze auf dem Van-Lennep-Weg, und im Café sah man nur drei mißgestimmte Männer durch das gardinenlose Fenster mit den Blattpflanzen, die freudlos ihr Bier tranken. Die jungen Leute mieden diese öde Straße und gingen in die Stadt, wo sie in rauchigen Snackbars einkehrten, wo es verlockend nach Bataten roch, die nicht nur in altem Öl gebraten, sondern auch noch mit Majonäse bestrichen waren – genau das Richtige gegen die Pubertätspickel.

Dreihundert Dreizimmerwohnungen, die einander glichen wie die Tannen in seinem Wald und sehr überheizt und blitzsauber waren. Von den erhitzten Röhren der Fernsehapparate stieg ein Geruch nach heißem Staub auf, und die Kekse, die man dazu kaute, rochen so stark nach künstlicher Vanille, daß einem fast übel werden konnte. Seinen Stock unterm Arm, stieg er die Treppe hinauf. Der Mann, der das Haus beobachten sollte, tauchte plötzlich hinter ihm auf.

»Hallo, Chef.«

»Schon lange hier?«

»Hab' vor einer Stunde Gerard abgelöst. Keine Maus zu sehen, kein Ehemann, kein Liebhaber, niemand.«

»Hat er gehört, was die Nachbarn sagen?«

»O ja, war voll davon. Niemand kennt die Frau. Nettes kleines Mädchen, hat aber einen anderen Namen, einen ausländischen. Ja, und da der Ehemann viel weg ist, führte sie sehr wahrscheinlich ein lockeres, unmoralisches Leben, auch wenn man es nicht mit Sicherheit sagen kann.«

Die Nachbarn schienen nicht gerade originell gewesen zu sein. Van der Valk zuckte die Schultern. »Ich werde mich eine Stunde in der Wohnung umsehen.«

Eine Stunde später wußte er nichts Positives, nur Negatives; so hatte er zum Beispiel kein Fotoalbum gefunden. Jeder hatte schließlich ein Fotoalbum. Aber nicht einmal ein Foto von Ruth, als ob, als ob – nein, keine Schlüsse. Esther Marx war weder ordentlich noch unordentlich. Ihre Kleider waren teuer, aber es waren nicht viele. Sie trug oft Hosen, aber sie besaß einen sehr hübschen Morgenrock aus chinesischer Seide und ein fast neues Cocktailkleid aus Jersey, mit dem Firmenschild der Boutique eines Couturiers, und dazu zwei oder drei Paar schicker Sandalen. Hm, man würde ihre Fotografie in Hotels und Bars zeigen müssen, aber er hatte das Gefühl, daß dabei nicht viel herauskommen würde.

Die Einrichtung war langweilig, konventionell. Sie verstand, sich anzuziehen, hatte aber sonst keinen Geschmack. Ihren Tag erhellte sie sich mit Whisky, schien es. Es standen eine leere und eine zu einem Drittel gefüllte Flasche umher. Sie liebte Erdnüsse und aß viel Obst, kochte viele indonesische Reisgerichte, wie das halb Holland tat. Außer einem Paar Ohrringen hatte sie keinen Schmuck. Sie schien keine Privatbriefe bekommen zu haben, und nirgends deutete etwas darauf hin, daß sie Verwandte oder Freunde hatte. In ihren Taschen und ihrer Handtasche waren mehrere abgerissene Kinoeintrittskarten, aber immer nur eine. Nein, für eine Frau, die viel allein war, führte sie kein ausgefallenes oder liederliches Leben. Der Fernsehapparat war viel benutzt worden. Bücher waren nicht vorhanden, aber viele Zeitschriften: *Match, Express* – französischer Durchschnittsgeschmack. Die Privatpapiere lagen in einem Schuhkarton: ein Sparbuch für Ruth, ein Auszug aus der Heiratsurkunde (der französische Standesbeamte hatte einige Schwierigkeiten mit der holländischen Orthographie gehabt), Ruths drei Monate später ausgestellter Geburtsschein, auf dem ungeschminkt stand: Vater unbekannt. Kein Paß, keine Kennkarte von Esther. Ein paar Papiere der Sozialversicherung, Mietquittungen und dergleichen, was alles nichts besagte.

Ruths Kleider waren wie die ihrer Mutter schlicht und von guter Qualität, und auch sie hatte nicht viele. Er fand einen Koffer und packte ihn, legte einiges, das gebügelt werden mußte, obenauf, und wenn er etwas vergessen hatte, konnte es leicht später geholt werden. Verdammte Esther Marx, warum sagte ihm ihre Wohnung so wenig? Weswegen war der Mörder gekommen – um etwas zu finden, um etwas einzutreiben? Es war eine so langweilige Geschichte. Esther Marx, eine Französin jugoslawischer Herkunft, holländische Staatsangehörige durch Heirat, hatte ihren Lebensunterhalt als Schwester in einem Militärhospital verdient, hatte einen holländischen Soldaten geheiratet, lebte zehn Jahre lang friedlich, ohne Leidenschaften oder Dramen, und war dann erschossen worden. Warum hatte man sie nach zehn Jahren erschossen? Was war der Grund dafür gewesen? Und mit einer Maschinenpistole! Brutal, geschickt, aber tollkühn. Warum, zum Teufel, hatte niemand im Haus von den Schüssen Notiz genommen? Die Nachbarin hatte von einem Krachen gesprochen, aber niemand schien sich etwas dabei gedacht zu haben!

Draußen sagte er zu dem Polizisten: »Ich finde, es hat keinen Sinn, daß Sie hier noch weiter herumstehen. Ich werde Sie im Büro absetzen.«

»Danke, Chef.«

»Wie kommt es nur, daß in einem so hellhörigen Haus niemand Schüsse hört? Selbst wenn man annimmt, daß er alle sieben auf einmal abgefeuert hat – die Nachbarin glaubte nur, jemand sei von einer Leiter gefallen. Warum lachen Sie?«

»Sehen Sie nie fern, Chef?«

»Habe ich da etwas versäumt?«

»Sie haben Gerards Bericht noch nicht gelesen. Sie ist in der Mittagszeit erschossen worden – und das war sehr gerissen, genau zu der Zeit, wenn die Gangsterserie läuft.«

»Ach nein.« Es ging ihm ein Licht auf.

»Da ist immer ein fürchterlicher Lärm, Autos stoßen zusammen, Glas splittert, es wird geschossen – die wahre Hölle. Paulines gefährliches Leben 1970. Fünfzehn Minuten.«

»Einmal in der Woche oder jeden Tag?«

»Jeden Tag. Sie kennen bestimmt die Melodie des Vorspanns. Den Trommler. Steh still, Papa – Rick Starr.«

»Warum nicht Rick Shaw?« Resignierend.

»Gestern haben sie das Polizeiauto mit Dynamit vollgepackt, und es ist in die Luft gegangen, als er den Starterschlüssel drehte. Junge, der arme alte Rick! War über und über mit Pflastern beklebt, und die Mädchen, die seiner Augenbrauen wegen ganz hysterisch wurden, schnitten sich von ihrem eigenen Haar etwas ab und schickten es ins Studio.«

»Ein Profi, der seine Untaten zeitlich genau dem Fernsehprogramm anpaßt – nicht originell, aber wirksam.«

Arlette schlief. Als er die Zahnpastatube zuschraubte, etwas, das sie einfach nicht fertigbrachte, summte er ein kleines Lied. Wie er sich erinnerte, hatte der Held einer Fernsehserie es einst gesungen – ein Lied, das französische Straßenjungen sangen:

»Thierry-la-Fronde ist ein Dummkopf
mit seiner Schleuder aus Plastik,
die er bei Woolworth gekauft hat...« Das war er!

Van der Valk tat so, als ziele er mit einer Maschinenpistole auf den Badezimmerspiegel und sagte: »Sie haben noch zehn Minuten zu leben.« War nicht sein Stil. Er brauchte einen Ledermantel und eine Zigarre wie Oberst Stok vom KGB. Er versuchte, sich als Oberst Stok zu sehen, aber sein orangefarbener Pyjama, den Arlette gekauft hatte und auf dem vorn in Mitternachtsblau stand: *Oui à l'Amour*, verdarb die Wirkung völlig.

Kapitel 7

Am nächsten Morgen verwandelte er sich fast wieder in Oberst Stok; es war kälter denn je. Wind war aufgekommen und peitschte den Regen gegen die Scheiben, in einem Rhythmus, der an Maschinengewehrfeuer erinnerte. Er zog seinen Ledermantel an und setzte einen Hut mit breitem Rand auf, vergaß aber seine Zigarren – er mußte mit Ruth ins Krankenhaus fahren und war mit seinen Gedanken dort.

»Diese Schuhe sind zu dünn. Zieh deine Gummistiefel an.« Zum Glück hatte er sie gestern abend mit eingepackt. Er beobachtete Arlette, wie sie einen Faden abbiß und einen Knopf an Ruths Regenmantel annähte.

»Auf ihrem Geburtsschein steht: Vater unbekannt. Unser Unteroffizier war bereit, ihr seinen Namen zu geben – sie ist drei Monate nach ihrer Heirat geboren worden.«

Sie schien gar nicht zuzuhören. Sie hatte Ruths rote Wollmütze aus der Tasche des Regenmantels gezogen und betrachtete sie gedankenverloren.

»Arlette...«

»Was? Verzeih.«

»Wenn Zomerlust wirklich nicht viel an dem Kind liegt, und ich würde ihm das nicht verdenken...«

»Dann bring sie wieder her.« Mit unerwarteter Leidenschaft.

»Du wärst also dafür? Soll ich ihn fragen, ob er einverstanden ist?« Aber da kam Ruth zurück, und er konnte nicht weitersprechen.

»So ist es besser«, sagte Arlette und knöpfte ihr den Mantel zu. »Jetzt wirst du nicht naß.« Sie stülpte dem Kind die Mütze über, lachte plötzlich, drückte sie ihr in die Stirn und zupfte sie etwas schief. »Jetzt bist du ein Fallschirmjäger.« Zu ihrer Bestürzung brach Ruth in lautes Schluchzen aus.

»Ich war dumm«, sagte Arlette, sie in die Arme schließend. Van der Valk sah, wie sich das Kind bemühte, gehorsam und vernünftig zu sein, sich nicht gehenzulassen und zu heulen. Mutig vor Fremden zu sein.

»Ich weiß«, unter Schnüffeln. »Es war ein Scherz von Ihnen.«

»Ein törichter Scherz.«

»Mama hat sie mir auch immer so aufgesetzt.« Van der Valk nahm ihre Hand. Sie hatte tatsächlich an der Mütze ein Abzeichen aus Metall, ein militärisches Abzeichen, das ihr wohl Zomerlust geschenkt hatte.

»Komm, wir müssen jetzt ins Krankenhaus und sehen, was die Ärzte inzwischen geschafft haben.« Draußen wartete schon ein Auto.

»Wird Mama lange im Krankenhaus bleiben müssen?« Ruth hatte eine Weile geschwiegen und aus dem Fenster geblickt – es war die Stunde des Spitzenverkehrs, und sie wurden an allen Ampeln aufgehalten.

»Das würde mich nicht wundern. Sie ist ziemlich schlimm verletzt worden. Es ist besser, wir sind darauf vorbereitet, daß es ihr schlechtgeht.« Er hatte eine kleine Szene im Hospital arrangiert, hatte sie gebeten, Esthers Leiche in einem privaten Zimmer aufzubetten. Er war erstaunt, daß Ruth noch gar nicht gefragt hatte, was eigentlich geschehen war. Wußte sie es? Oder wollte sie es nicht wissen?

»Warte hier einen Augenblick, Ruth. Ich will mich nur erkundigen, wo das Zimmer ist... Kommissar van der Valk. Ich habe das Kind hier. Ich muß es ihr sagen. Wohin hat man die Frau gebracht, die gestern eingeliefert worden ist?«

Die Schwester beugte sich vor und flüsterte: »Sie verstehen, Kommissar. Es steht in der Zeitung. Wir wollten nicht, daß Leute kämen, um Fragen zu stellen. Flur B. Sie gehen ihn ganz hinunter, biegen dann links ein, und sind vor II A. Ich werde anrufen und der Schwester sagen, daß Sie kommen.«

»Ist der Obduktionsbericht an mich geschickt worden?«

»Das kann ich leider nicht sagen.«

Er ging mit schweren Schritten zu dem Kind zurück, das wartend dasaß – wie brav es war! Sein Ledermantel quietschte, als er sich neben sie setzte. Gott sei Dank war sonst niemand in der Nähe.

»Ich habe leider eine schlechte Nachricht, Ruth. Sie war zu schwer verletzt, aber sie hat gar nicht gelitten.«

Das Kind blickte ihn mit einer Miene an, die ihm nichts sagte.

»Ich hab's gewußt.«

»Ach.«

»Sie ist erschossen worden wie die Leute im Fernsehen.«

»Ja, Menschen werden erschossen, nur vielleicht nicht so oft wie im Fernsehen.«

»Mevrouw Paap hat dummes Zeug geredet. Sie wollte es geheimhalten, und die ganze Zeit hat sie's verraten.« Van der Valk wußte, diese Ruhe würde nicht lange anhalten. Zum Glück hatte ein Kind kaum eine Vorstellung von »Erschossenwerden«. Dank dem Fernsehen! Man fiel hin – und es war wahrscheinlich besser als »Kranksein«. Ein so schnelles und schmerzloses Ende in eines Kindes Augen.

»Jetzt hab' ich niemand mehr.«

»Doch, du hast jemanden. Man hat immer jemanden. Kennst du die Geschichte von Cosette und Monsieur Madeleine?« sagte van der Valk und stellte amüsiert fest, daß sich Oberst Stok in Jean Valjean verwandelt hatte.

»Cosette war ein kleines Mädchen, das niemanden hatte und sehr schlecht behandelt wurde, furchtbar schlecht behandelt. Ich werde dir von ihr erzählen. Möchtest du deine Mutter sehen?«

»Nein«, antwortete Ruth. »Ich hab' ihr schon Lebwohl gesagt.«

»Soll ich dich im Auto zu Arlette zurückfahren lassen? Ich muß zu meiner Arbeit.«

»Ja, bitte.« Wie großartig sie war!

Als er aufstand, rief eine Stimme aus weniger als fünfzig Zentimeter Entfernung: »Soll's mit der Geheimniskrämerei so weitergehen, Kommissar?«

Van der Valk trat diesem Clown wütend auf den Fuß, sagte: »Ach, verzeihen Sie« und ergriff Ruths Hand. Sie hatte zu weinen angefangen, das Beste, was sie tun konnte. Er setzte sie neben den Fahrer und sagte: »Bringen Sie sie zu meiner Frau zurück, Joe, und holen Sie mich dann hier ab.« Ruth hatte sich nicht von Esther verabschieden wollen, aber er tat es. Es war Zeit, daß Jean Valjean sich in Oberst Stok zurückverwandelte.

Der Journalist im Flur hielt sich den schmerzenden Fuß und wirkte körperlich und seelisch zerschmettert.

»Stören Sie mich nicht noch mal, wenn ich bei der Arbeit bin«, sagte van der Valk, »sonst können Sie was erleben. Um sechs Uhr im Büro habe ich Zeit für Sie.«

Esther lag in einer Art Vorraum zur Leichenhalle, in dem Verwandte warten konnten. In einer Ecke hatte man einen Wandschirm aufgestellt. Es war niemand da. Sie hatten sie ganz hübsch aufgebahrt. Sie hatte ein Krankenhausnachthemd an, ruhte auf einem Kopfkissen, und ihre Hände lagen auf der Decke. Er hatte kein Verlangen, ihren Körper zu betrachten, der bestimmt sehr verstümmelt war. Er nahm ihre Hand, die muskulöse, kräftige Hand einer Schwester mit zwei oder drei weißen Narben, aber gut gepflegt, etwas rauh von der Hausarbeit, sehr sauber. Kein Zeichen, daß sie sonst Ringe trug. Der Unterarm war stark und gebräunt. Sie war viel an der Luft gewesen.

Das Gesicht war eine leere Hülle wie alle toten Gesichter, aber ihr Charakter prägte sich in der glatten, klaren, noch jugendlichen Haut aus. Nur um Augen und Mund waren die Falten einer älteren Frau. Man konnte Entschlossenheit und Mut darin lesen – er wünschte, er hätte sie gekannt. Sie war keine im üblichen Sinn hübsche Frau gewesen, aber sie hatte etwas Apartes gehabt mit der gut geformten Stirn, dem großen schönen Mund und dem langen geschmeidigen Hals. Ihr Haar war braun und glatt, kurzgeschnitten, das einer Frau, der die Mode gleichgültig ist und die genau weiß, was ihr steht. Er blickte sie respektvoll an. Esther hatte ihre Geheimnisse zu wahren verstanden. Langsam ging er zu seinem Wagen zurück.

»Sie hat immerzu geweint«, sagte der Fahrer. »Hat aber kein Theater gemacht, war glücklich, zu Ihrer Frau zurückzukommen. So etwas ist schwer für ein kleines Mädchen. Will der Vater sie nicht haben? Was werden Sie mit ihr tun?«

»Sie behalten«, erwiderte van der Valk, selber überrascht darüber, daß er das wie selbstverständlich sagte.

Im Büro war großer Betrieb. Da die Presse des ganzen Landes dem Fall solche Aufmerksamkeit schenkte, wirkten seine Mitarbeiter unnatürlich eifrig, als ob sie gerade ihre Neujahrsvorsätze gefaßt hätten. Er fand das alles etwas absurd – arme Esther. Hatte sie das Talent gehabt, sich in theatralische Situationen zu bringen? Es sah nicht so aus, aber was stand schon in diesem toten Gesicht?

Sein Schreibtisch war voller Papiere. Er warf einen Blick darauf, während er den Telefonhörer abnahm.

»Guten Morgen, Bürgermeister. Ja. Nein, bestimmt nicht. Höchstwahrscheinlich, aber das ist ganz hypothetisch. Eine Arbeit für Archäologen – nein, ich meine, wir graben in der Vergangenheit.

Ja, natürlich, wir prüfen das alles, aber ich bezweifle, daß es uns viel weiterbringt. Natürlich, Bürgermeister, Sie können sich darauf verlassen. Richtig. Ich werde das selbstverständlich tun. Ja. Auf Wiedersehn.«

Sie würden nicht zu sehr behelligt werden, gratulierten sich zu seiner Erfahrung, dazu, daß er wußte, wie man mit der Presse umging, selbst wenn es brenzlig wurde. Man würde ihn von allen Seiten kritisieren, und es gab auch eine große und laute Gruppe, die auf nichts mehr aus war, als ihm Schwierigkeiten zu bereiten, aber er hatte Glück mit seinem Bürgermeister und machte sich keine Sorgen.

In den Berichten stand wenig, was er nicht schon wußte. Zomerlusts Alibi war völlig eindeutig. Alle waren sich einig, daß er gewissenhaft und treu war. Keine Frauen in seinem Leben. Kein merkwürdiges Verhalten. Keine Schulden oder ausgefallene Hobbys – ein fast bedrückend tugendhafter Mann. Trank mit seinen Kameraden gern ein Bier und scherzte mit ihnen. Gesellig und beliebt. Ein bißchen zu vertraulich mit Untergebenen. Aber zuverlässig – und ein ausgezeichneter Waffenmeister.

Vom Van-Lennep-Weg nichts. Nachbarn, Geschäftsleute, Kneipenwirte – niemand hatte viel über Esther Zomerlust zu berichten. Damit, daß man sie Mevrouw Marx nannte, unterstrich man ein wenig gehässig, daß Ruth unehelich war. Höflich, aber sehr zurückhaltend. Nie laut. Kein Klatsch. Selten ein Lächeln. Eine leise, müde klingende, heisere Stimme. Rauchte viel, trank eine Menge, man merkte es ihr jedoch nie an. Manche Leute hatten sich gefragt, ob sie Jüdin sei, aber sie sah nicht so aus und hatte es natürlich auch nie gesagt. Kein Fremder oder Eindringling wurde auch nur erwähnt. Und niemand glaubte, daß Unteroffizier Zomerlust etwas mit ihrem Tod zu tun hatte. Ein ruhiges Musterpaar, aber alle sagten: »Freilich war sie Ausländerin.«

In Ruths Schule sagte man fast das gleiche. Ein stilles, wohlerzogenes kleines Mädchen. Einzelgängerisch – eben Ausländerin. Eine Durchschnittsschülerin, nicht dumm, manchmal ein bißchen unaufmerksam. Keine engen Freundschaften. Ein Kind, das sich schwer anschloß, aber leicht erziehbar. Van der Valk beschloß, sie in eine andere Schule zu schicken, wenn er darüber entscheiden konnte. Er hatte Esther Marx nicht gekannt, und das bestärkte ihn in seinem Entschluß, Ruth Marx kennenzulernen. Das letzte auf der Liste war die Obduktion, die den ganzen Abend gedauert hatte. Und der Bericht darüber war gerade eingetroffen. Er wußte, er würde gründlich, eingehend und interessant sein – er kannte den Arzt und hatte sich gefragt, ob Esthers verstümmelter Körper eine Spur würde erbringen können. Aber wie alles andere an diesem Fall war auch dies enttäuschend.

Robuste Gesundheit, starke, gut entwickelte Muskeln. Alle Organe vorhanden und in guter Verfassung. An der einen Lunge eine kleine Narbe von ausgeheilter Tuberkulose. Kein Geschlechtsverkehr in jüngster Zeit. Kein Zeichen von Vergewaltigung oder Kampf. Keine gebrochenen Knochen, keine chirurgischen Eingriffe. Die Verletzungen lebenswichtiger Organe, darunter Herz, Milz und Leber, hatten den Tod herbeigeführt. Jede Hilfe wäre zu spät gekommen. Der Tod war sofort eingetreten. Sie hatte noch fast alle Zähne. Blabla – Haversma hatte unten auf den Bericht geschrieben: »Hab' noch nie im Leben einen so gesunden Körper gesehen.«

»Sagen Sie Joe, ich brauche den Wagen jetzt nicht, aber es wäre mir lieb, wenn er zur Kaserne führe und Zomerlust zu einer Unterredung herbäte. Kein Zwang natürlich. Aber ich möchte doch annehmen, er ist zur Mitarbeit bereit.«

Und jetzt mußte er sich eine halbe Stunde lang mit den laufenden Angelegenheiten beschäftigen. Mord oder nicht Mord, der Trott ging weiter.

»Wie steht's mit der Fahrerflucht?«

»Wir wissen nur, der Wagen sieht amerikanisch aus. Ein Opel vielleicht. Wir haben ihm Fotos gezeigt – er glaubt, er kann ihn erkennen, wenn er ihn sieht.«

»Und der Betrug mit der Lohnliste?«

»Bart hat es aufgeklärt. Sie hat die Bücher gefälscht; wie sie behauptet, um ihren Arzt zu bezahlen, für dessen Honorar die Sozialversicherung nicht aufkommen will.«

»Gut... van der Valk... Ja, schießen Sie ihn ab... Ja, das ist Zomerlust... Tun Sie hinsichtlich der Fabrik, in der weiter gestohlen wird, was Sie für richtig halten... Kommen Sie herein. Nehmen Sie Platz und machen Sie sich's bequem... Vergessen Sie nicht, Jack, daß ich vielleicht plötzlich weg muß und Sie mit den laufenden Angelegenheiten allein fertig werden müssen... Nun, Unteroffizier – aber ich kann nicht immer Unteroffizier sagen. Ich nenne Sie lieber Bill.

Um es vorwegzuschicken, alle sind froh, daß Sie nichts mit dem Tod Ihrer Frau zu tun haben.«

Alle außer mir, schien Zomerlust zu denken; sein frisches Gesicht war düster und verhärmt.

»Wir hätten es lieber gehabt, Sie wären es gewesen. Das hätte uns viel Mühe und Arbeit erspart.« Van der Valk machte manchmal sehr geschmacklose Bemerkungen, aber hin und wieder halfen sie. Er kehrte zu dem ungezwungenen Ton zurück.

»Je mehr Verdruß ich habe, um so weniger haben Sie, aber trotzdem doch ein wenig. Jemand hat Ihre Frau ermordet. Jemand, dessen Identität ich nicht einmal ahne, über den ich gar nichts weiß. Ich muß noch viel mehr über Esthers Leben wissen... Ja, es klingt vertraulich, wenn ich sie Esther nenne, und das ärgert Sie. Aber verstehen Sie, ich muß mit ihr vertraut werden, so vertraut wie nur möglich. Ich muß Ihnen Fragen stellen, die Sie ebenso verlegen machen wie ärgern, aber Sie müssen immer daran denken, daß ich nur ein Ziel habe – den Mann zu finden, der sie erschossen hat. Es ist besser für Sie, als wenn man glauben würde, Sie hätten Ihre Frau getötet – in dem Fall würden Ihnen die gleichen Fragen gestellt.« Trocken.

»Was für Fragen zum Beispiel?« Ehrlich und etwas verwirrt.

»Zum Beispiel, warum hat Esther Ihnen kein Kind geboren?«

Sein Gesicht wurde dunkelrot, aber wie aus der Pistole geschossen kam die Antwort: »Wir wollten keins.«

»Wir oder sie?«

»Sie – aber ich war der gleichen Ansicht. Es gibt sowieso zu viele Kinder, und in was für eine Welt werden sie hineingeboren – Hunger, Napalm und was sonst noch.«

»Jeder Mann hat den Wunsch, eine Familie zu gründen.«

»Weniger, wenn er etwas von der Welt gesehen hat.«

»Hat Esther viel von der Welt gesehen?«

»Sie sah sie mit den gleichen Augen wie ich.« Eigensinnig.

»Was verband Sie vor allem?«

»Sie hat mich gepflegt, als ich durch ein paar Granatsplitter verwundet worden war und im Lazarett lag.«

»Ja, in Frankreich. Und Sie fanden sie attraktiv und gingen mit ihr aus. Das stimmt.«

»Sie war einsam. Ein Mann hatte ihr übel mitgespielt.«

»Ruths Vater?«

»Vielleicht. Vermutlich.«

»Wissen Sie es nicht?«

»Nein, sie hat es mir nie gesagt.«

»Hat er sie verlassen? War sie verbittert?«

»Ich weiß es nicht. Sie sagte mir, sie sei schwanger. Ich antwortete, das mache mir nichts aus. Und das hat es auch nicht.« Seine Stimme war leidenschaftlicher geworden. »Sie war eine gute Frau. Sie ist nicht ermordet worden, weil sie etwas getan hat, und das sollten Sie beachten.«

»Eine gute Frau«, wiederholte van der Valk nachdenklich. »Wieso?«

»Wieso, wieso?«

»War sie sinnlich?«

»Sie sollten sich was schämen.«

»Ich habe Ihnen ja gesagt, es wird nicht angenehm.«

»Sie war in allem eine gute Frau, und mehr sage ich Ihnen nicht. Sie hat nie betrogen, nie gelogen. Sie war ein liebes Mädchen.«

Diese schlichten Worte hatten Würde, und van der Valk haßte es, sie anzutasten.

»Trank sie, als Sie sie kennenlernten?«

»Sie trank gern, aber ich habe sie nie betrunken gesehen.«

»Einen loyaleren Menschen als Sie gibt es nicht.«

Der Mann starrte vor sich hin und dachte über den Sinn dieser Bemerkung nach. Er war langsamen Geistes, aber er hielt an dem fest, was er einmal als richtig erkannt hatte.

»Nicht loyaler als sie.«

»Hielt sie immer die Treue?«

»Jemand hat sie einmal böse betrogen. Wie ich schon sagte, weiß ich nicht, wer. Vielleicht war es jener Mann. Aber ich habe sie nie ein ungerechtes Wort zu dem Kind sagen hören.«

»Ich würde nichts lieber tun, als die Dinge auf sich beruhen zu lassen, so wie Sie es tun, und überhaupt keine Frage stellen, glauben Sie mir.«

»Esther ist tot. Ich kann das nicht ändern, und Sie können es auch nicht. Lassen Sie sie in Frieden. Das hätte sie gewollt – und erbeten.«

»Als Mensch stimme ich dem zu. Aber als Beamter – ich diene wie Sie dem Staat und tue, was man mir sagt – kann ich das nicht, dann tue ich mein Bestes. Ich werde es Ihnen beweisen. Was haben Sie hinsichtlich Ruths beschlossen? Haben Sie mit Ihren Verwandten gesprochen?«

Zomerlust wurde von neuem dunkelrot. Es war, als bettelte er van der Valk an, ihn nicht zu demütigen.

»Sie wollen sie nicht haben. Ich muß mir überlegen, was ich tun soll.«

»Sie könnten wieder heiraten.«

»Nein.« Leise. »Ich könnte von keiner Frau verlangen, sich mit der Situation abzufinden.«

»Soll ich Ihnen« – es war jetzt van der Valk, der zögernd sprach – »ein Angebot machen? Wenn Sie es mir erlauben, würde ich Ruth gern adoptieren.« Er hätte nicht gedacht, daß er das so unumwunden sagen würde. Es war nur eine vage Vorstellung gewesen. Er war selber erstaunt, und der arme Zomerlust war es auch.

»Wie... Wie würden Sie...?«

»Meine Frau ist Französin. Ich habe zwei Söhne, mehr oder weniger erwachsen und nicht mehr zu Hause. Es ließe sich machen.«

»Ach, Sie wissen nicht, in was Sie sich damit vielleicht einlassen. Sie wissen nicht...«

»Sie haben es auch nicht gewußt.«

»Ich habe es für Esther getan.«

»Sagen wir, ich tue es auch für sie.«

»Sie sind ganz anders, als ich dachte.«

»Sie meinen, ein gemeiner Kerl? Ach, wie wenig Sie wissen!«

»Nein, Sie sind ein guter Mensch.«

»Das ist Unsinn. In diesem Beruf, wissen Sie, gibt es nur sehr wenige gute Menschen und vielleicht sogar noch weniger schlechte.«

»Ich werde darüber nachdenken müssen.«

»Ja. Aber zurück zu Esther. Sie ist in Frankreich irgendwo im Kohlengebiet von jugoslawischen Eltern geboren worden – wußten Sie das? Wissen Sie, ob sie Verwandte hat?«

»Das weiß ich nicht – sie hat nie darüber gesprochen, hat nie irgendwelche Verwandte erwähnt. Sie betrachtete sich als Französin. Ich habe sie danach gefragt, aber es hatte keinen Sinn. Man mußte sie so nehmen, wie sie war. ›Nehmt mich, wie ich bin. Ich bin nichts weiter als ein Schlachtenbummler.‹«

»Was meinte sie damit?«

»Wahrscheinlich, daß sie immer unter Soldaten gearbeitet hat. Sie war eine besondere Art von Krankenschwester, eine Sanitäterin. Sie arbeitete in einem fliegenden Lazarett und war als Fallschirmspringerin ausgebildet. Ich war Soldat in Korea – wußten Sie das? –, nun, und sie war als Schwester in Indochina. Sie haben mich vorhin gefragt, was uns verbunden habe. Nun, gerade das. Sie trug Uniform, hatte militärische Abzeichen, französische, von denen ich nicht weiß, was sie bedeuten.«

»Waren in dem Camp auch französische Truppen?«

»Das Camp unterstand der NATO, und alle Verbündeten benutzten es. Es waren viele Einheiten aller Art dort stationiert, Pioniere, Fallschirmjäger, eine Kavallerieschwadron – es ist so groß wie Holland, eine Art Wüste. Kein Ackerland. Nur als Manövergelände brauchbar und sehr felsig.«

»Mochten Sie die Franzosen? Kamen Sie gut mit ihnen aus?«

»Konnte sie nicht ausstehen.« Van der Valk lächelte innerlich. Holländer konnten Franzosen nie verknusen.

»Keine guten Soldaten?«

»Ach, es sind ziemlich zähe Burschen – ich habe welche gesprochen, die in Algerien oder Indochina gekämpft haben. Aber sie haben alle einen Knacks. Ich kann sie nun mal nicht leiden.«

»Und Esther?«

»Nun, sie war an sie gewöhnt.«

»Esther sprach mit Ruth französisch. Glauben Sie, daß ihr Vater Franzose war?«

»Darüber denke ich lieber nicht nach. Was hat es auch für einen Sinn? Ich habe ihre Wünsche respektiert. Sie hatte ein schweres Leben. Was würde es mir nützen, wenn ich es wüßte? Oder ihr – Ruth, meine ich.«

»Kurz und gut, Sie wissen wenig oder nichts über Ruth oder über Esther – weil Sie sich ein für allemal vorgenommen hatten, nicht zu fragen. Bleiben Sie dabei? Würden Sie das auch dem Richter sagen?«

»Natürlich. Es ist die Wahrheit, was Sie auch denken mögen.«

»Ich glaube Ihnen«, sagte van der Valk, »und das wäre wohl alles. Mein Fahrer wird Sie in die Kaserne zurückbringen.«

Zomerlust erhob sich langsam.

»Um noch einmal auf das andere zurückzukommen. Wollen Sie das wirklich? Wissen Sie, ich überlege, was das beste wäre. Für sie. Sie schuldet mir nichts. Es wäre das Beste für sie, vielleicht, wenn sie mich nie wiedersähe. Sie würde mich bald vergessen.« Ohne Bitterkeit. »Ich kann natürlich nur zustimmen, wenn Sie wirklich fest dazu entschlossen sind. Nicht daß für sie gesorgt wird, ist wichtig. Ich meine, sie darf nicht enttäuscht werden. Ich weiß nicht, wie ich es sagen soll.«

»Sie sind Ihr gesetzlicher Vormund. Für eine Adoption braucht man Anwälte. Es gibt einige Formalitäten zu erledigen.«

»Ach, diese verdammten Formalitäten. Wenn ich Ihnen vertraue, vertraue ich Ihnen. Tun Sie's.«

»Diese Untersuchung wird einige Zeit dauern«, sagte van der Valk, der nur allzu genau wußte, daß dies eine Untertreibung war. »Wir werden noch öfter Gelegenheit haben, einander zu sehen. Es läßt sich machen.«

»Aber jetzt muß ich zurück. Mein Kommandeur...«

»Möchten Sie meine Frau kennenlernen?«

»Sie wollen doch wohl nicht, daß ich bei Ihnen zu Hause sitze und Tee trinke?« sagte Zomerlust mit einem Anflug von Lächeln. »Und Ruth würde es auch nicht wollen.«

»Auf bald, Unteroffizier.«

Der Mann nahm seine Mütze in die Hand; Metall blinkte in der Sonne.

»Ruth trägt ein Abzeichen an der Mütze«, sagte van der Valk.

»Ja, eins von Esther. Sie hatte viele. Ruth hat sie darum gebeten.«

Natürlich, Schwestern hatten solche Dinge. Erinnerungen an Soldaten, die sie gepflegt hatten, mit denen sie ausgegangen waren und sehr wahrscheinlich auch geschlafen hatten. Es konnten sehr gut viele gewesen sein, aber das spielte jetzt keine Rolle.

Kapitel

8

Van der Valk, der eine Weile nachgedacht hatte, ohne daß er dadurch viel weitergekommen war, kritzelte etwas auf ein Stück Papier. Es schien ein Entwurf für ein Telegramm zu sein. Departement? Tarn? Lozère? Eins von denen.

»Militärhospital. Bitte alle bekannten Einzelheiten über Marx, Esther, geboren 1. 6. 1934, mitteilen« – nein: »Bitte dringend alles dort Bekannte mitteilen. Stop. Opfer eines Mordes. Amtliche Untersuchung eröffnet. Stop.«

Er schrieb es nieder: »Marx, Esther, geboren 1. 6. 1934, Opfer eines Mordes. Täter unbekannt. Amtliche Untersuchung eröffnet. Bitte dringend alles aus ihrem Leben und ihrer Dienstzeit Bekannte mitteilen.« Er läutete nach seiner Sekretärin.

»Fassen Sie das in richtiger Behördensprache ab. Erkundigen Sie sich, welche Präfektur für das Camp und den Bezirk zuständig ist. Abschriften an die Kriminalpolizei, das Militärhospital und alle anderen, von denen Sie glauben, daß es nützlich sein könnte.«

Er nahm noch ein Stück Papier und schrieb darauf: »Polizeikommissar. Persönlich. Erhalten parallel offizielles Ersuchen.« Er mußte das ein bißchen rätselhaft machen, damit es nicht an falschen Stellen Neugier erregte. »Wüßte gern Ihre persönliche Meinung. Stop. Interessiert Sie Champagner? Stop. Wenn ja, Anruf erbeten bei mir zu Hause nach acht Uhr. Stop. Gruß. Kollege, völlig down.«

Er hatte es erlebt, daß solche kleinen »Briefe« Erfolg hatten, so kindisch sie auch waren. Amtliche Anfragen gingen ihren vorgeschriebenen Weg und bewirkten freundliche, nichtssagende Antworten. Es war Mittagszeit. Er fuhr nach Hause.

»Ich verstehe dieses Telegramm nicht«, sagte der Postbeamte bekümmert.

»Wer sagt, daß Sie's verstehen müßten? Zählen Sie nur die Wörter, mein Sohn, und ersparen Sie sich die geistige Anstrengung.«

»Es gibt Bouillabaisse«, sagte Ruth. Sie hatte das Wort gerade gelernt, und es gefiel ihr.

»Das ist gut. Ich habe den ganzen Vormittag antifranzösische Demonstrationen über mich ergehen lassen müssen.«

»Das entzückt mich«, sagte Arlette strahlend.

»Ich weiß, wie sie gemacht wird – Arlette hat's mir gezeigt.«

»Sehr, sehr gut. Jetzt werde ich dir etwas beibringen. Wörter, die mit ou enden, enden im Plural mit einem s, außer *bijou, caillou, chou* ...«

»*Genou, hibou, joujou, pou.* Darf ich Ihnen sagen, wie's gemacht wird? Eine große Zwiebel, drei Tomaten, sechs Kartoffeln und sechs Knoblauchzehen.«

»Und ein mit Seealgen umwickelter Stein«, sagte Arlette, ohne mit der Wimper zu zucken. In der Woche zuvor hatte sie in einer englischen Sonntagszeitung ein Rezept gefunden und so darüber gelacht, daß ihr die Tränen kamen.

»In welche Schule gehst du, Ruth?«

»In die an der Ecke Van-Lennep-Weg und Oosterkade.«

»Würdest du gern die Schule wechseln? Es gibt eine, die Kinder aus verschiedenen Ländern besuchen; sie werden in den verschiedenen Sprachen unterrichtet.«

»O ja. Aber es ist jetzt mitten im Schuljahr.«

»Wir sagen einfach, du bist gerade aus Madagaskar angekommen.«

»Aber dann würde ich frieren und könnte kein Holländisch.«

»Na, überleg mal – da hättest du einen riesigen Vorteil.«

»Geh' ich denn nicht in den Van-Lennep-Weg zurück?«

»Wenn es dir recht ist, nein. Du bleibst hier bei Arlette.«

»Und bekomme jeden Tag Bouillabaisse.«

»Außer Sonnabend. Da gibt's der Rugbyspieler wegen Bauernfrühstück.«

»Ist das amtlich?« fragte Arlette.

»Nein, nicht amtlich – aber aus dem Pferdemaul.«

»Was für ein Pferd?« fragte Ruth, die schon die Rugbyspieler beunruhigt hatten.

»Das Essen ist fertig, Kinder. Ruth, binde deine Schürze ab und wasch dir die Hände.«

Da man ja weiß, wie das mit amtlichen Kanälen ist, war er sehr überrascht, daß er schon vor Büroschluß einen Anruf erhielt, als Antwort auf seine Fragen. Die Antwort war über Fernschreiber gekommen, sehr kurz und nicht sehr aufschlußreich. Sie lautete: »Unser Vertreter wird Sie morgen vormittag aufsuchen.« Als Unterschrift eine Codeziffer. Van der Valk studierte diesen lakonischen Satz interessiert. Es war ihm, als hätte er eine Angel in die Wolga geworfen und einen riesigen Stör herausgezogen, und er rief einen Kollegen in Den Haag an.

»Ich lese Ihnen jetzt eine Codeziffer vor.«

»Aha.«

»Ist meine Vermutung richtig – das DST?«

»Ja. Was haben Sie angestellt? Sind Sie dem Geheimdienst beigetreten?«

»Nein, nein, ich *liebe* die Franzosen.«

»Verhalten Sie sich ruhig und brav«, riet der Kollege, der hin und wieder mit der französischen Polizei zu tun hatte. »Sie sind erschreckend höflich. Genau wie der General.«

Die zweite Antwort gefiel ihm besser, obwohl sie ebenfalls lakonisch war. Es war ein Ziviltelegramm, das von einem Boten gebracht wurde: »Bleiben Sie in der Nähe Ihres Telefons. Mazarel.«

Van der Valk redete drum herum, als die Reporter nach den Fortschritten der Untersuchung fragten.

»Hör mal«, sagte er zu Arlette, als er wieder nach Hause kam, »DST, das ist doch wohl Gegenspionage?«

»Nein, das ist SDECE. DST ist Territorialüberwachung, aber ich glaube, es geht dabei nur darum, die linke Hand nicht wissen zu lassen, was die rechte tut. Was interessiert dich an ihnen?« Ihre Stimme klang etwas beklommen.

»Keine Ahnung. Sie scheinen ein Interesse an mir zu haben. Morgen wird ein als Lebensmittelvertreter getarnter Beamter bei mir erscheinen. Parole: ›Was halten Sie von Cornflakes?‹«

»Sehr komisch.«

Um fünf Minuten vor neun läutete das Telefon.

»Ein Anruf aus Frankreich.«

»Verbinden Sie.« Man hörte ein Knistern und Knacken und weit weg das Geschnatter von Telefonfräuleins – das mittelalterliche französische Telefonsystem. Van der Valk hatte sie in Verdacht, daß sie es absichtlich so ließen. Sie konnten ein Düsenflugzeug in der halben Zeit bauen, die die Amerikaner dafür brauchten, aber die Bevölkerung sollte nicht durch moderne Telefone verwöhnt werden. Im Grunde gar nicht so unvernünftig.

»Sie sind durch«, quakten mehrere Enten.

»Wo durch?« sagte eine Männerstimme plötzlich in sein Ohr.

»Wahrscheinlich durch den Mont-Blanc-Tunnel«, antwortete er höflich.

»Sprechen Sie«, sagte eine Ente ungeduldig.

»Geben Sie mir erst Unterricht«, fuhr die Männerstimme fort. »Spreche ich wirklich mit Ihnen?«

»Ja, ich bin es selbst, Kollege, zu meiner Freude.«

»Gut. Der Champagner ist eine Idee.«

»Er ist ein Versprechen – ich habe die dunkle Ahnung, daß ich bald in Ihren Bezirk kommen werde.«

»Telefonisch kann ich Ihnen natürlich nicht viel sagen. Es interessiert Sie vielleicht nicht, aber ich bezweifle, wissen Sie, ob Ihre amtlichen Fragen auf viel Begeisterung stoßen werden.«

Van der Valk brauchte eine Minute, um das zu verdauen. »Glauben Sie, ich stoße auf das große Schweigen?«

»Ich wollte Ihnen nur einen Hinweis geben, damit Sie nicht glauben, ich sei nur obstruktiv.«

Das, dachte van der Valk, ist klar und verständlich und nichts Neues, aber man würde trotzdem gern wissen, was er damit meinte. »Weckt der Name meines Kunden gewisse Erinnerungen?«

»O ja. Man wird Ihre Nachricht mit besonderer Überraschung aufnehmen. Es ist natürlich nichts bekannt. Ich habe nichts schriftlich. Ja, ich habe überhaupt nichts für Sie.«

»Das habe ich auch gar nicht angenommen. Wäre eine zu kühne Hoffnung gewesen.«

»Mancherorts können empfindliche Ohren das vernehmen«, fuhr die Stimme in einem Ton fort, als wolle sie sagen: Du verstehst mich schon, »und es würde sie ein wenig erröten lassen.«

»Verstehe.«

Er verstand es nicht, aber er hoffte, mit Beharrlichkeit noch dahin zu kommen.

»Das ist eigentlich alles.«

»Geben Sie mir wenigstens einen Hinweis auf die Lösung.«

»Ja, gern. Man kann unmöglich von Ihnen erwarten, daß Sie es so begreifen. Denken Sie über ein D, ein B, ein P nach, und dann strengen Sie Ihr Gedächtnis an.«

»Wenn ich es herausbekomme, bestelle ich zwei Flaschen Champagner.«

»Sie sind jederzeit willkommen. Ja, Mademoiselle, aber machen Sie mich doch nicht wild!«

»Ist Ihr Gespräch beendet?« fragte eine kühle holländische Stimme.

»Ja, danke, Fräulein.« Ein D, ein B, ein P? Keine Ahnung.

»Was?« sagte Arlette.

»Es war der Polizeichef des Bezirks, wo Esther in dem Militärhospital arbeitete. Ich habe ein Routinetelegramm geschickt und gebeten, mir alles über sie mitzuteilen – ich meine, sie könnten ja eine Polizeiakte oder derlei haben. Ich habe ihm dann noch ein Privattelegramm geschickt, in dem ich ihn fragte, ob er etwas wisse, das nicht amtlich bekannt sei. Er ergeht sich in Rätseln, deutet an, daß meine Anfrage für unbekannte Personen peinlich sein könne – ich habe keine Ahnung, wem oder warum –, und zum Schluß gibt er mir einen Hinweis: D, B, P. Was kann das bedeuten?«

»Warum so kompliziert?« fragte Arlette.

»Nun, damit es die Telefonfräulein nicht verstanden.«

»Und du verstehst es auch nicht?« fragte Arlette in so seltsamem Ton, daß er sie scharf anblickte.

»Du vielleicht?«

»Allerdings.« Kühl. Ein rotes Licht, dachte er. Mehr wird sie nicht sagen. Es ist etwas, das ihr nahegeht und über das sie nicht sprechen will. Nachdem er eine Minute nachgedacht hatte, blickte er sie an, aber sie war ganz in ihr Buch vertieft. Er glaubte zu verstehen; aber was D, B und P bedeuten, war ihm immer noch schleierhaft.

Arlette war für ihn ein Handikap. Ein Polizeibeamter, und erst gar ein Kriminalkommissar, hat einen kitzligen Beruf. Genau wie ein Diplomat, der eine Russin heiratet, es riskiert, auf die Bahamas geschickt oder dort vergessen zu werden, riskiert ein Polizeibeamter, der eine Ausländerin heiratet, dreißig Jahre lang die vier Wände der Registratur anstarren zu müssen. Van der Valk, der gelegentlich Ausgezeichnetes geleistet hatte, wodurch seine Vorgesetzten auf ihn aufmerksam geworden waren, galt als tüchtige Arbeitskraft, würde aber immer einem gewissen Mißtrauen begegnen. Er wußte das und hatte sich damit abgefunden. Vor einigen Jahren hatte es größere Schwierigkeiten gegeben. Arlette wußte davon, und es fraß an ihr. Sie hatte ihr Bestes getan, quälte sich aber immer wieder mit Selbstvorwürfen. Sie war noch immer verbittert, während er nur etwas zynisch geworden war.

Es war eine demütigende Episode gewesen, mit Leuten von der Sicherheitspolizei, die Fragen stellten. Arlette hatte einem die Tür gewiesen, und er war auch wirklich sehr gemein gewesen. Als van der Valk nach Hause kam und sie weinend und am ganzen Leibe zitternd vorfand, dennoch nicht bereit, sich kujonieren zu lassen, war er sofort ins Büro zurückgefahren und hatte sein Abschiedsgesuch auf den Tisch geknallt. Er hatte drei Wochen gewartet, um zu erfahren, ob das Gesuch genehmigt worden war oder nicht. Mit einigem Grund glaubte er jetzt, daß die schließliche Ablehnung von oben kam, von einer höheren Stelle als der elenden politischen Polizei. Arlette war der Sympathien für die OAS verdächtigt worden, und das Traurige daran war, daß sie wirklich Sympathien für die OAS hatte. Sie kam aus Südfrankreich, aus dem Departement Var, hatte einen Bruder in Algerien und sich natürlich so laut wie die meisten zum »Algérie française« bekannt.

Als die Armee sécrète aufgestellt war, als Plastikbomben auf Häuser von Ärzten, Anwälten und liberalen Verwaltungsbeamten geworfen wurden und ihr – noch vor dem Tag der Barrikaden – klar wurde, daß Algerien den Arabern gehörte, kämpfte sie einen harten Kampf zwischen ihren Gefühlen und ihrem Gewissen, und ihr Gewissen siegte.

Das hatte jetzt keine Bedeutung mehr. Sie machte sich jetzt keine Illusionen über die Bewunderer General Salans, aber sie wußte, sie hatte vor wenigen Jahren die Beförderung ihres Mannes verhindert und war sehr nahe daran gewesen, ihm seine Karriere zu verderben. Das hatte Narben hinterlassen.

Kapitel 9

Er glaubte zu verstehen. Esther Marx war als Schwester in Indochina gewesen und hatte sich mit französischen Soldaten eingelassen. Sie war mit einer Maschinenpistole ermordet worden, und es war etwas an ihrer Vergangenheit, das den französischen Behörden bekannt war. Sehr wahrscheinlich hatte das mit der geheimen Armee zu tun, aber wie hatte Esther zehn Jahre lang mit einem holländischen Soldaten friedlich verheiratet sein können, wenn es so war? Dennoch war ihm klar, daß Unteroffizier Zomerlusts Beförderung aus den gleichen Gründen verhindert worden war wie seine eigene.

Was sollte er tun? Die politische Polizei fragen, ob sie etwas über Esther Marx wisse? In seiner Situation war es nicht einfach für ihn, die politische Polizei um Auskunft zu bitten. Sollte er darum einkommen, daß ein anderer die Untersuchung führte, und Krankheit vortäuschen? Das wäre taktvoll gewesen. Den Holländern würde das gefallen. Nein – er hatte keinen Takt. Wenn es ein Problem gab, dann würde er es um Arlettes willen anpacken und auf die Folgen pfeifen. Aber gab es wirklich ein Problem? Wollte der französische Polizeibeamte das mit seinem sonderbaren Benehmen andeuten? Er hatte natürlich nichts von Arlette gewußt, hatte möglicherweise nur gemeint, van der Valk täte gut daran, mit Fragen vorsichtig zu sein.

Esther Marx hatte – vielleicht – mit einer Bewegung zu tun gehabt, für die viele französische Beamte heimlich Sympathie gehegt hatten. Wenn Esther Marx eines gewaltsamen Todes gestorben war, dann, wollte der Franzose sagen, war es besser, nicht eine Anzahl von Beamten in einer kleinen Stadt in Südwestfrankreich, die vielleicht vor nicht allzulanger Zeit auch für unsichere Kantonisten gehalten worden waren, in eine peinliche Lage zu bringen. Auch ihre Beförderung war vielleicht verhindert worden. Es gab hohe Beamte, vielleicht sogar Präfekten, für die einmal der Weg nach Versailles offen gewesen war und die nun, ohne daß man den Grund wußte, in Rodez oder Mende schmorten.

Es sieht so aus, dachte van der Valk betrübt, als sei ich in ein Wespennest getreten.

Aber es ist zu spät, einen Rückzieher zu machen. Ich habe ein Telegramm bekommen, daß mich ein »Vertreter« morgen vormittag aufsuchen wird, und das Telegramm war mit DST unterzeichnet.

Und Arlette hatte vorgeschlagen, Esthers Kind zu adoptieren. Wie er sie kannte, würde sie jetzt mehr denn je dazu entschlossen sein.

»Arlette?«

»Ja.«

»Mir ist einiges klargeworden.«

»Dann kann ich ja zu Bett gehen.«

»Aber ich glaube, wir überlegen uns die Sache mit dem Kind besser noch einmal.«

»Auf keinen Fall«, sagte Arlette und stand auf. Er hatte es ja gewußt! »Wenn Zomerlust einverstanden ist, und ich nehme an, er ist es, dann behalte ich Ruth.«

»Wir wissen nicht, wer ihr Vater ist.« Er sah, wie sie innerlich glühte, und hörte sie schon sagen: ›Und wenn es General Salan wäre, mir ist das gleich.‹ Aber sie sagte nur milde: »Stimmt, wir wissen es nicht.«

»Gut. Dann ist es abgemacht.«

»Übrigens, das Abzeichen sagt dir wohl nichts?«

»Das Abzeichen?«

»An Ruths Mütze.« Er blickte sie an, ging hinaus und holte die Mütze, um sie genauer zu betrachten. Das blaue Lothringer Kreuz auf einer Granate.

»Bedeutet die Granate nicht die Legion?«

»Ja. Und dies ist das Abzeichen der dreizehnten Halbbrigade, der gleichen Einheit, die in Bir Hakeim war.«

»Ach.«

»Du kannst das nicht wissen, du bist nicht in Toulon aufgewachsen.«

»Gehst du jetzt schlafen?«

»Nein, ich bleibe noch ein Weilchen auf.«

»Darf ich schlafen gehen?«

»Natürlich. Gute Nacht – und mach dir keine Sorgen.«

Er hörte sie die Treppe hinaufgehen. Und was bedeutete nun D, B, P? Englisch buchstabiert hieß es Di, Bi, Pi – klang wie Vietnamesisch. Konnte eine Person oder ein Ort in Indochina sein. Als es ihm plötzlich aufging, war es so lächerlich einfach, daß er sich selber hätte ohrfeigen können. Ins Französische übersetzt, hieß es Dien Bien Phu.

Er ging an den Schrank und nahm eine Flasche Whisky heraus. Bravo, Arlette – zweimal. Er goß sich ein großes Glas ein und machte sich in den Bücherregalen auf die Suche. Der Plastikeinband der »Schlacht von Dien Bien Phu« war zerrissen, und viele Seiten fielen heraus, auf denen Arlette Randbemerkungen gemacht hatte. Viele Zeitungsausschnitte und Fotos lagen darin. Auf dem Vorsatzblatt stand Arlettes Name. Er verstand – nicht die mit einem holländischen Polizeibeamten verheiratete Frau hatte das Buch gelesen, sondern das junge Mädchen aus Toulon.

Eine traurige Geschichte, diese Geschichte von politischem Starrsinn, von Unschlüssigkeit und Kompromissen. Von militärischer Eitelkeit und Sturheit. Wer hatte für die Welt gesprochen? Nicht Eisenhower oder der Kongreß. Nicht Churchill. Giap hatte das letzte Wort gehabt; nichts Neues unter der Sonne.

Aber die Geschichte hatte auch ihre edlen Züge, erzählte von Opfermut und Heldentum. Das Leiden auf den Höhen, auf die Soldaten der Volksarmee die Geschütze hinaufgeschleppt hatten.

Als er das Buch halb durchgelesen hatte, konnte er nicht mehr weiter, nicht einmal mit Hilfe von Whisky. Er betrachtete die Fotos; sie zeigten all die Hauptakteure, die so völlig verschieden waren: Giap und Navarra und die Obersten – Castries mit den höflichen Manieren und die beiden bäuerlichen harten Edelleute, Langlais und Bigeard.

Arlette war eingeschlafen, hatte aber das Licht brennen lassen, etwas, das nur eine Frau fertigbrachte. Ein Mann hätte nie bei Licht einschlafen können. Aber da sah er, daß seine Nachttischlampe brannte. Nun, sollte sie, er würde nicht schlafen. Er holte Jacke, Mütze und Stock und humpelte auf die stillen Straßen hinaus. Der Regen hatte aufgehört, aber es wehte immer noch ein heftiger Wind, trieb schwarze gezackte Wolken, die hin und wieder aufrissen und dann einen bleichen Mond im dritten Viertel freigaben. Dies war Holland, nicht der Dschungel. Er war kein Fallschirmjägerleutnant, sondern ein Beamter. Er hinkte und trug einen Stock wie Castries. Die Untersuchungskommission, die Licht in die Katastrophe bringen sollte, hatte zu ihrer Verblüffung erfahren, daß Langlais – nur ein Oberstleutnant ohne Fronterfahrung – der einzige verantwortliche Kommandeur der Garnison war und daß Bigeard – ein Major, der ein Fallschirmjägerbataillon befehligte – als sein Adjutant fungiert hatte.

»Was war dann die Funktion von Oberst de Castries?« hatte ein baß erstaunter General gefragt.

»Er übermittelte unsere Meldungen nach Hanoi«, erwiderte Langlais schlicht.

Van der Valk wollte lieber vorsichtig sein. Er war in ein Wespennest geraten, und er mußte ebenso an seine Karriere wie an sein Leben denken. Geh dem Massaker aus dem Weg, Junge. Vielleicht war er wie Gilles, der Fallschirmjägergeneral und erste Kommandant von Dien Bien Phu, Papa Gilles mit dem kranken Herzen und dem Glasauge, der seinen ersten Sprung mit vierzig machte und der genau erkannt hatte, was ihn erwartete, der kluge alte Mann, der zu Cogny sagte: »Holen Sie mich hier heraus – ich habe lange genug wie eine Ratte gelebt.« Er wollte lieber Gilles sein als Castries, der Kavallerist, der ein großer Reiter war, mit vielen Mädchen schlief und den Feind angriff, und der seine Karriere für immer beendete, indem er Meldungen nach Hanoi übermittelte.

Und in diese Katastrophe, die wie ein Trauma war und den Lauf der Ereignisse in Algerien ebenso wie in Vietnam beeinflußt hatte und so noch heute die Welt erschütterte, war auch Esther verstrickt gewesen. Sie hatten Beatrice, Gabrielle, Anne-Marie und Dominique fast kampflos verloren, und es war zu spät gewesen für den unglaublichen Mut, den die Soldaten auf den Höhen Huguette und Eliane bewiesen hatten. Van der Valk wanderte durch die dunklen Straßen. Wie alle großen Katastrophen war diese von einem Mythos umgeben, den niemand enträtseln konnte. Dumm, aber zäh. Wie der Mythos zum Beispiel, daß die Höhen von Dien Bien Phu nach Oberst de Castries' Geliebten benannt worden waren, denn die Gebiete, auf denen die ersten Fallschirmtruppen gelandet waren, hatten bereits lange vor Castries' Erscheinen Mädchennamen gehabt. Bigeard und Gilles waren auf Natascha gelandet. Er – er war auf Esther gelandet! Ein holländischer Bauer, Sohn eines Amsterdamer Tischlers. Nun, Langlais war ein bretonischer Bauer gewesen, Bigeard, Sohn eines Eisenbahners aus Toul und Christian Marie Ferdinand de la Croix de Castries stammte aus einer Familie von Herzögen, großen Herren,

Marschällen von Frankreich. Nein; er würde nicht kneifen, auch wenn seine Laufbahn zum Teufel ging – in Frankreich wartete im Wald das kleine Landhaus auf ihn.

War Ruths Vater in Dien Bien Phu gewesen? Nun, es waren alle möglichen Leute dort gewesen, natürlich auch Legionäre; sie hatten Beatrice und Isabelle besetzt. Jetzt, da er daran dachte: Die Einheit auf Beatrice war die dritte Dreizehnte gewesen – die gleiche, deren Abzeichen Ruth trug. Hatte das eine Bedeutung? Es waren natürlich auch Deutsche dort gewesen, Spanier und Jugoslawen. Und französische Offiziere und Gott weiß wer sonst noch.

Das Kreuzworträtsel war zum Teil gelöst. Esther war mit Truppen in Kontakt gewesen, die in Dien Bien Phu gekämpft hatten, Truppen, die eine Art Bruderschaft bildeten. Was auch geschah, selbst noch Jahre später erkannten diese Soldaten einander wieder und ertrugen einander. Und er war geneigt zu glauben, daß dieser Anruf aus Frankreich weniger mit der Geheimen Armee zu tun hatte als mit jenem magischen Band der privaten Solidarität von Männern, die im Schlamm von Eliane gehockt und auf Giaps Berge gestarrt hatten.

Man konnte freilich nicht zuviel aus dem Abzeichen schließen. Esther war Schwester gewesen und hatte viele Soldaten gepflegt.

Arlette hatte das alles begriffen.

Van der Valk blieb stehen. War Esther in Dien Bien Phu gewesen? Zomerlusts Worte fielen ihm wieder ein: Schwester in einem fliegenden Hospital und als Fallschirmspringerin ausgebildet.

Während der Belagerung waren viele Schwestern, solange sie konnten, dort ein- und ausgeflogen.

Aber alles, was mit Dien Bien Phu zu tun hatte, verführte zu Lügen, und es waren immer noch viele Fragen unbeantwortet.

Zu Hause stellte er seinen Stock ab mit einem Gefühl heimlicher Sympathie für Oberst de Castries, in dem an jenem ersten Tage etwas zerbrochen war, als Beatrice fiel und die erste seiner »Geliebten« ihren Liebhaber wechselte.

Esther, hast du auch deinen Liebhaber gewechselt? Warum wärst du sonst so plötzlich erschossen worden?

Ehe van der Valk einschlief, versuchte er, sich an das kleine Lied über den Matador zu erinnern. Das launische Publikum auf den Tribünen war ebenso schnell bereit, Feigling zu rufen wie den Helden zu feiern. Aber nur einer wußte es vorher, und das war der, der den Stier spielte.

Kapitel 10

Er erwachte ganz zerschlagen, die Folge seines kindischen Umherwanderns in der Morgendämmerung. Er mußte jeden Ärger vergessen; Arlette betrachtete sonst auch den zum Leben gehörig, aber heute morgen würde sie auf jedes Zeichen achten – also geh und dusch dich heiß. Er tat es und dachte, daß sie gewiß das Buch gefunden hatte, das er hatte liegenlassen, und nun wußte, daß er auf der richtigen Fährte war.

Es war angenehm, wie einfach sich Ruth in den Haushalt einfügte – sie hatte bereits ihren Platz am Tisch und einen alten silbernen Serviettenring von Arlette. Sie wußte, daß man zum Frühstück nicht im Morgenrock und ungekämmt erscheinen durfte, daß es sich auch nicht gehörte, dabei die Zeitung zu lesen, und daß man nach dem Frühstück das Geschirr spülte und nicht schmutzig stehenließ.

»Ich habe heute vormittag leider viel zu tun. Vielleicht könntest du die Sache mit Ruths Schule regeln. Sie darf nicht mehr Tage versäumen als unbedingt nötig.« Er blickte zu dem kleinen Mädchen hin, das still seinen Toast aß. Sie war zu brav, zu gut. Ohne ein Murren hatte sie sich damit abgefunden, daß es mit dem Leben am Van-Lennep-Weg vorbei war, hatte sich gehorsam in das neue Leben gefügt, als habe sie beschlossen, Esther zu vergessen. Hatte es Esther ähnlich gemacht? Warum hatte sie Zomerlust geheiratet und zehn ereignislose Jahre in der holländischen Provinz gelebt?

»Was magst du lieber – Kaffee oder Kakao?«

»Kaffee.«

»Jeden Tag kannst du keinen Kaffee bekommen, aber an Sonntagen, Geburtstagen, Festtagen und am 14. Juli bestimmt.«

»Hast du dir die Zähne geputzt? Wenn ja, dann zieh deinen Mantel an«, sagte Arlette. »Ich möchte den Direktor abfangen, ehe die Schule beginnt.«

»Ist noch Kaffee da?« fragte van der Valk und schob seine Tasse hoffnungsvoll zur Kanne hin.

»Ja, Väterchen, aber du mußt ihn dir selber eingießen. Ruth und ich räumen den Tisch ab, wenn wir wieder zurück sind.«

»Väterchen«, wiederholte das Kind kichernd.

»Ach, das ist nur so ein Ausdruck«, sagte Arlette.

»Mir gefällt er«, sagte er hinter der Zeitung. »In meinem Alter lasse ich mich gern Vater nennen. Das Monsieur kannst du dir für die neue Schule aufheben, Ruth. Auf Wiedersehen beim Mittagessen.«

»Jawohl, Monsieur«, sagte seine Frau. Die Tür schlug zu und dann die Tür des Autos, worauf der Motor leise zu brummen begann, am frühen Morgen immer unlustig. Er trank eine Tasse kalten Kaffee, sagte »Hoppla«, um sich aufzumuntern, und zog seinen Mantel an. Es hatte wirklich wenig Sinn, daß Ruth am Begräbnis ihrer Mutter teilnahm. Es nieselte heute, und die Windschutzscheibe war mit einer dünnen Schmutzschicht überzogen.

Nur er und Zomerlust waren da; er entdeckte einen Pressefotografen und verjagte ihn. Aber es waren viele Blumenspenden von den Nachbarn und auch ein Kranz von ihm selbst geschickt worden. Er hatte eine Karte geschrieben, auf der nur stand: Ruth. Zomerlust hatte einen großen schlichten Strauß goldbrauner Chrysanthemen mitgebracht. »Die liebte sie sehr«, sagte er.

Du bist ein guter Mann, dachte van der Valk von neuem. Es war ein kurzes schlichtes Begräbnis.

»Kommen Sie, wir gehen etwas trinken.«

Zomerlust machte ein zweifelndes Gesicht; gehörte sich das nach einer Beerdigung?

»Ich bin in Uniform.«

»Und ich kann nicht lange im Regen stehen und reden. Ich habe ein krankes Bein.«

Mit Rücksicht auf das kranke Bein stimmte er einer Tasse Kaffee zu.

»Wir sind etwas weitergekommen«, sagte van der Valk und streckte seine feuchten Hosenbeine zur Heizung aus. Zomerlust zuckte die Schultern.

»Was nützt das schon? Ich weiß, Sie tun nur Ihre Pflicht, aber ich möchte – wie es auch immer ihr Wunsch war – in Frieden gelassen werden.«

»Sie hat jetzt ihren Frieden. Sagen Sie, hat sie jemals von Indochina gesprochen?«

»Von Vietnam? Das ganze französische Geschmeiß ist dort gewesen, sie vielleicht auch. Mich hat das nie sehr interessiert. Ich habe Ihnen schon gesagt, wir haben von den französischen Truppen kaum etwas gesehen. Die Sache in Algerien begann gerade. Uns ging das nichts an. Ich will nicht behaupten, daß ich nichts davon wüßte. Es geht in Vietnam immer noch weiter, nicht wahr? Jetzt sind ja die Amerikaner dort. Aber das ist alles Politik. Ich erinnere mich, daß ich es einmal kurz erwähnt habe.« Er verstummte, während er die lebende Esther beschwor.

»Vietnam?«

»Sie hat mir ziemlich scharf erklärt, ich verstünde nichts davon. Nun, das stimmte. Sie ist wahrscheinlich dort gewesen.«

»Interessiert es Sie nicht zu wissen, wer sie erschossen hat?«

Zomerlust blickte ihn an, als sei das eine sehr blöde Frage. »Sie liegt jetzt unter der Erde, nach einem harten Leben und sehr wenig Glück. Und nun wühlen Sie in ihrer Vergangenheit.«

»Sie mag ein hartes Leben gehabt haben.« Milde. »Das bedeutet jedoch nicht, daß sie auch sterben wollte. Aber jemand glaubte, sie hätte das Leben satt. Es würde mich interessieren, wer.«

Als er wieder ins Büro kam, lag eine gewisse Spannung in der Luft.

»Es ist jemand da, der Sie sprechen möchte, Chef. Sagt, Sie erwarten ihn.«

»Das stimmt. Aber ich muß erst meine Berichte durchlesen. Das dauert zwanzig Minuten. Sagen Sie ihm, ich bäte ihn, sich so lange zu gedulden. Sobald ich kann, stehe ich zu seiner Verfügung.«

Seine Untergebenen zogen die Augenbrauen hoch. Es war nicht üblich, daß er sich darüber Gedanken machte, wenn er Leute warten ließ. Er selber brannte vor Neugier, und gerade darum unterdrückte er sie mit einer Viertelstunde Papierkram.

»Es tut mir leid, daß es so lange gedauert hat. Ich mußte heute morgen zu dem Begräbnis.« Er hatte keine Ahnung gehabt, wie der Besucher aussehen könnte; jedenfalls trug er keinen schmutzigen Regenmantel, wirkte mehr wie jemand von der Botschaft, ein schlanker junger Mann Anfang Dreißig in einem gut sitzenden dunkelblauen Anzug, mit einer schlichten Seidenkrawatte, den zwar ein Ledermantel, aber keiner im Polizeistil, vor dem holländischen Wetter schützte: sportlicher weicher Mantel mit Gürtel. Seine Aktentasche war schwarz und teuer wie der Ledermantel und dünn wie er, sah nicht so aus, als wäre ein Revolver darin. Aber es war bestimmt höflicher, sich nicht danach zu erkundigen. Kurzgeschnittenes blondes Haar, grünliche Augen, die dazu erzogen waren, sich nicht zuviel zu bewegen, eine naive Miene, die – wer weiß? – echt sein konnte. Er sah, soweit man es beurteilen konnte, aus wie das, was er zweifellos war: ein intelligenter junger französischer Beamter, der politische Wissenschaft studiert hatte. Er sprach fließend Holländisch mit nur wenig Akzent.

»Verzeihen Sie die Störung.«

Ein mildes Lächeln. Amerikanische Zigarette, ein goldenes Feuerzeug. Weiße Intellektuellenhände, aber ein straffes Gesicht, dem man ansah, daß es sich vor frischer Luft nicht fürchtete. Konnte in Judo ausgebildet sein.

»Ich komme von der Botschaft, Kommissar, in der Hoffnung, daß wir uns gegenseitig nützen können. Ich möchte kein Blatt vor den Mund nehmen. Wir sind an dieser Frau interessiert. Ihr Tod ist von einem Geheimnis umgeben.«

»Sie wollen mir doch wohl nicht weismachen, sie habe mit Geheimarmeen in Verbindung gestanden?« sagte van der Valk, die Arme zum Himmel hebend.

Ein Lachen.

»Das würde mich sehr überraschen. Wir beobachten unsere Geheimarmeen sehr genau; sie sind sehr respektabel und diskret – wie sie es sein müssen, sonst wäre die holländische Regierung alles andere als entzückt. Mit Maschinenpistolen laufen sie nicht herum.«

»Was wissen Sie von der Sache?«

»Was ich in den Zeitungen gelesen habe.« Heiter.

»Und die haben nicht von Maschinenpistolen gesprochen. Nun ja, Sie haben also das Ohr am Boden, und wir sind alle infiltriert. Ich habe nichts dagegen.«

»Ich weiß.« Unerschüttert. »Sie haben die französischen Behörden um Auskünfte gebeten, da sie in Frankreich gelebt hat. Die Anfrage ist an uns weitergeleitet worden, denn wir sind besser in der Lage, mit Ihnen zusammenzuarbeiten, wenn es nötig sein sollte.« Hm, er wollte doch wohl nicht sagen, er habe einen Hinweis bekommen, daß alles Material über den Fall von den berühmten Behörden verlegt worden sei. Nein, er brach in schallendes Gelächter aus.

»Haben Sie Material, was die Behörden nicht haben?«

»Ich habe keinen Grund, unaufrichtig zu sein. Als sie hier ankam, haben wir sie mit einiger Neugier beobachtet, aber wir sind seit langem davon überzeugt, daß sie nicht das geringste mit einer illegalen Organisation zu tun hatte. Ihr Tod hat uns ebenso überrascht wie Sie; ich kann nicht sagen, ob auch sie selbst, da ich das nicht weiß.«

»Nein, das weiß ich auch nicht.« Sie lachten beide einstimmig, erfreut darüber, daß sie einander verstanden.

»Sie reden ein bißchen darum herum, und das tue ich auch oft. Aber ich will ebenfalls ehrlich sein«, sagte van der Valk. »Wir können, glaube ich, davon ausgehen, daß sie ihren Mörder kannte. Jede andere Vermutung widerspricht dem gesunden Menschenverstand. Sie wollen mir wahrscheinlich alles, was Sie wissen oder erfahren werden, mitteilen, und ich wiederum soll das gleiche tun. Abgemacht. Ich brauche alle Hilfe, die ich bekommen kann. Sie ist von einem Profi ermordet worden. Die Pistole ist ein israelisches Militärmodell und, wie man mir sagt, eine perfekte Waffe. Und es war auch ein perfekter Mord. Niemand hat einen Fremden kommen oder gehen sehen. Es ist zu keinem Kampf, Streit oder zu einer Vergewaltigung gekommen, und die Schüsse wurden von einer Gangsterserie im Fernsehen übertönt – ein einfacher Trick, der aber zeigt, daß die Zeit genau berechnet war. Ihr Mann weiß nichts.

Wir haben erfahren, daß sie Krankenschwester war, sie hat im Trainingslager in Frankreich einen holländischen Soldaten geheiratet – Berufssoldat – und ist vor ein paar Jahren mit ihm und einem Kind, das nicht seins ist, nach Holland gekommen. Man könnte annehmen, daß das nicht zu ihrer ganzen Art paßte; ihr Mann hat mir gesagt, sie wollte nur ihren Frieden, und das stimmt wahrscheinlich. Ich glaube, das ist wirklich alles, was ich von ihr weiß, außer daß sie mit ziemlicher Sicherheit in Dien Bien Phu war.« Er sagte das, um zu sehen, ob die Bombe einschlug. Aber der Mann war gut trainiert: er zuckte nicht einmal zusammen.

»Das wissen Sie schon? Sie sind fixer als viele.«

»Nicht eigentlich – ich habe eine französische Frau.«

»Ich weiß.« Mit einem charmanten Lächeln. »Ich habe das Vergnügen gehabt, sie gestern kennenzulernen.« Bombe gegen Bombe.

»Na ja. Sie sind fixer als viele.« Beide lachten ganz spontan.

»Lassen Sie mich versuchen, Ihnen zu helfen, Kommissar. Ich

weiß ungefähr das, was Polizei oder Präfektur dort unten wissen, und das wird Ihnen Zeit sparen. Ja, Esther Marx hat in Indochina gedient und war im Frühling 54 in Hanoi. Ein Mädchen, das die Soldaten genauso liebte, wie sie das Leben liebte. Eine Frau vielleicht, die in ihrer Jugend traurige Erfahrungen gemacht hat, die Grund hatte, von den Menschen angewidert zu sein und die schlichten Ideale schätzte, denen sie bei den Soldaten in der alten Kolonialarmee begegnete. Das kann Bedeutung gehabt haben oder nicht – keine Ahnung. Man weiß nichts Genaues, nur, daß sie Liebesaffären hatte und Knall und Fall ihren Holländer heiratete, der herzensgut war, was sie vielleicht besonders anzog.« Die weiße Hand fegte es fort. »Aber jetzt zur Sache. Vielleicht, Kommissar, glauben Sie, Sie hätten Grund, sich vor politischen Verwicklungen zu hüten, und wir möchten Sie darüber beruhigen. Wenn ich es noch einfacher sagen darf: Sie fragen sich vielleicht, ob wir parallel mit Ihnen recherchieren.«

»Ja, der Gedanke ist mir gekommen. Ich bin freilich kein sehr politischer Mensch und wahrscheinlich der einzige in Holland, der Skilaufen und Rugby liebt.« Der andere lachte laut. Und van der Valk beugte sich vor, um die Asche von seiner Zigarette abzustreifen. »Aber da Sie meine Frau kennengelernt haben – ich würde sehr ungern etwas tun, das ihr schadet. Daß sie profranzösisch ist, hat keine Bedeutung für mich. Sie lebt nicht in ihrem Land, und das macht sie in allem, was Frankreich angeht, empfindlicher. Mir selbst ist es völlig gleich, ob eine französische Sicherheitsorganisation – oder eine holländische – diesen Todesfall untersucht. Mich interessiert die Sache nur als Chef der Kriminalpolizei in dieser Stadt.«

Der Mann legte sein förmliches Benehmen ab. Er schien darauf bedacht, sich freundlich zu zeigen.

»Ich habe keine gezinkten Karten, Herr van der Valk. Eine Untersuchung ist nicht geplant. Esther Marx war nicht Mitglied irgendeiner illegalen Organisation, noch hatte sie Kontakt mit einer. Sie haben um eine Überprüfung ihres Aufenthalts in Frankreich gebeten – ein Routineersuchen, von dem wir eine Abschrift bekommen haben, so wie das immer geschieht, wenn es sich um Franzosen handelt, die im Ausland leben. Die Frau ist auf eine Weise getötet worden, die als Mord bezeichnet werden könnte. Sie erwähnen Indochina und ihre Tätigkeit dort. Und ich schließe daraus, daß Sie da eine Verbindung vermuten. Dann die MPi – unüblich, weil unnötig.«

»Ja. Sie haben natürlich recht, daß das nach politischem Mord riecht. Aber Sie halten das für Unsinn, und ich bin froh, es zu hören. Sie sind der Sache jedoch nähergekommen, als Sie meinten; dies sei ein vorsätzlicher Mord und solle auch so wirken. Das könnte zu mehreren Hypothesen führen, denen nachzugehen – so amüsant sie auch sein mögen – Zeitverschwendung wäre, weil wir keine Fakten kennen. Ich habe die gleichen Überlegungen angestellt. Welche Fakten gibt es, und was enthalten sie, um eine Untersuchung zu beginnen? Daß sie unter Soldaten gelebt hat. Ich habe ein Routineersuchen an die französischen Behörden gerichtet, erwarte aber gar nicht, daß etwas dabei herauskommt, selbst wenn eine Polizeiakte über sie vorläge – es sei denn, sie habe jemanden verraten. Mir scheint aber, ich müßte in Frankreich suchen, denn eins ist bei dieser Frau seltsam: ihre Heirat mit einem sehr simplen jungen Holländer und ihr Umzug nach Holland, daß sie ein so einfaches und alles andere als aufregendes Leben geführt hat, scheint gewollt gewesen zu sein. In Indochina war die Frau in einem Militärhospital tätig und sammelte die Abzeichen, die die Soldaten ihr schenkten. Sie behielt ein paar, darunter Abzeichen von Einheiten, die in Dien Bien Phu eingesetzt waren. Und die Daten stimmen. Ich habe das nicht nachgeprüft. Meine Frau, die mit der Schlacht eine Art Kult treibt, hat es festgestellt. Vielleicht hat Esther aus den gleichen Gründen damit Kult getrieben, vielleicht hatte sie dort Verwandte. Sie war jugoslawischer Herkunft, und viele Jugoslawen dienten in den Einheiten der Legion. Das sind klägliche Ergebnisse einer Untersuchung, aber ich muß Ihnen sagen, sie sind das einzige, was ich herausbekommen habe. Wir haben keine Personenbeschreibung, nicht den geringsten Hinweis auf den Mörder.«

Der Mann seufzte ein wenig aus Mitgefühl; vielleicht war er aber auch nur traurig.

»Ein seltsames Zusammentreffen, daß Ihre Frau in Indochina Verwandte hat. Sehen Sie mich nicht so an«, lachend, »der Name Ihrer Frau steht auf keiner unserer häßlichen schwarzen Listen.«

»Aber auf einigen der holländischen.« Säuerlich.

»Ja, das wußte ich.«

»Anzunehmen.« Trocken. »Es hat hier eine Zeitlang Schatten geworfen.«

»Auf Sie? Beruflich? Diese Holländer... Darum macht Ihnen dieser Fall Marx ein bißchen Sorgen?«

»Ja. Und macht mich um so entschlossener, ihn aufzuklären. Um Esthers willen – und um meiner Frau willen.«

»Denken Sie vielleicht sogar daran, nach Frankreich zu fahren?« So zuckrig, daß van der Valk sofort wußte, er führte noch etwas im Schilde.

»Wenn meine gütigen Vorgesetzten es mir erlauben, werde ich es wohl tun. Man bittet auf amtlichem Weg um Auskünfte, und die Antwort ist nichtssagend. Wenn man miteinander spricht – so wie wir das jetzt tun –, kommt man allerdings auch kaum weiter.«

»Ich glaube, Sie sind klug.« Unvermutet. »Vielleicht spreche ich etwas unkonventionell, aber Sie sind sehr offen zu mir gewesen, und ich schätze das. Ich würde Ihnen gern in jeder Weise helfen, soweit ich es vermag. Denken Sie nicht, ich könnte jede Tür öffnen – ich weiß nicht, wo Sie anklopfen wollen, und ich wäre auch nicht so sicher, das Schlüsselloch zu finden. Wir sind in manchen Kreisen nicht sehr beliebt. Übrigens, wie Sie wissen, können die kleinen Eifersüchteleien zwischen verschiedenen Unterabteilungen der gleichen Behörde bedenklich sein. Ich bin auch kein mächtiges Rad in meiner eigenen kleinen Organisation. Dennoch werde ich versuchen dafür zu sorgen, daß – wenn Sie an die Türen unserer Freunde anklopfen – der Luftzug, der durchs Schlüsselloch dringt, nicht zu kalt ist. Wenn Sie mir erlauben, möchte ich noch eine kleine Warnung hinzufügen.«

Van der Valk lächelte; er glaubte im voraus zu wissen, was kam.

»Die Zeit in Indochina – und danach in Algerien – hat ein großes Trauma verursacht, und zwar manchmal dort, wo man es am wenigsten erwartete. Nicht nur bei Soldaten. Es würde mich nicht überraschen, wenn Sie auf eine gewisse Zurückhaltung stießen oder sogar belogen würden.« Van der Valk lächelte noch mehr.

»Ich habe darin schon einige Erfahrung – bei meiner Frau.«

Kapitel 11

Er verbrachte den Rest des Tages damit, darüber nachzudenken. Es gab eine Parallele zwischen Arlette und Esther. Vielleicht keine sehr gute, aber wie er dem Mann gesagt hatte: Dies war ein einziger Anhaltspunkt. Beide Frauen hatten Holländer geheiratet und bewußt einen großen Teil ihrer Vergangenheit von sich geschoben. Wichtig war jedoch gerade der Unterschied zwischen ihnen. Arlette war ein unschuldiges Mädchen gewesen, mit einer romantischen Schwärmerei für die Soldaten. Esther war ganz anders: eine durch die Erfahrung hart und bitter gewordene Frau, die selber bei der Armee gewesen war.

Er kannte sich in dem Trauma aus, denn er hatte es selbst erlebt. Er hatte sich bemüht zu verstehen – und das war in Holland nicht schwer, wo bei denen, die in Indonesien gewesen waren, lange etwas von der gleichen Mentalität vorgeherrscht hatte –, daß der Ferne Osten einen nicht wieder losließ. Er war selber nie dort gewesen und bedauerte das. Dien Bien Phu war ein Sonderfall, aber es gab eine Menge Literatur darüber, und es war nicht schwer, die »Zurückhaltung« zu verstehen, auf die der DST-Mann behutsam angespielt hatte.

Die Soldaten, die dort gewesen waren, verbrachten einige Monate in Gefangenenlagern der Vietminh – jene, die den Marsch dorthin überlebt hatten. Das bildete ein starkes Band. Sie waren zwar besiegt worden, hatten sich aber nicht ergeben. Sie waren isoliert worden, hatten aber nicht den Mut verloren. Sie glaubten sich von Paris verraten und waren treu geblieben. Viele starben. Aus der Wahrheit erwuchs ein mystisches Ideal von Opfer und Tod. Sie kehrten nach Frankreich zurück, wo sie entdecken mußten, daß niemand an ihrem Schicksal interessiert war, wodurch sie noch verbitterter wurden, sich noch ausgeschlossener fühlten. Als das geschah, was sie als den Verrat Algeriens betrachteten, sahen sie sich von jeder Verpflichtung den Regierungen gegenüber entbunden, die sie in einer Wildnis in den Tod geschickt und dann all das verschachert hatten, das zu erhalten sie gestorben waren. Die Mentalität der Geheimarmee war in diesem Punkt leicht zu begreifen.

Es wäre natürlich ein Fehler zu glauben, die Geheimarmee bestünde nur aus den Überlebenden von Dien Bien Phu. Aber jeder von denen, die in Indochina gekämpft hatten, konnte, wenn er mit dem Gesetz in Konflikt kam, Nachsicht erwarten, ja sogar, daß man die Augen davor schloß, ob er nun eine Bank ausgeraubt oder nur die Sozialversicherung betrogen hatte. Wenn die Gendarmerie kam, gab man vor, nichts zu wissen. Es waren anständige Menschen, die selten ein Verbrechen verteidigen oder gar vergeben würden, aber sie denunzierten nicht oder halfen bei der Fahndung. Ein unendlich nuanciertes und verworrenes Doppeldenken. Van der Valk biß mit seinen großen Pferdezähnen auf einen Bleistift, warf ihn hin und wandte sich alltäglicheren Dingen wie Ladendiebstählen zu.

Kurz vorm Mittagessen beschloß er, den Stier bei den Hörnern zu packen – hatte dieser Stier Hörner? Nein, aber der Chefkommissar der Polizei für die Provinz Nordholland konnte gelegentlich unangenehm werden. Trotzdem rief er den betreffenden Herrn zunächst einmal an.

»Ach, van der Valk, ich habe mich schon gefragt, wann ich von Ihnen hören würde. Was ist das mit diesem Maschinenpistolen-Unsinn? Bonnie und Clyde sind wohl in die Stadt gekommen?« Van der Valk lachte herzhaft, erfreut darüber, daß der alte Sauertopf so gut gelaunt war.

»Nun, es ist wahrscheinlich sehr kompliziert. Es hat bestimmt etwas mit ihrer Vergangenheit zu tun, und ihre Vergangenheit ist nicht ohne.«

»Wieso sind Sie dessen so sicher?«

»Als sie diesen Unteroffizier Zomerlust heiratete – er ist ein anständiger Mann, gegen den sich nichts sagen läßt –, machte sie es zur Bedingung, daß ihre Vergangenheit nie mit einem Wort erwähnt wurde. Es stimmt, sie hatte ein Kind. Sie war französische Militärschwester, war in Indochina gewesen, hatte vielleicht eine Verbindung zur Geheimen Armee. Aber ich habe gerade jemanden vom DST bei mir gehabt, der mir versichert, das stimme nicht. Nun, irgend etwas ist da trotzdem nicht geheuer. Was, wird sich erst herausstellen. Wir kommen nur langsam voran. Das beste wäre es, nach Frankreich zu fahren und ihre Vergangenheit zu durchleuchten. Aber wahrscheinlich würden Sie es nicht sehr gern sehen, wenn ich das täte.«

»Wovon reden Sie?« Seine Stimme klang jetzt sehr viel weniger freundlich.

»Nun, es hat eine Zeit gegeben, da unser würdiges Äquivalent zum DST in seinem Spatzenhirn den tollen Gedanken hatte, meine Frau sei in der Geheimen Armee.«

Man hörte ein grunzendes Geräusch in der Leitung, als ob der alte Löwe ein paar Hammelknochen nagte. Und dann sagte er: »Unsinn. Unsinn.«

»Ich würde die Untersuchung sehr gern führen.«

»Ja, ja.« Verdrießlich. »Aber ich habe nicht gesagt, daß Sie nach Frankreich fahren können. Mir gefällt das alles gar nicht. Dennoch, Sie kennen mich, van der Valk. Ich bin immer loyal.«

»Davon bin ich überzeugt.« Sehr milde.

»Ja – nun, ich muß darüber nachdenken. Ich werde Den Haag fragen müssen, ehe ich Sie ermächtigen kann, das Land zu verlassen. Ich gebe Ihnen dann Bescheid.«

»Ja.«

Als er gerade zum Mittagessen nach Hause fahren wollte, läutete das Telefon.

»Kommissar van der Valk?« sagte eine helle heitere Mädchenstimme.

»Am Apparat.«

»Hier ist das Sekretariat des Justizministers. Der Minister möchte Sie sprechen. Er ist sehr besetzt und wäre froh, wenn Sie Punkt halb zwei hier in seinem Büro sein könnten.«

»Ach Gott.«

»Wie bitte?«

»Ich sagte, ja gern.«

»Und wir können uns darauf verlassen? Der Minister ist sehr beschäftigt und hat um zwei eine weitere Verabredung.«

»Ja, liebes Fräulein.«

»Vielen Dank.«

Er legte die Hand auf die Gabel, sagte: »Verdammt noch mal«, hob die Hand, und als die Telefonzentrale sich meldete, befahl er in düsterem Ton: »Verbinden Sie mich mit meiner Frau.«

»Arlette? Was gibt's zum Mittagessen?«

»Bohnen mit Speck.«

»Ach Gott. Mit Gans?«

»Natürlich nicht. Denkst du, du bist in Toulouse?«

»Warum, gibt's in Holland keine Gänse? Und komm mir nur nicht damit, Gänse seien auch Lebewesen. Das ist kalter Kaffee.«

»Ich bin nur eine arme barfüßige Bäuerin aus der Provence und außerdem Analphabetin. So was weiß ich nicht. Ich bin die Ziege von Monsieur Séguin.«

»Nur daß du den Wolf gefressen hast. Also, ich komme zum Essen nicht nach Hause. Ich muß nach Den Haag fahren, werde in einer Snackbar ein Sandwich essen.«

»Ich hebe dir etwas für heute abend auf. Vorhin hab' ich Ruth in der Schule angemeldet.«

»Gut. Also bis heute abend – hoffentlich.«

»Toi, toi, toi«, sagte Arlette.

Er war trotzdem angenehm überrascht, als er genau dreizehn Minuten vor zwei in einem Sessel saß, sein Verslein bereits heruntergeleiert hatte und der Herr hinter dem Empireschreibtisch nachdachte.

»Ich kann nicht recht verstehen, was diese französischen Geheimdienstler...«

»Das ist es eben, Exzellenz. Sie sind einem ein Rätsel. Natürlich wollen sie nicht mit uns zusammenarbeiten, denn sie sind der Takt selbst und würden sich nicht im Traum in unsere Angelegenheiten einmischen. Was sie sagen, scheint mir klar: keine Geheime Armee – aber etwas stimmt da nicht. Sie wissen es vielleicht nicht oder sind unsicher, oder es ist vielleicht nur etwas, an das sie lieber nicht rühren. Sie wollen mich vielleicht nur vorschieben.«

»Wir müssen um jeden Preis politische Verwicklungen vermeiden«, sagte die ruhige Stimme. »Wenn Sie fahren, werden die Zeitungen das Interesse verlieren. Ich kann dafür sorgen, daß nach Ihrer Abreise eine diskret abgefaßte Verlautbarung hinausgeht. Ich sage Ihnen offen: Wenn ich zustimme, gehe ich davon aus, daß möglichst kein Schaden entsteht. Die Franzosen sind charmant, brillant, reizend und diabolisch – nicht immer in dieser Reihenfolge...«

»Ich habe einen vertraulichen Tip, daß sie mir den Weg ebnen werden.«

»Sie sind jedenfalls für diese Aufgabe sehr geeignet, Sie können die Sprache und kennen das Volk. Wenn ich mich recht erinnere, ist Ihre Frau Französin.«

»Ganz recht, Exzellenz.«

»Ich habe mit dem Generalstaatsanwalt über Sie gesprochen. Sie haben schon einmal eine Untersuchung über eine Familie in Frankreich geführt und sollen das sehr gut gemacht haben. Aber Sie sind damals angeschossen worden, und das darf nicht wieder passieren.« Er griff nach einem halb mit Milch gefüllten Glas auf seinem Schreibtisch. »Verzeihen Sie, ich habe nicht zu Mittag gegessen.«

»Ich auch nicht, Exzellenz.«

Er verzog den Mund zu einem Lächeln. »Nun, Kommissar, Ihre Erfahrung in diesen Dingen ist vielleicht von hohem Wert. Nichts für ungut, wenn ich wiederhole, daß es unter keinen Umständen zu Konflikten oder Skandalen mit offiziellen oder inoffiziellen französischen Wachhunden kommen darf.«

Der onkelhafte Ton klang nicht falsch. Das ist ein einfacher, freundlicher Mann, dachte van der Valk, der die Phrase »Nichts für ungut« liebt.

»Ich werde mich nicht töricht anstellen«, versprach er.

»Nun, nein.« Seufzend. »Ich muß mit dem Chefkommissar sprechen. Sie gehen jetzt am besten zu unserer Finanzabteilung und holen sich französisches Geld und so weiter. Ich werde dafür sorgen, daß dort alles glattgeht.«

In einem bescheidenen Büro sprach er mit einem Buchhalter, der lange wegen der Kosten feilschte.

»Kommen Sie nicht mit Quittungen für Taxifahrten zurück, sonst macht der Chef ein sehr finsteres Gesicht.«

»Na, was!«

»Frankreich ist ein teures Land, wissen Sie.«

»Wußte ich gar nicht. Ich will versuchen, es nicht zu genießen.«

»Lieber Sie als ich«, sagte dieser Tölpel gekränkt.

»Gibt's da eine Wahl?«

Es folgte ein unangenehmes Schweigen, in dem viele Papiere hin und her geschoben und unterschrieben wurden. Als alles vorüber war, hielt van der Valk eine Menge davon in Händen, blickte fromm zum Himmel auf, fragte: »Woher kommen die?«, verbeugte sich und schloß die Tür leise hinter sich.

In seinem Büro verlangte er eine halbe Stunde später Kaffee, ließ seinen ältesten Inspektor zu sich kommen und sagte mit verschmitztem Lächeln: »Wie ich Ihnen schon angedeutet habe, verreise ich für ein paar Tage, vielleicht vierzehn Tage, vielleicht kürzer. Es ist ganz einfach: Sie machen eine kurze Zusammenfassung der täglichen Meldungen und schicken sie durch Boten.«

»Was werden Sie der Presse sagen?«

»Ich werde die Presse mit hübschen kleinen Gartenerbsen füttern.«

»Was, in dieser Jahreszeit?«

»Nein, ich bin nicht beschwipst – ich habe mit dem Justizminister nur Milch getrunken.«

»Eine kurze Erklärung«, sagte van der Valk zu den versammelten Journalisten. »Es sind ein paar Mißverständnisse aufgekommen. Ihr könnt euch mit dieser Maschinenpistole so viel amüsieren, wie ihr wollt, aber verliert darüber die Wahrheit nicht aus den Augen, so langweilig sie auch sein mag. Ich rekapituliere: Esther Marx ist weder Jüdin noch Araberin. Verzeihung – war es nicht. Sie war auch kein politischer oder sonstiger Flüchtling, sondern regulär mit einem holländischen Bürger verheiratet. Für ihre Ermordung ist kein politisches Motiv entdeckt worden und wird höchstwahrscheinlich auch nicht entdeckt werden. Soviel darüber. Man hat auch keine besonderen Freundschaften oder verdächtigen Verbindungen entdeckt. Sie hat ruhig und zurückgezogen gelebt, ist nie auch nur in den kleinsten Skandal verwickelt gewesen. Da keine Gangster im Spiel sind, gibt es folglich auch keine Gangsterbande. Punkt. Absatz. Der Mörder – wir kennen ihn nicht, haben kein Bild von ihm. Er ist bestimmt Neurotiker, was aber nicht bedeutet, daß er ein gefährlicher oder irrer Verbrecher ist. Es besteht keine Gefahr für die Bevölkerung, und ihr könnt das schreiben. Der Mann ist verschwunden, ohne eine Spur zu hinterlassen. Keine Einzelheiten können oder werden – ich wiederhole: werden – über die nach ihm laufende Fahndung bekanntgegeben werden. Schließlich sind keine spektakulären Entwicklungen in naher Zukunft zu erwarten. Die Untersuchung erfordert viel Geduld und eine lange und langweilige Überprüfung in verschiedenen Richtungen. Hat jemand Fragen?«

»Führen Sie die Untersuchung selber?«

»Ja.«

»Fahren Sie ins Ausland?«

»Wenn es sein muß.«

»Hatte die Frau Beziehungen zu Nazis?«

»Haben Sie nicht zugehört?«

»Wie ist es mit ihrer Vergangenheit?«

»Mit der wird man sich natürlich genau befassen – das gehört zur Routine.«

»Sie hat ihren Mann in Frankreich kennengelernt – ist das ein Hinweis auf das, was Sie unternehmen werden, Kommissar?«

»Nicht unbedingt.«

»Was wird aus dem Mädchen, dessen sich Ihre Frau annimmt?«

»Das Kind wird nicht erwähnt. Es hat nichts mit der Sache zu tun, wie ich betonen möchte.«

»Hat ihr Mann etwas Wesentliches aussagen können?«

»Er hat keine Ahnung, weswegen seine Frau ermordet worden ist.«

»Kommissar, Sie haben Geldgier, Sadismus, Politik, Leidenschaft ausgeschieden. Welches Motiv ist Ihrer Meinung nach das richtige?«

»Keins.«

»Ein sinnloser Mord?«

»Ich habe schon gesagt, der Mann war bestimmt neurotisch, wenn nicht irre.«

»Sind Sie sicher, daß es ein Mann ist?«

»Nein. Die Maschinenpistole läßt das nur vermuten. Das ist alles.«

»Hält Ihre Theorie von gestern, daß es sich um einen Professionellen handelt, im Licht dessen, was Sie jetzt wissen, noch stand?«

»Es sah so aus und sieht so aus, als hätten wir es mit einem Mann zu tun, der ruhig und geschickt ist und schnell schaltet. Und der wahrscheinlich daran gewöhnt ist, mit Feuerwaffen umzugehen. Das übrige wird sich zeigen.«

»Kommissar«, ein letzter Versuch, ihm etwas zu entlocken – »unterstützen die Militärbehörden Sie bei Ihren Nachforschungen?«

»Wenn sich das als nötig erweist, werde ich sie darum bitten. Im Augenblick aber noch nicht. Und jetzt gestatten Sie mir, daß ich zum Abendbrot nach Hause fahre.«

Er war schon im Vorzimmer, als er zurückgerufen wurde.

»Das Telefon, Chef. Soll ich sagen, Sie seien schon fort?«

»Wer ist es?«

»Die französische Botschaft.«

»Geben Sie her... van der Valk... Danke.«

»Ich hoffte, Sie noch zu erreichen«, sagte eine helle schnelle Stimme auf französisch. »Ich habe es gerade erst selber erfahren. Sie war zu der Zeit in Hanoi. *Convoyeuse de l'Air.* Sie ist bestimmt zum Hochplateau geflogen. War bei der Belagerung natürlich nicht dabei. Das wollte ich Ihnen auf alle Fälle sagen.«

»Ich danke Ihnen.«

Bei ihm zu Hause war es so still wie immer um diese Zeit. Arlette war in ihr Krankenhaus gefahren, und Ruth zeichnete.

»Guten Abend. Was ist mit der Schule?«

»Morgen kann ich dort anfangen. Ich bin schwach in Geschichte und Geographie; Arlette sagt, ich werde vieles nachholen müssen, und Sie könnten mir dabei helfen.«

»Und was tut sie? Dabeisitzen und kritisieren?«

Ruth war instruiert worden, das Abendessen um halb sieben in den Ofen zu schieben; um zwanzig vor sieben vollführte Arlettes Auto draußen lauten Spektakel.

»Im Rechnen ist sie leidlich, sagt Herr Thorbecke. Im Französischen ist sie nicht so gut, weil sie keine Grammatik kann, und über ihre schriftlichen Arbeiten hat er Gesichter geschnitten. Aber er ist ganz vernünftig. Von Geschichte oder Geographie weiß sie gar nichts, doch er meint großmütig, das sei nicht ihre Schuld. Sie kann im nächsten Jahr mit Deutsch oder Englisch beginnen. Was meinst du – lohnt es sich für ein Mädchen, Latein zu lernen? Da sie fließend Französisch spricht, wäre da nicht vielleicht Spanisch oder Italienisch besser?« Das war ein Problem, dem sie sich noch nicht gegenübergesehen hatte; bei Jungen war das anders.

»Arlette...« Es war neun. Ruth war schon im Bett.

»Was ist?«

»Heute war der Mann vom DST bei mir.«

»Ach.« Sie schwiegen beide verlegen.

»Sie war in Dien Bien Phu, weißt du. Mir ist einiges aufgegangen, obwohl das alles unfaßbar ist.«

»Wenn es unfaßbar ist, wie kann es dir dann aufgegangen sein?« fragte Arlette pedantisch.

»Ich bin nur herumgetappt, ich, ein armer holländischer Bauer. Nein, du bist nicht in der Geheimen Armee, und Esther war es auch nicht, aber an Esther ist wirklich etwas merkwürdig. Er weiß es vielleicht selber nicht. Die Sache ist jedoch so weit geklärt, daß ich nach Frankreich fahren kann, um herauszubekommen, weswegen Esther, was immer sie getan haben mag, gedeckt worden ist.«

»Du sprichst in Rätseln.«

»Ja, aber sie ist auch ein Rätsel. Ich will jedoch nicht, daß du darunter leidest. Das Kind...«

»Es bleibt, wo es ist.«

»Gut – weiter wollte ich nichts hören. Wir dürfen Esther gegenüber nicht unloyal sein. Ich glaube, ihr habt viel gemeinsam.«

»War diese Frau«, sagte Arlette sehr leise, fest entschlossen, sich nicht mehr zum Narren halten zu lassen, »in Dien Bien Phu? *Convoyeuse de l'Air?* Aber sie ist nicht dort geblieben. De Gallard war die einzige, die blieb.«

»In Hanoi wimmelte es gewiß von Menschen, die hineinwollten, und einigen von ihnen ist es geglückt. Ist dir nicht der Gedanke gekommen, daß etwas geschehen ist – daß sie etwas getan hat, das gedeckt werden mußte? Ich habe heute einen Hinweis bekommen, daß es so war. Sie hat etwas getan. Später ist es vielleicht durchgesickert, und darum hat sie Frankreich verlassen. Jemand hat vielleicht diese lange Zeit gebraucht, um herauszubekommen, wo sie war. Daher die Maschinenpistole. Aber was, zum Teufel, hat sie getan, und wie soll ich es herausbekommen?«

»Vielleicht war es etwas, das die Welt ein Verbrechen nennt, die Armee aber nicht«, sagte Arlette.

»Wie meinst du das?«

»Weiß nicht. Manche Frauen hatten sich zu dem Leben entschlossen, da es sie – wie soll ich es ausdrücken? – vor ihrer Umgebung, vor der Bourgeoisie, vor der Feigheit, dem Neid und der schmutzigen Art, aus zwei Groschen drei zu machen, ekelte; ich hätte das auch fertiggebracht. Wenn Esther so war, dann kann ich nur sagen, es ist eine Gnade Gottes, daß ich das Kind sozusagen geerbt habe. Versuch, über sie herauszubekommen, was du nur kannst – für mich. Ich muß dieses Kind aufziehen; es ist wichtig für mich.«

Van der Valk steckte sich stumm eine Zigarette an.

»Ja. Nun, ich fahre. Ich habe grünes Licht vom Minister.«

»Und der Staatsanwalt?«

»Nein, es ist eine reine Verwaltungsangelegenheit: als was ich beruflich in Frankreich auftrete und wozu ich berechtigt bin. Es soll nichts darüber verlauten, um die Franzosen nicht zu ärgern und die Presse nicht zu alarmieren. Um jeden Preis soll die Politik aus dem Spiel bleiben. Wie bei der Marschall-Affäre.«

»Als du schließlich angeschossen wurdest.«

»Komisch, genau das hat der Minister auch gesagt. Mach dir keine Sorgen. Ich werde mich vor diesem Irren mit der Maschinenpistole sehr in acht nehmen. Wichtig ist nur, wie ich es anpacke. Ich fahre hin und bekomme blöde Antworten. Jener Polizeibeamter ist – ob ich ihm nun Champagner spendiere oder nicht – meine letzte Zuflucht. Ich muß zunächst einmal etwas in der Hand haben, um weitermachen zu können. Ich kann nicht einfach hingehen und fragen: Was hat Esther getan, und warum ist das mit dem Mantel der Liebe zugedeckt worden? Ich muß es indirekter anfangen. Vielleicht ist es das beste, Leute zu finden, die an der Schlacht teilgenommen haben, und herauszubekommen, wer sie gekannt hat. Es war eine relativ kleine Gruppe. Wie viele ungefähr?«

»Ungefähr zweitausend. Es gibt noch viele.« Sie zögerte. »Die, die dort waren... Warum fragst du nicht Jean-Michel?« Ihr Bruder, der in Toulon lebte und ihnen manchmal sein Landhaus zur Verfügung stellte. Ein sehr wohlhabender Ingenieur. Als van der Valk in den Pyrenäen am Bein verletzt worden war, hatten sie, nachdem er halb wieder genesen war, vierzehn Tage in Toulon Station gemacht. Er hatte Jean-Michel sehr gern.

»War er denn dort?«

»Nein, aber im Delta. Auch einer, der versuchte, hineinzukommen. Er war Brückenbauer, und sie hatten damals keine Verwendung für ihn. Warum rufen wir ihn nicht an?«

Diese einfache Lösung gefiel ihm.

»Tu's.«

Als sie die Nummer wählte, hätte er am liebsten die Hand ausgestreckt, um die Schwatzmaschine abzuwürgen. Wollte er wirklich, indem er ihre redselige, clevere Familie ins Spiel brachte, sie noch tiefer in diese Sache hineinziehen? War es nicht unanständig, so in Esthers Privatleben einzudringen, das geheimzuhalten sie sich so bemüht hatte? Nur zum Amüsement und der Erbauung der High-Society von Toulon. Aber es war jetzt zu spät. Schon läutete das Telefon in Jean-Michels Wohnzimmer, und Arlette winkte ihm triumphierend.

»Hallo? Claudine? Ja, ich bin's. Ja, fein. Ja, sie ist hier. Ich? Leide wie immer; wie geht's dir? Und Jean-Michel? Ist er da? Würdest du ihn mir einen Augenblick geben? Ich gebe dir dann Arlette. Hallo, mein Lieber. Wie geht's, wie steht's? Sag mal, bist du in den nächsten Tagen mehr oder weniger zu Hause? Ich habe vor, bei euch hereinzusehen, wenn euch das nicht zu schrecklich ist. Ich habe etwas sehr Interessantes, über das ich gern eure Meinung gehört hätte. Ja – ach, es ist eine lange Geschichte. Nein, nein, beruflich. Ich falle euch doch hoffentlich nicht lästig? Aber natürlich: bei einem guten Glas Wein. Morgen abend wahrscheinlich. Was kann ich euch mitbringen? Einen geräucherten Aal? Ja, natürlich. Leg nicht auf, hier ist Arlette.«

Es war geschehen, und er konnte jetzt nicht mehr zurück. Aber ach, der Gedanke war gar nicht so schlecht. Jean-Michel war klug und alert und sehr modern. Er war außerdem sehr ausgeglichen und kein Narr. Arlette klatschte selig, und er ging in die Küche, um sich Milch zu holen.

»Alors bye-bye«, sagte sie, als er zurückkam. Diese furchtbare Art, die französische Frauen hatten, wenn sie telefonierten. Dieses Franglais – es war das gleiche, wenn sie in Frankreich waren: Am ersten Tag übertrieb Arlette alles, ihren Akzent, ihren Appetit, ihre Manieriertheiten, um zu zeigen, daß sie »zu Hause« war. Man konnte es ihr nicht übelnehmen. Es war menschlich, daß sie noch nach zwanzig Jahren in Holland ihr Land besonders liebte. Das war kein Chauvinismus. Was hatte Esther empfunden? Hatte auch sie nach ihrem »eigenen« Land gehungert, während sie in der Wohnung am Van-Lennep-Weg saß? Was war ihr Land? Jugoslawien, das sie höchstwahrscheinlich nie gesehen hatte? Der Pas de Calais, wo sie geboren war? Das sehr heiße und bitterkalte Hochland im Südwesten? Oder Indochina?

»Erinnere mich daran, daß ich einen geräucherten Aal für sie besorge.«

»Und ich werde dich daran erinnern, daß du mir eine geräucherte Gänsebrust mitbringst.«

»Ich rufe den Flughafen an.«

Flughäfen... Nach einem unerträglichen Hin und Her bekam er einen Platz in einer Maschine der Iberia, die ihn nach Paris bringen würde und nach einigen Stunden Aufenthalt einen Air-Inter zur Küste hinunter, nachdem er zwei andere abgelehnt hatte, durch die er zwar eine Stunde gewonnen hätte, aber a) in Nizza und b) in Lyon gelandet wäre... Er würde wieder um sein Mittagessen kommen.

Kapitel 12

Am nächsten Vormittag um elf Uhr legte der Kommissar im Flughafen Schiphol einem hinter dem Schalter sitzenden gelangweilten Mädchen ein amtliches Schreiben vor, das Peter Simon Joseph van der Valk berechtigte, auf Kosten des holländischen Staates ein Flugzeug (Touristenklasse) zu benutzen. Sie stellte ihm daraufhin einen Flugschein Amsterdam/Schiphol–Marseille/Marignane via Paris/Orly aus.

Arlette wartete ein Stück entfernt mit seinem Koffer, in den sie, was er aber nicht wußte, Kosmetika für Claudine gepackt hatte, die man in Flughäfen so billig bekam. »Und zollfreien Whisky, damit du nicht mit leeren Händen kommst.«

»Weiß Gott nicht«, brummte er, als er den Koffer ergriff. »Der ist ja schwer wie Blei!«

»Ich habe deinen Regenmantel, einen Anzug, feste Schuhe und ein gutes Hemd eingepackt, falls du irgendwohin gehst...«

Frauen waren immer so übereifrig, wenn's ans Packen ging. »Aber ich brauche nur Unterwäsche.«

»Das denkst du. Du kennst Marseille nicht – eiskalt und Regen –, du wirst es sehen.«

»Vielen Dank.«

»Ich kann nicht bleiben. Ruth kommt zum Mittagessen nach Hause.«

»Was gibt's?« Voller Neid. Er würde im öden Orly ein ebenso scheußliches wie teures Lufthafenmenü bekommen...

»Da wir Frauen unter uns sind, Schnitzel mit der sauer gewordenen Sahne und gegrillte Bananen.«

»Ach, mit Rum...«

»Aber Claudine ist auch eine gute Köchin. Paß auf dich auf, mein Liebling, und mach dir keine Sorgen. Ich bin auf deiner Seite. Hast du gedacht, ich sei dagegen?«

»Eine Weile, ja.«

»Grüß die Familie herzlich.«

»Grüß Ruth herzlich.« Sie lächelte, glücklich darüber. Sie trug Schuhe mit hohen Absätzen und brauchte sich nicht zu recken, um ihn zu küssen.

»Alors bye-bye.« Ihm waren gerade noch die richtigen Worte eingefallen, ehe ihn das Transportband davontrug.

Van der Valk hatte Muße, sich in Schiphol umzusehen und würde noch mehr Zeit haben, das in Orly zu tun – und er haßte Flughäfen. Sie waren unmenschlich. Bahnhöfe waren zivilisiert, Flughäfen nicht. Die Menschen wurden gestempelt und etikettiert, wie Zahnpasta durch Tuben gedrückt und schließlich in einem ekelhaften kleinen Tunnel eingekapselt, der ein Vermögen kostete, so daß ein Computer bis auf das letzte Milligramm den Profit errechnen mußte. Der Verlust an Würde schüchterte einen so ein, daß man sich mit den Bedingungen eines sehr milden, sehr menschlichen Schlachthauses abfand, wo man vor der Euthanasie einen kleinen Gin bekam. Das Schlimmste war die Behauptung der Flughäfen, man schwelge im Luxus.

Flughäfen ließen ihn immer wünschen, er wäre in Kuba.

Folglich ging er in Orly mit so schweren Schritten wie Kommissar Maigret umher, studierte skeptisch die Speisekarte im Restaurant, aß ein Menü, das genauso war, wie er es befürchtet hatte, fand eine Ecke, so dunkel, daß selbst Amerikaner in Plastiküberschuhen davor zurückschreckten, und setzte sich, um den Playboy zu lesen, mit dem dunklen Gefühl, daß diese Lektüre genau zu seiner Gemütsverfassung paßte... Endlich konnte er in das Getriebe zurückwanken, bekam sogar Pfefferminztabletten und wurde in einem anderen Zahnpastenwurm die ganze Strecke bis nach Marseille gedrückt. Auf Marignane peitschte ihm der Regen ins Gesicht, aber Arlette mußte telefoniert haben, denn Jean-Michel war da, um ihn in seinem Auto abzuholen, mit Funktelefon und einem unsichtbaren Todesstrahl vorn, der die minderwertigen Autos vor ihm aus dem Weg räumte.

Er hatte Arlette mit ihrem Bruder geneckt. Jean-Michel war ganz wie Monsieur Tout-le-Monde in Fernsehserien, ein wandelnder Banksafe, aber immer zum Lachen bereit; mit seinen Gedanken stets woanders, heiter, alles auf die leichte Schulter nehmend. Flott gekleidet und begeistert für Spielzeuge und technischen Firlefanz; der große Ingenieur, schlank und jugendlich in Badeshorts am Strand von Arcachon, der das Schlauchboot für die Kinder aufblies, um sich selber damit zu vergnügen...

Jean-Michel war dennoch unvermutet älter geworden, aber auf die richtige schicke Weise; seine Taille war nicht dicker als früher, und er war wunderbar braungebrannt, aber er trug eine randlose Brille und einen lustigen kleinen Bart. Ein echter Franzose, aß mit lautem Schmatzen, sprach mit vollem Mund, rauchte Zigaretten, die nach nichts schmeckten, und trank vor den Mahlzeiten Whisky, den er den offiziellen Antialkoholkampagnen zuliebe genau abmaß, war unheimlich intelligent, hielt Briefeschreiben für Zeitverschwendung, kam mit jedermann aus. Er war angenehm kindlich und amüsierte sich sehr über das Tagebuch eines Ingenieurs voll nützlicher Daten, alles in russisch, und einen Füllfederhalter, auf dem eingraviert war: Mit den persönlichen guten Wünschen von Dwight D. Eisenhower. Seine gigantische Wolkenkratzerwohnung in Super-Toulon machte van der Valk einen Heidenspaß. Es gab darin mehr Spiegel als in einer Damentoilette des Hilton... Das Badezimmer bestand aus grünem Marmor und hatte viele Scheinwerfer hinter kupfernen Bullaugen. Im Flur hingen Schalter für die verschiedensten Geräte, aber der Wohnraum war eine prähistorische Höhle mit riesigen Steinen und garantiert echten griechischen Amphoren. Man betrat ihn durch einen unregelmäßigen Bogen aus rauhem Beton und fand, daß alle Möbel besondere fötale Formen hatten. Hier konnte man sicher sein, durchsichtige, mit Wasser gefüllte Sofas anzutreffen, Tische, die riesigen Pilzen glichen und in denen sich Springbrunnen, Bars und Hi-Fi-Apparate verbargen, und außerdem waren die Wände mit unheimlichen Malereien bedeckt.

Claudine paßte dazu, eine dünne geschmeidige Frau mit silbernem kurzem Haar; sie saß knochenlos zusammengerollt in einem Sessel, der wie ein linker Lungenflügel aussah, duftete herrlich und setzte den Menschen gern kleine komplizierte Gerichte vor; gebratener Tintenfisch und gegrilltes Huhn begrüßten ihn zusammen mit Ouzo, Retsina und gräßlichem mazedonischem Kognak – hm, Claudine hatte ihre griechische Woche. Ihm gefiel es hier; alles war spontan, warmherzig, sprühte vor Leben. Claudine wirkte wie ein Schmetterling und war Kindergärtnerin. Jedesmal, wenn er die beiden sah, bemerkte er verblüfft, wie furchtbar reich sie waren. »Ja«, gaben sie strahlend zu, »stinkreich. Aber ist das nicht hübsch?« Und das war es.

»Und wie geht's in Holland?«

»Heute morgen gab's große Aufregung über das gemeine Frankreich.«

Amüsierte Ausrufe.

»Was passiert, wenn ich eine Nadel in dieses Sofa stecke?«

»Ich glaube nicht, daß man es kann. Es ist wie Elefantenhaut und widersteht sogar einem brennenden Zigarettenstummel. Aber man könnte es mal mit Säure versuchen«, sagte Jean-Michel und sah aus, als wolle er es gleich tun.

»Müßte hier nicht eine nackte Frau sein?«

»Die gibt es hier oft; Claude springt nackt wie ein Balljunge herum.«

Er nahm einen Mundvoll von etwas komisch Schmeckendem. »Was ist das?«

»Keine Ahnung. Die Hersteller sind Kommunisten. Etwas Radioaktives aus der japanischen See stand auf der Büchse«, antwortete Claudine.

»Jetzt will ich aber erst einmal berichten, warum ich hier bin«, sagte van der Valk, als er sich mit allem möglichen vollgestopft hatte. »Ich möchte alles über die Schlacht von Dien Bien Phu wissen.«

»Großer Gott.« Jean-Michel wurde ernst. »Eine Menge unbeantworteter Fragen. Ich war Pionier, wie du weißt. Wir berechneten, daß – da der Viet schwere Artillerie hatte – das Camp dreißigtausend Tonnen Baumaterial zum Schutz brauchte. Man fand dort dreitausend Tonnen Holz, weitere zweitausend wurden nach und nach eingeflogen. Das übrige...«

»Nein, keine Statistiken. Mich interessieren die einzelnen Menschen.«

»Langlais ist General. Bigeard ist es schließlich auch geworden. Brèche hat die Armee verlassen, und ich sehe ihn von Zeit zu Zeit...«

»Nicht jetzt, damals.«

»Damals war alles übel. Wenn man jetzt zurückblickt, kann man kaum glauben, daß tausend Mann in jenem Pinkeltopf ohne jeden Schutz abgesetzt wurden. Die Viets konnten selbst die Aspirintabletten, die man bei sich hatte, zählen – sie kannten jedes Gewehr, jedes Loch, jedes Radio. Das hatte natürlich keine Bedeutung – wir würden sie mit Salven bestreichen, sobald sie sich zeigten. Erstaunlich ist, daß wir es trotz allem fast schafften. Im April, weißt du, nach einmonatiger Belagerung, rückte Bigeard mit tausend Fallschirmjägern aus und versohlte ihnen den Arsch, auf den Vorsprüngen der Huguette und Eliane. Weißt du, daß wir Eliane bis zum letzten Tag hielten? Wenn ich daran denke, daß ich freiwillig hineingesprungen bin...! Man darf nicht vergessen, jeder, der dort war, wird wild, wenn die Rede darauf kommt. Wenn diese Frau von einem, der dort war, mit einer Maschinenpistole erschossen worden ist, dann überrascht mich das kein bißchen, und du wirst den Täter nie finden.«

»Zu dem Schluß bin ich mehr oder weniger auch gekommen«, murmelte van der Valk, »aber ich muß bis dahin zurückgehen, wo alles angefangen hat, ehe ich irgendwelche Schlüsse ziehen kann. Sie war in Hanoi – das weiß ich aus amtlicher Quelle. Meine erste Frage ist, ob sie dort vielleicht einen Liebhaber gehabt hat. Kennst du jemanden, der das wissen könnte?«

»Darüber muß ich nachdenken«, antwortete Jean-Michel ausweichend. »Vielleicht.«

»Wie meinst du, vielleicht?«

»Die Menschen werden wild, wenn die Rede darauf kommt, wie ich dir schon sagte. Sie haben weitschweifige Erklärungen für das, was sie damals getan haben und was damals vernünftig schien, was aber heute für verdammt blöde gehalten wird. Und sie verstummen. Nimm mal an, dein Mädchen hatte einen Liebhaber. Nimm an, sie hat etwas Dummes getan, nimm das Unwahrscheinliche an, daß du jemanden findest, der davon weiß – du wirst ihn nie dazu bringen, es zuzugeben.«

»Ich will immer nur ein ganz kleines Stück tiefer graben«, sagte van der Valk leise.

»Komm morgen zu mir ins Büro, und wir werden sehen, was wir aufspüren können.«

»Aber ich möchte nicht zu langsam graben.«

Jean-Michel lächelte.

»Laß mich nachdenken. Du suchst jemanden, der dort war. Dann spricht alles dafür, daß er einen ganz kleinen Posten innehatte und von nichts weiß. Jemand aus Hanoi wäre besser.« Er suchte das Telefonbuch, das sich in einem kostbaren Ledereinband mit Goldaufdruck verbarg. Er murmelte etwas und nickte dazu, ehe er den Dekkel eines kleinen fetten Lederschweins abnahm, das van der Valk schon einige Zeit verblüfft betrachtet hatte.

»Wenn es klingelt, leuchten seine Augen auf – grün nach Steuerbord und rot zum Hafen... Monsieur Marie? Ich möchte Sie um einen Gefallen bitten. Ja, es betrifft meinen Schwager, der ausgerechnet in Holland Polizeikommissar und hier auf Besuch ist. Geschäftlich sozusagen. Er hat eine komische Frage, und da Sie sozusagen ein Spezialist sind, habe ich mich gefragt, ob Sie wohl bereit sein würden, mit ihm zu sprechen... Ja, natürlich. Lesen Sie's noch einmal durch... Etwa siebentausend Kubikmeter, würde ich sagen... Nein, das können Sie natürlich nicht. Das kommt nicht in Frage... Schikken Sie mir auf alle Fälle die Akte, und Sie hören in achtundvierzig Stunden meine Meinung. Ein Vergnügen... Ja? Die Bar? Doch, ich kenne sie. Gut, vielen Dank. Puh.« Er rauchte wütend. »Nichts für nichts und nicht viel für wenig. Alter Schuft. Aber er wird dich empfangen.«

»Er kann auch siebentausend Kubikmeter von mir haben.«

»Scherze nicht, er nimmt sie. Er ist ein ulkiges altes Schwein, aber kennt in Marseille Gott und die Welt. Nein, mach dir keine Sorgen. Ich schaffe das in zehn Minuten. Die achtundvierzig Stunden sind nur Theater. Wie ich schon sagte, er kennt jeden. Kennst du Marseille? Kennst du Les Catalans? Kennst du den Küstenboulevard, der dort beginnt? Etwa zwei Kilometer weiter ist ein Restaurant, zum Meer hin. Mit Sonnenterrasse, genannt *Le Clown Vert* – sei dort um zehn. Es ist ein kleiner grauhaariger Mann. War Transportexperte in Hanoi.«

Claudine, die Bewundernswerte, hatte eine Stunde lang nichts gesagt.

Kapitel 13

Jean-Michel ließ ihn unter Palmen und Polizisten des Bahnhofs Toulon so rechtzeitig aussteigen, daß er einen Zug nach Marseille erreichte. Auf der ganzen Fahrt regnete es heftig, so daß die Landschaft der Provence nur noch aus schmutzigen Straßen und Wasserlachen bestand. Und ein Waldbrand war so unwahrscheinlich wie Winston Churchill auf Rollschuhen. Als er in Marseille anlangte, glich es Nottingham, und er erinnerte sich an einen Flugpiloten, der die alte historische Stadt Haarlem besichtigt hatte, in der es nach Frans Hals und Wilhelm dem Schweiger roch, und nachdenklich sagte: »Ganz wie Staines an einem Sonntag.« Er fuhr in einem Taxi zum Küstenboulevard; der *Clown Vert* war ein Blockhaus aus Beton in maurischem Stil, eins von hundert an der Küstenstraße zwischen dem alten Hafen und dem Pradostrand. Vor der Küchentür stand ein Lieferwagen, der Kartoffeln brachte; der Haupteingang war geschlossen, aber durch eine andere Tür, von Emblemen der Touristenklubs umrahmt, betrat er nicht gerade heiter einen gefliesten Flur, der von einer Putzfrau gewischt wurde.

»Geschlossen«, sagte sie. »Achten Sie auf meinen Fußboden.«

»Ich weiß«, antwortete er demütig, »aber ich möchte Monsieur Marie sprechen.«

»Der ist hinten. Aber achten Sie auf meinen Fußboden.«

»Ich kann nicht fliegen«, sagte er.

»Hinten« lag ein Teppich, und es war still und sauber – ein Fenster zum Meer stand offen, damit der Geruch von Anis und Whisky abzog. Viele leere Gläser standen auf der Bar und daneben eine Kiste voll Champagnerflaschen. Durch das Fenster sah man die tote Betonterrasse und dahinter die dunkle wütende See, eine Menge Felsen und Inselchen, den Leuchtturm, das Château d'If und einen alten schäbigen Dampfer, der in Richtung Joliette fuhr. Diesseits des Fensters saß, ruhig seinen Kaffee trinkend und *Le Monde* lesend, ein alter Mann, der im Augenblick auf nichts anderes achtete. Jedes Ding zu seiner Zeit. Vorher hatte er behutsam ein Hörnchen gegessen, ohne daß Krumen auf den Boden gefallen waren. Als van der Valk auf ihn zuging, senkte der alte Mann die Zeitung, und ein breites faltiges kluges Gesicht, weiß wie ein Totenschädel, mit schönen dunklen Augen und einer gewaltigen Stirn, blickte zu ihm auf. Monsieur Marie sagte kein Wort.

»Zehn Uhr«, sagte van der Valk.

»Nehmen Sie Platz, Herr Schwager.«

»Ich störe Sie beim Frühstück.«

»Nein.« Eine halbgeleerte Tasse Kaffee wurde beiseite geschoben, die Zeitung ebenfalls. Der Alte zog eine lange französische Zigarette aus der Brusttasche seines karierten Wollhemds, das er unter der schwarzbraunen Cordjacke am Hals offen trug, und schob sie zwischen gelbliche Vorderzähne, die nicht künstlich waren.

»Ich habe mich noch nicht vorgestellt. Van der Valk, Polizeikommissar.«

Die müden erfahrenen Augen verrieten keine Neugier. Er steckte die Zigarette mit einem Streichholz an.

»Ich tappe im dunkeln, Monsieur Fanfan. Was kann ich für Sie tun?«

»Ich möchte gern etwas von der Vergangenheit einer früheren Militärschwester namens Esther Marx erfahren, die zur Zeit von Dien Bien Phu in Hanoi Dienst machte.«

Und er hatte nur ganz indirekt fragen wollen! Aber nun war die Frage heraus, und der Mann konnte sie beantworten oder auch nicht. Wenn er es konnte, würde er es tun oder auch nicht.

»Ach, Dien Bien Phu, ein Ort der Geister und Chimären und namenlosen Gräber. Das Nest, aus dem die Eier gestohlen wurden, ehe die Illusionen ausschlüpften.« Ein abruptes leises Lachen. »Warum kommen Sie zu mir?«

»Sie ist in Holland ermordet worden. Man muß annehmen, daß sie nach Holland gekommen ist, um ihre Vergangenheit hinter sich zu lassen, und daß ein Schatten dieser Vergangenheit wieder aufgetaucht ist. Sie wollte nur in Frieden gelassen werden.«

»Darum sind Sie also nach Marseille gekommen? Ein weiter Weg.«

»Ach, wissen Sie, ich glaube, daß amtliche Informationsquellen das eine gemeinsam haben – nämlich niemanden zu informieren.«

Monsieur Marie nahm sich Zeit. Er blickte eine Weile auf die See rechts von ihm, sagte: »Das interessiert keinen mehr«, betrachtete die Silhouette von Château d'If, als ob er daran dächte, es zu erwerben. Van der Valk sagte sich, es sei besser, ihn nicht aus seinen Überlegungen zu reißen. Schließlich blickte er van der Valk wieder an und meinte: »Ein Stück Boulevard hinunter steht ein Denkmal von geringem künstlerischem Wert. Marianne im Helm, Soldaten, Kanonen, Kränze aus Ähren und Lorbeerblättern und eine Widmung: ›Allen, die der kolonialen Sache gedient haben. All denen, die im Kolonialreich ihr Leben gelassen haben.‹ Wie viele mögen sich beim Verlassen Marseilles gefragt haben, ob sie je diese Felsen, dieses Meer, das wir hier hören und riechen, wiedersehen würden? Viel Blut, viel, viel Blut.«

Siebentausend Kubikmeter, dachte van der Valk.

»Ein lieblos in einem tristen staubigen Winkel errichtetes Denkmal. Wer fragt heute noch danach, wie viele gestorben sind? Auf eine mehr – und dazu noch in Holland – kommt es nicht an.«

»Es gibt immer noch Menschen, denen es so wenig gleichgültig ist, daß sie es lieber hätten, wenn ich nicht in Erinnerungen wühlte – so wie es jemandem so wenig gleichgültig war, daß er darüber zum Mörder geworden ist.«

»Jemand in untergeordneter Stellung«, sagte der alte Herr trokken. »Ich gebe Ihnen einen guten Rat – wenden Sie sich immer an die höchste Stelle.«

»An jemanden wie Sie?«

»Ja, wie mich.«

»Haben Sie Esther Marx gekannt?« Er wurde wieder mit dem abrupten leisen Lachen belohnt.

»Ich erinnere mich noch sehr gut an sie. Sie war kein hübsches Mädchen. Hatte aber Temperament.«

»Was für eine Art Mädchen? Ich habe sie nur tot gesehen.«

»Scherte sich um nichts, gab das Geld mit vollen Händen aus – richtig für die Kolonien. Ein nettes Mädchen. *Fille bien gentille.*« Im Munde des Alten hatten diese Worte besonderes Gewicht.

»Und was ist geschehen?«

»Wie soll ich das wissen. Unser Indochina-Abenteuer endete kurz danach.«

»Haben Sie sie wiedergesehen?«

Der alte Mann zuckte die Schultern. »Ich habe mich für anderes interessiert. Bin in die Politik gegangen, bin *wieder* in die Politik gegangen«, verbesserte er sich, damit alles ganz klar war.

»Und haben Sie Esthers Freund gekannt?«

Die Antwort war so direkt und einfach, daß er sich fragte, ob Monsieur Marie beschlossen habe, ihn in Schlaf zu wiegen.

»Leutnant Laforêt. Ein angenehmer junger Mann. Interessiert er Sie? Ich glaube nicht, daß er sehr interessant war. Sah gut aus, war elegant, tapfer – etwas zu laut, wie viele andere, ein galanter und romantischer junger Mann.«

»War er in Dien Bien Phu? Und ist er gefallen?«

»Wenn ich mich nicht irre, ist er gefangengenommen worden. Er schrieb, glaube ich, Gedichte. Einer dieser Jungen mit Visionen.«

Monsieur Marie lachte wieder. Visionen zu haben, war offenbar für ihn etwas Lächerliches.

»Hat er die Gefangenenlager überlebt?«

»Ich glaube, er ist gestorben.« Ohne großes Mitgefühl. »Sie müssen verstehen, ich lebe jetzt in einer ganz anderen Welt, einer, die mehr fordert. Ich habe nicht mehr die Zeit, in Bars zu sitzen und von den Kindereien junger Offiziere Notiz zu nehmen.« Nachsichtig.

»Einige dieser jungen Offiziere haben später Geschmack an der Politik bekommen.«

Der alte Mann machte ein belustigtes Gesicht. »Nicht an Politik, Monsieur Fanfan, nicht an Politik.«

»An Visionen, wenn Sie wollen. Und Sie glauben, Laforêt ist tot? Hat er nicht Ihres Wissens in Algerien gekämpft?«

»Mehr kann ich Ihnen leider nicht sagen. Ich habe diese Leute aus den Augen verloren.« Er stand auf. »Tut mir leid, daß ich noch anderes zu tun habe.«

»Aber bitte«, sagte van der Valk mit der gleichen förmlichen Höflichkeit.

Der alte Knabe ging mit unsicheren Schritten, als ob seine Beine nicht mehr so recht wollten, aber er hatte breite kräftige Schultern. Er schlurfte durch den Raum, nahm einen warm aussehenden hellbraunen Mantel vom Bügel, der Kamelhaar sein konnte, band einen weißen Seidenschal um und setzte einen schwarzen Filzhut auf. Als er sich umdrehte, um sich zu verabschieden, sah van der Valk, daß der Mantel mit Nerz gefüttert war. Plötzlich wirkte Monsieur Marie wie ein ganz anderer Mensch.

»Auf Wiedersehen. Ich hoffe, Sie fassen Ihren Mörder«, sagte er. Van der Valk machte ihm die Tür auf. Draußen stand ein schwarzes blitzblankes Auto, das nach Dienstwagen aussah. Es hatte nicht so viele Extras wie Jean-Michels, war aber noch großartiger, denn ein Chauffeur in Livree hielt die Tür auf. Wie eine Rakete schoß es den Boulevard hinunter, erreichte in wenigen Sekunden ein beängstigendes Tempo. Van der Valk blinzelte. Als er mit dem Blinzeln aufhörte, war das Auto schon verschwunden. Vielleicht existierte Monsieur Marie gar nicht, war ein Produkt seiner Phantasie.

Die Putzfrau war gegangen. Er kehrte in die Bar zurück, wo ihn Totenstille empfing. Gern hätte er etwas getrunken, eine Tasse Kaffee vielleicht, aber keine Menschenseele war zu sehen. Er stieß die Schwingtür zur Küche auf; ein Korb voll Muscheln stand auf dem Tisch, und ein angenehmer Duft kam aus einem Suppentopf auf dem Herd. Aber es war niemand da. Er ging weiter in die Spülküche, in der Gemüsekisten standen, dann in den Hof, in dem leere Flaschen gestapelt waren, an den Mülltonnen vorüber zu der Stelle, wo er den Lieferwagen hatte Kartoffeln abladen sehen. Aber auch dort war niemand. Es war unheimlich. Auch Monsieur Marie war etwas unheimlich. Durch den Haupteingang ging er wieder zurück. Alles war noch genauso wie zuvor. Keine Geisterhand hatte die Kaffeetasse abgeräumt. Die Bar war durch einen Vorhang in der Mitte geteilt: eine kleine Tanzfläche und ein Podium für die Kapelle am anderen Ende. Hinter dem Vorhang versteckten sich zweifellos korsische Gangster, die Fernand und Dédé hießen und die Klingen ihrer Messer mit nikotingelben Daumen befühlten. Geh zur Toilette, mein Sohn, und du kommst lebend nicht wieder raus. Aber man war schließlich nur ein Mensch und mußte hin und wieder Pipi machen. Er zog den Hut tief in die Stirn, damit ihn der Wind nicht davontrieb, schlug den Kragen seines Regenmantels hoch und schlenderte nach Marseille zurück. Er wollte sich eine andere fürchterliche kleine Bar suchen, selbst wenn sie voll korsischer Gangster war.

Als er zu einem Café gelangte, wo ganz wirklich aussehende Personen betrübt um einen Spieltisch herumstanden, trank er eine scheußliche Tasse Espresso in einer Dunstwolke von Pizza und Pastis und überlegte, was er als nächstes tun sollte.

Es lohnte nicht, ein Taxi zu bestellen. Er wollte weiter marschieren. Trotz des grauenhaften Wetters tat sein Bein gar nicht weh – hatte das etwas zu bedeuten? Komisch, wenn ein Polizeibeamter, von dem man annehmen mußte, daß er ein vernünftiger, logisch denkender Mensch war, abergläubisch wurde. Aber wie Kommissar Maigret in einem ganzen Buch immer wieder das gleiche trank, fühlte sich auch van der Valk manchmal verpflichtet, das Glück zu beschwören. So mußte man gewisse Dinge hinnehmen, mußte kleine Prüfungen und Beschwerden ebenso wie viele Lektionen in Geduld, Demut, Tapferkeit bestehen. In Marseille regnete es in Strömen, und es wehte ein heftiger Wind, aber nicht der Mistral, der die Wolken und die Spinnweben wegblies und die Boote auf funkelnden Diamanten aus Sonne tanzen ließ. Nein, ein scheußlicher holländischer Wind, der darauf wartete, einen an Straßenecken zu überfallen, einem den Hut vom Kopf riß und ihn in den Hafen schleuderte. Als er die Ecke des Quais erreichte, weigerte sich sein Bein weiterzugehen, wenn es nicht etwas zu essen bekam. Er ließ sich in einer dämmrigen kleinen Bar auf einem Stuhl nieder. Am Nachmittag würde es hier von Huren wimmeln, aber jetzt war es noch angenehm leer; er legte die Füße hoch und trank einen heißen Rum mit Zitrone.

Hatte er etwas herausbekommen? Hatte man ihm gesagt, was für ihn nützlich war? Wie kam es, daß Monsieur Marie – der »Gott und die Welt« kannte – sich so klar und genau an ein gewöhnliches kleines Mädchen unter vielen und an einem jungen Offizier unter Tausenden erinnern konnte? Andere Mädchen waren auch heiter und hübsch gewesen, andere junge Männer sahen ebenfalls gut aus, waren tapfer und flott – andere waren jetzt tot.

Hatte man ihm etwas vorgemacht? Nein, das war Unsinn. Jean-Michel hatte an den alten Knaben gedacht. Er war eine Lokalgröße, den man nur hier kannte, ein ehemaliger Nachrichtenoffizier mit einer Begabung für Kommunalpolitik, einem guten Gedächtnis für Gesichter, der schlau genug gewesen war, vor dem algerischen Schlamassel aus der Armee auszuscheiden. Er konnte natürlich durch puren Zufall etwas mit dem DST zu tun haben. Van der Valk dachte darüber nach, zuckte die Schultern und brach in Gelächter aus, was zur Folge hatte, daß der Barmann ihn fragte, ob er noch einen Rum wolle.

»Ja«, sagte er heiter. DST war ihm egal. Dies alles mochte ein kleines, aber kompliziertes Ränkespiel sein. Nach dem, was er wußte, konnte Esther Marx selber beim DST gewesen sein – auch das war ihm schnuppe. Er würde weitersuchen und herausbekommen, wer sie ermordet hatte, selbst wenn er sechs Monate dafür brauchte.

Dennoch wünschte er, jemand würde plötzlich sagen: »Darf ich mich an Ihren Tisch setzen?« Und ein Stück Zucker liegenlassen, auf dem ›Zimmer 405‹ geschrieben stand, und in Zimmer 405 würde er dann ein exquisites, hinreißendes Geschöpf finden mit seidigem langem Haar und lässigem Lächeln. Das würde ihn zufriedenstellen. Verdammt, sein Glas war leer, er saß hier und hatte schmutzige Tagträume. Er verlangte einen weiteren Rum und das Telefonbuch.

Er dachte über Leutnant Laforêt nach, den Monsieur Marie für tot hielt. Wie sollte man das herausbekommen? Es war kinderleicht, man rief die Militärverwaltung oder *Les Anciens Combattants* an, oder man konnte in den Fluren der Präfektur herumsausen. Wenn man vereinbart hatte, hinsichtlich Esthers vornehme Zurückhaltung zu wahren, erstreckte sich das dann auch auf einen früheren Freund von ihr, der Gedichte schrieb und Visionen hatte? Einige dieser Visonäre waren in Algerien auf merkwürdige Gedanken gekommen.

Man konnte auch in einen Zug steigen und eine Flasche Champagner für einen freundlichen Polizeibeamten kaufen, der nicht gewollt hatte, daß man van der Valk zum Narren hielt – der anständige Mann. Und man konnte nach Toulon zurückfahren und noch mehr von Claudines amüsanten Speisen essen.

Er stand auf, ein wenig schwankend. Er hatte schnell nacheinander und auf leeren Magen drei große Rum getrunken. Nun war er ein bißchen beschwipst. Monsieur Maries kleiner Aphorismus war ihm eingefallen: »Sich immer an die höchste Stelle wenden.«

Der Barmann gab ihm eine Telefonmünze.

»Ich möchte das Toulouser Fernsprechamt. Den *Chef de service.* Polizei!«

»Bleiben Sie bitte am Apparat. Wie ist Ihre Nummer?«

Er brauchte kaum zu warten: Zauberei.

»Guten Morgen. Kriminalpolizei.«

Es mußten die drei Rum gewesen sein. »Ich möchte eine militärische Dienststelle, Armeegruppe sieben. Ich weiß weder Telefonnummer noch Adresse. Den Kommandierenden General persönlich. Ich spreche von einem privaten Anschluß in Marseille. Wären Sie so freundlich, mich zu verbinden? Ich bleibe am Apparat.«

Er konnte in der Leitung hören, wie ein Funktionär mit der Militärverwaltung rang. Geschwätz, Proteste, die Worte »Kriminalpolizei Marseille«. Jetzt glaubte er selbst fast daran. Das Geschnatter verstummte. Totenstille. Er fürchtete schon, die Verbindung sei unterbrochen, als plötzlich eine kühle Stimme brummte: »Oberst Cassagnac, zweites Büro.«

»Herr Oberst, ich bedaure, daß Sie durch einen Irrtum ans Telefon gerufen wurden. Ich möchte den General persönlich sprechen.«

Ein Grunzen, ein Rasseln, eine helle, sehr klare, sehr überlegene muntere Stimme.

»Hauptmann Lemercier.« Ein blöder Adjutant.

»Herr Hauptmann, ich habe gesagt, und ich habe die Ehre, es zu wiederholen: Ich will den General sprechen.«

»Sagen Sie mir bitte Ihr Anliegen.«

»Ist der General da oder nicht?«

»Er ist da, aber ich bedaure, ich muß – Ihren Namen und Rang, bitte.«

»Van der Valk, Kriminalkommissar aus Amsterdam.«

»Mir hat man gesagt, aus Marseille.«

»Ich rufe aus Marseille an – ein Mißverständnis ohne Bedeutung.« Er hätte ebensogut Marseille sagen können wie Amsterdam. Aber sie würden von der Stadt schon gehört haben. Er umklammerte den Hörer so fest, daß ihm die Hand weh tat, holte tief Atem, streckte die Finger und dachte: Bleib auf dem Teppich, Junge.

Eine Stimme sagte leise einen Namen, war aber selbst am Telefon erkennbar.

»Mon général«, sagte van der Valk und schluckte.

»Nun?« Die Stimme war seit langem dafür bekannt, daß sie Kretins gegenüber sehr ungeduldig war, aber gelernt hatte, nie Ärger zu zeigen, selbst Dummköpfen am Telefon gegenüber.

»Sie wissen, wer ich bin.« Plötzlich wußte er nicht, was er sagen sollte: dieser verdammte Rum!

»Es geht dabei wohl um Leben und Tod?« Das klang so, als ob hysterische kleine Männer aus Amsterdam jeden Tag etwas von ihm wollten.

»Nur um Tod.«

»Und weiter?«

»Ich bin davon überzeugt, daß Sie die Offiziere kennen, die unter Ihrem Kommando stehen oder gestanden haben.«

»Ich bin auch davon überzeugt. Und?«

»Leutnant Laforêt, Operationsgruppe Nordwest, Hanoi. März

1954.« Ein kurzes eisiges Schweigen.

»Laforêt, sagen Sie?«

»Ja.« Es dauerte nur zwei Sekunden, bis er sagte: »Ich bedaure, ich kann Ihnen da nicht helfen.«

»Doch, *mon général,* Sie können es.«

»Mit welchem Recht zweifeln Sie an meinen Worten?«

»Mit dem Recht einer Frau namens Esther Marx, die vor drei Tagen erschossen aufgefunden worden ist und deren Ermordung ich aufklären muß.«

»Reichen Sie Ihr Ersuchen schriftlich ein. Ich werde es selber prüfen.«

»Nein, *mon général,* schriftliche Ersuchen werden nie geprüft und schon gar nicht eins wie dieses.«

»Haben Sie es probiert?«

»Ja.«

»Hören Sie«, sagte die Stimme sehr leise und kalt, »ich kann nicht mit Ihnen sprechen. Verstehen Sie das?«

»Ja.«

Diesmal dauerte das Schweigen volle fünfzehn Sekunden. »Von wo rufen Sie an?«

»Aus Marseille.«

»Sehr gut. Hören Sie mir genau zu. Sie werden zur Rechtsabteilung gehen und dort Oberst Voisin verlangen. Man wird Ihnen ein Formular geben, das Sie ausfüllen müssen. Sie schreiben Ihren Namen und Beruf darauf, was nachgeprüft wird, und ferner, daß ich mit Ihnen gesprochen habe. Das ist alles. Kommen Sie nicht her. Ich werde Sie nicht empfangen.« Schon hatte er aufgelegt, und van der Valk zitterte am ganzen Leibe. »Sind Sie fertig, Marseille?« fragte eine gleichgültige Stimme.

»Ja, danke«, antwortete er und wankte in die frische Luft hinaus.

»Hatten Sie ein Ferngespräch?« fragte der Barmann. »Dann müssen Sie noch etwas warten, bis wir wissen, was es kostet. Noch mal das gleiche?«

»Trinken Sie ihn selber«, sagte van der Valk und strich über seine vom Schweiß feuchte Braue.

»Aber geben Sie mir noch zwei Telefonmünzen. Ich muß noch ein Ortsgespräch führen.«

»Rechtsabteilung? Welche Rechtsabteilung?«

»Die, die eine Verhandlung vorm Kriegsgericht vorbereitet.«

»Ach, die meinen Sie? Die sitzt in Clermont-Ferrand.«

»Danke. Sagen Sie mir nur, wohin ich mich wenden muß, um in die Fremdenlegion einzutreten.«

»Nun, das können Sie in Clermont-Ferrand oder natürlich auch hier.«

»Hier spricht die Polizei«, brüllte van der Valk. »Machen Sie solche Scherze mit den Mädchen in Ihrem Heimatdorf.«

»Nein, nein, es ist wirklich in Clermont-Ferrand. Das ganze Südwestkommando.«

Einen Augenblick fiel ihm Jean-Michels Nummer nicht ein, obwohl er sie auswendig wußte.

»Hallo…«

»Hallo, wer ist dort?«

»Es geht alles in Windeseile, zu schnell. Ich bin ein erschöpfter alter Mann.«

»Hat das alte Miststück Marie dir wenigstens geholfen?«

»Zu sehr. Ich habe nach einem Zehner getaucht und eine gesunkene römische Galeere gefunden – oder etwas Ähnliches, jedenfalls achtzig Meter lang und voller Leichen.«

»Du scheinst ein bißchen betrunken zu sein.«

»Ich bin mehr als ein bißchen betrunken – ich bin sternhagelvoll.«

»Reizend«, sagte Jean-Michel mitfühlend. »Was tust du dagegen?«

»Ich fahre nach Clermont-Ferrand.«

»Sag, ist dir nicht gut?«

»Doch. Es ist mein voller Ernst. Übrigens, gibt es wohl einen Nachtzug dorthin?«

»Das möchte ich meinen. Brauchst du deinen Koffer? Nein, das macht gar nichts. Ich kann ihn dir schicken, hinterlasse ihn für dich in der Gepäckaufbewahrung.«

»Aber du mußt mich bei Claudine entschuldigen.«

»Nein, nein, sie wird entzückt sein über die gesunkene Galeere. Du fährst also heute nacht in den Dschungel, aber was tust du jetzt?«

»Erst einmal tüchtig zu Mittag essen. Danach gehe ich wahrscheinlich ins Kino. Es regnet in Strömen. Und dann gehe ich in eins dieser Stundenhotels und schlafe, aber allein.«

»Und danach ißt du tüchtig zu Abend. Hör mal, Claudine und ich kommen nach Marseille und essen mit dir, und wenn es kein Staatsgeheimnis ist, wirst du uns von der Galeere erzählen – ich bin neugierig, was der alte Marie gesagt hat. Er ist schlau wie ein Fuchs. Wir werden dich an den Zug bringen und dich hineinsetzen, und deinen Koffer bringen wir auch mit.«

»Um Gottes willen, daß ich nur nicht vergesse, eine geräucherte Gänsebrust zu kaufen!«

»Wir treffen uns um sieben im *Surcouf* – sag dem Bordellbesitzer, er soll dich wecken.«

»Ja.«

Jetzt aber erst mal ein kräftiges Mahl.

»Gibt es hier in der Nähe ein Hotel, wo ich ein paar Stunden schlafen kann, oder nehmen die Huren den ganzen Platz ein?«

»Danke«, sagte der Barmann und steckte das Wechselgeld ein. »Ich werde das mit den Huren regeln. Sind Sie Amerikaner? Ach, ich weiß, Sie sind Journalist.«

Kapitel 14

Er verzehrte ein großes Menü: rote Seebarbe, deren Leber herausgenommen und auf ein Stück Toast gelegt war, und dann gegrillten Seebarsch – ein sehr fischreiches Mahl, aber man war schließlich in Marseille. Es kostete ein Vermögen, und er setzte es auf die Spesenrechnung.

Danach fühlte er sich viel besser und verlangte eine große Zigarre, aber die man hatte, waren ihm nicht groß genug, und so wurde der Pikkolo weggeschickt, um eine große Kuba zu holen. Was für ein Verlust an Würde, dachte er, als er die riesige, in einem scheußlichen Aluminiumsarg liegende Zigarre betrachtete. Er zog sie mehr mitleidig als erfreut heraus.

»Ist sie nicht gut?« fragte der Oberkellner beklommen. Aber er wollte keine Gefühle verletzen.

Mit der Zigarre kam die Kontemplation. Er war jetzt sicher, daß er sich, unausweichlich von einem magnetischen Feld angezogen, einer Tragödie näherte. Kein Drama, es war nichts dramatisch daran. Esther Marx hatte sich mit einem Soldaten eingelassen, er kannte dessen Namen und wußte, daß an ihm etwas war, das den General auf der Stelle zu Eis hatte erstarren lassen. Er selber – er hatte die kleinste Nebenrolle im letzten Akt. Der erste Akt war bestimmt in Dien Bien Phu gespielt worden; der Höhepunkt des zweiten Akts war Esther Marx' Tod gewesen. Er trat erst im letzten Akt auf, aber es war durchaus möglich, daß er den Gang der Handlung zu beeinflussen bestimmt war und die Tragödie sich ankündigte, ohne daß er auch nur das geringste dazu tat.

Er nahm seine Zigarre in das Hotel mit, das man für ihn gefunden hatte, denn jetzt verlangte es ihn nur nach Schlaf. Die Huren waren alle erst aufgestanden und frisch, munter und tatendurstig.

»Du hast allerhand auf dem Kasten«, kicherten sie, als sie die riesige Zigarre sahen.

»Später, Mädchen, später.« Er kam sich vor wie Baron Ochs, der die neu eingestellten Küchenmädchen mustert. Du lieber Gott, der Aufenthalt in einem Stundenhotel auf der Spesenrechnung – da würde die Finanzabteilung eine finstere Miene machen.

Er wachte erst auf, als es schon dunkel wurde; die Bewohner von Marseille fuhren nach Hause, machten einen Höllenlärm mit dem verbotenen Hupen und lehnten sich aus dem Fenster, um einander anzubrüllen. Diese Franzosen! Was hatte der Minister gesagt? »Sind die Besten und die Schlimmsten« – so ungefähr. Nicht ganz falsch. Und im Krieg wechselten bei ihnen glänzende theatralische Siege mit Katastrophen ab, wie sie anderswo undenkbar waren. Die Franzosen machten einen Kult daraus, ob sie nun die Schlachten verloren oder gewannen. Dien Bien Phu kombinierte den Glanz einer großartigen Waffentat unter unmöglichen Bedingungen mit einer sehr schweren Niederlage. Was war dort dem flotten jungen Leutnant Laforêt geschehen, der Gedichte schrieb? Würde er von Oberst Voisin die Wahrheit erfahren? Ein militärischer Haarspalter sicherlich, ein uniformierter, mit Orden geschmückter Richter, der jedes Drama in ein staubiges gelbes Aktenstück verwandeln konnte. Das war, dachte van der Valk ein wenig traurig, nur allzu wahrscheinlich.

In Clermont-Ferrand schneite es, obwohl es noch nicht Dezember war. Van der Valk war noch nie in der Auvergne gewesen. Ein Hochplateau, dachte er, und dankte Gott und Arlette für seine festen Schuhe und den Extrapullover. Das Zentralmassiv, ein großer alter

Block erloschener Vulkane, kahler konischer Felsen. Im Sommer war es hier ungeheuer heiß, und im Winter wimmelte es von Wölfen. Er würde bestimmt das alles mit Ruth noch einmal lernen.

Dieser niedrige gelbliche Himmel und der dunkle graue Matsch in den Straßen paßten so recht zu seiner Aufgabe. Wie in allen französischen Provinzstädten gab es hier von hohen weißen Mauern gesäumte Gassen, graue Häuser, deren Fensterladen geschlossen waren, riesige Gebäude im geschmacklosen Stil zu Ende des 19. Jahrhunderts. Die Rechtsabteilung befand sich in einem von diesen; es hätte leicht ein Gymnasium aus den achtziger Jahren sein können, das den Namen Alphonse Daudet oder Prosper Mérimée trug. Aber der Pförtner hatte die unerwartete charmante Höflichkeit, die es in Frankreich auch gibt.

»Könnten Sie mir bitte sagen, ob Oberst Voisin hier sein Büro hat?« Er war ganz darauf vorbereitet, nacheinander in vier andere Gebäude geschickt zu werden und in jedem zu hören, daß man einen Oberst Voisin nicht kenne.

»Sie möchten Oberst Voisin sprechen? Nichts ist einfacher. Aber es ist ein ungemütlicher Tag – warum ziehen Sie nicht Ihren Mantel aus und lassen ihn neben der Heizung trocknen?«

»Das wäre wunderbar.«

»Aber kommen Sie herein – Sie können sich aufwärmen, während ich Oberst Voisin Bescheid sage, daß Sie da sind.«

Es war hier wie auf einem kleinen französischen Postamt. Kakteen in Töpfen, ein Geruch nach Staub und Zwiebelsuppe, eine Fülle von amtlichen Formularen und Gummistempeln. Aschenbecher voller Zigarettenstummel und Büroklammern. Auf der Heizung stand eine schon ganz schwarz gewordene Emaillekaffeekanne; ein alter fleckiger Regenmantel und eine grüne Mütze hingen daneben. Neben der Telefonzentrale stand eine Bohnerwachsbüchse, in der Draht und drei Zangen lagen. Er fühlte sich wohl.

»Oberst Voisin erwartet Sie doch sicher?«

»Ich bin nicht fest verabredet.«

»Das macht nichts. Er hat heute nicht viel zu tun. Wie war der Name?«

»Van der Valk.«

»Gut, gut.« Er drehte die Kurbel. »Herr Oberst, ein Herr van der Valk. Nein, Ausländer. Ja, Herr Oberst. Jawohl, Herr Oberst...

Oberst Voisin bittet Sie, sich noch vier Minuten zu gedulden. Er wird Sie dann mit Freuden empfangen. Nein, nein. Das stimmt – wenn er vier sagt, bedeutet das vier. Nicht wie bei manchen anderen. Vielleicht würden Sie gern eine Tasse Kaffee trinken – er ist nur leider nicht ganz frisch.«

»Sehr gern. Vielen Dank.«

Er war bitter und trübe, schmeckte aber stark nach Kaffee und fast ebenso stark nach Rum und tat ihm sehr wohl. Der komische Kauz beobachtete ihn zufrieden.

»Es beleidigt Sie doch wohl nicht«, wobei er ihm ein Fünffrancstück in die Finger schob.

»Mein lieber Herr, in Frankreich ist niemand beleidigt, wenn ihm Geld angeboten wird. Jetzt lassen Sie mich Ihnen sagen, wie Sie gehen müssen: die Treppe hinauf bis zum zweiten Absatz, dann links, aber nicht die erste Tür, das ist die Besenkammer, sondern die zweite. Es ist Nummer 29, und ich danke Ihnen von ganzem Herzen. Kann ich Ihnen noch irgendwie behilflich sein?«

»Wie ist er?«

»Er? Sehr nett.« Ohne Zögern. »Sehr höflich, und er haßt es, andern Schwierigkeiten zu machen.«

Sehr erfrischt stieg er die Treppe hinauf und fand sofort die richtige Tür. Auf einem Schild stand: Ohne anzuklopfen eintreten; er tat es.

Ein großer kahler Raum, in dem nur ein Schreibtisch so zum Fenster hin stand, daß er das beste Licht bekam; außerdem noch schlichte ungestrichene Bücherregale voll grauer Akten. Hinter dem Schreibtisch saß ein schwerer Mann mit kurzem grauem Haar und goldgerandeter Brille, die er abnahm, um seinen Besucher zu begrüßen. Er stand auf; einfacher grauer Anzug. Die Taille wie bei älteren Männern, die in ihrer Jugend Sport getrieben haben, etwas dick, würde aber auch in einer Uniform noch gut aussehen. Sein rechter Ärmel steckte in der Jackentasche; das eckige glattrasierte Gesicht sah ebenso freundlich wie klug aus, und es spiegelte sich keine Überraschung darin. Van der Valk sah, daß der Pförtner nicht übertrieben hatte. Ein netter Mann.

Aber ein strenger Mann. Er sprach leise, und seine Stimme klang angenehm, gab jedoch jeder Silbe ihr besonderes Gewicht. »Guten Morgen. Bitte nehmen Sie Platz.« Ganz selbstverständlich reichte er ihm die linke Hand. Für phrasenhafte Bemerkungen wie »Und was kann ich für Sie tun?« hatte er keine Verwendung. »Ich bin«, sagte er, »vom General benachrichtigt worden. Sie haben ihn, wie er mir sagte, angerufen. Sie sind Polizeibeamter aus Amsterdam, wenn ich richtig verstanden habe. Nicht aus Feindseligkeit bitte ich Sie, mir Ihre Identität zu beweisen.«

Van der Valk wühlte in seinen Taschen und holte dies und das heraus. Oberst Voisin setzte seine Brille wieder auf und zeigte, daß er sehr geschickt mit der linken Hand umzugehen vermochte. Er legte die Papiere zusammen, schob sie über den Schreibtisch, ergriff sie und reichte sie höflich zurück. Mühelos schraubte er die Kappe eines Füllfederhalters ab und machte in winziger Handschrift eine kurze Notiz auf dem vor ihm liegenden Block.

»Herr Kommissar, der General mußte, obwohl er von dem Fall kaum etwas weiß, eine sehr schnelle Entscheidung treffen; das ist seine Aufgabe. Meine ist es, die mir vorgetragenen Fälle zu prüfen. Vielleicht sagen Sie mir in kurzen Worten, um was es sich handelt.«

»Vor fünf Tagen ist eine junge Frau namens Esther Marx in ihrer Wohnung in Holland ermordet worden. Ich bin der mit der Untersuchung betraute Beamte. Sie war mit einem holländischen Unteroffizier verheiratet. Die Ehe ist hier in Frankreich geschlossen worden. Er war bei einer NATO-Einheit, und sie war Militärschwester. Von verschiedenen Behörden eingezogene Informationen haben nur eins ergeben, und das natürlich stark entstellt: Obwohl zweifellos etwas über diese Frau bekannt ist – etwas möglicherweise Schändliches oder sogar Verbrecherisches –, will man nicht mit der Sprache heraus. Erster Punkt.

Ich bekam Besuch vom DST – oder vielleicht SDECE, es ist nicht immer leicht, den Unterschied zu erkennen. Die Frau ist mit einer Maschinenpistole erschossen worden. Es sah so aus, als ob es sich um einen politischen Mord handeln könnte. Der Besucher hat mir versichert, daß es das nicht gewesen ist. Zweiter Punkt.«

Die Punkte wurden kurz notiert.

»Eine der Personen, mit denen ich gesprochen habe – wobei mir von vornherein klar war, daß die mageren Informationen, die ich erhalten würde, mir nicht genügen konnten –, gab mir einen freundlichen inoffiziellen Hinweis. Ich konnte damit machen, was ich wollte. Der Name Dien Bien Phu hat irgend etwas mit dieser Frau zu tun. Ich bin zufällig mit einer Französin verheiratet. Sie hat Verwandte im Süden – einige von ihnen haben in Indochina und in Algerien gekämpft. Der vierte Punkt ist, daß Esther Marx nach ihrer Verheiratung ein Kind bekommen hat, in dessen Geburtsurkunde steht: ›Vater unbekannt.‹

Ich bin nach Marseille gekommen, um mit Verwandten meiner Frau zu sprechen. Auf ihren Rat hin habe ich einen Mann aufgesucht, der mir unumwunden erzählt hat, daß Esther Marx tatsächlich 1954 in Indochina und mit einem jungen Offizier liiert war. Es schien ganz natürlich, sich bei den Behörden nach diesem Offizier zu erkundigen, aber ich habe erfahren, daß gewisse Aspekte dieser Episoden bisweilen Zurückhaltung geboten erscheinen lassen. Es ist nicht meine Sache, darüber zu befinden.«

Voisin nickte kühl.

»Unter den Ratschlägen, die ich bekam, war ein sehr guter«, fuhr van der Valk mit seiner farblosen Beamtenstimme fort. »Nämlich der, sich stets an die höchste Stelle zu wenden. Es ist allgemein bekannt, daß der die Armeegruppe Sieben kommandierende General sich bei der Verteidigung Dien Bien Phus hervorgetan hat. Ein Offizier ohne Fehl und Makel. Ich habe ihn nach langem Überlegen angerufen. Das Resultat ist mein Besuch bei Ihnen, Herr Oberst. Und jetzt wissen Sie von dem Fall so viel wie ich.«

»Es ist sonnenklar. Ich verstehe jetzt besser, warum Sie dieses – überraschende – Telefongespräch geführt haben. Es gehört Kühnheit dazu, so etwas zu tun.«

»Für jemanden, der den General kennt? Ich gebe zu, es war dreist von mir.« Voisin lächelte nicht, aber er machte auch kein wütendes Gesicht.

»Ihre Dreistigkeit – wie Sie sagen – war zweifellos ein schweres Vergehen gegen das Protokoll.« Man konnte nicht sagen, ob es ihn amüsierte. »Für jemanden, der den General kennt« – eine kleine Pause –, »jedoch ein kluger Schritt.«

»Ich kenne ihn nicht.« Mit Bedauern. »Ich dachte nur, daß man sich schriftlich nicht so offen äußern könne – ach, Herr Oberst, Sie verstehen ...«

»Freilich. Haben Sie noch etwas hinzuzufügen?«

»Vielleicht ist es in meiner Lage wichtig, jeden Aufschub zu vermeiden. Ich muß ein Verbrechen aufklären. Da ich diese Frau jetzt nicht mehr schützen kann, ist es meine Pflicht, sie zu verteidigen.«

Oberst Voisin dachte eine Weile über diese Bemerkung nach.

»Ja«, sagte er schließlich. »Es ist gewiß Ihre Pflicht, einige dieser Fragen zu stellen, und es wird meine Pflicht sein, einige davon zu beantworten. Andere... Nun, Sie dürfen den Versuch machen. Wenn ich mich nicht irre, möchten Sie mehr über Leutnant Laforêt wissen... Ich frage Sie nicht, wie Sie auf diesen Namen kommen; wahrscheinlich wollen Sie mir das lieber nicht sagen. Aber wie kommen Sie zu der Vermutung, daß ein Mann, der 1954 in Indochina gekämpft hat, etwas mit dem Tod einer Frau in Holland zu tun hat, die vor fünf Tagen erschossen worden ist?«

»Dieser Berufssoldat in Holland ist ein guter Mann, ein anständiger Mann. Er hat die Frau geheiratet, obwohl seine Vorgesetzten dagegen waren. Das war der erste Hinweis, daß etwas von ihr bekannt sein könnte. Er ist nicht sehr intelligent, aber in Korea für eine tollkühne Tat ausgezeichnet worden. Ich glaube, auch das war eine Art Herausforderung auf Teufel komm raus. Vielleicht irre ich mich, aber die Frau war schwanger. Da er das wußte, erbot er sich, sie zu heiraten. Und sie nahm den Antrag an. Es ist klar, daß sie den Vater des Kindes nicht heiraten konnte oder wollte. Sie ging sogar so weit, sich damit in ein schiefes Licht zu setzen, daß sie behauptete, sie wisse nicht, wer der Vater des Kindes sei.«

»Und war das nicht vielleicht die Wahrheit?« fragte Voisin milde. »Hatte sie nicht vielleicht mehrere Liebhaber gehabt? Oder denken Sie, daß Leutnant Laforêt, dessen Namen Sie durch Klatsch erfahren haben, der Vater ist?«

Nicht eigentlich scharf, höchstens halbscharf. Aber van der Valk war gekränkt. »Ich fürchte, Sie werden meine letzte Überlegung unbefriedigend finden«, sagte er traurig.

»Das zu beurteilen, müssen Sie mir überlassen.« In einem Ton, den er zweifellos vielen Soldaten gegenüber benutzt hatte, die geraubt, vergewaltigt hatten oder desertiert waren und dann behaupteten, sie seien nicht ganz bei sich gewesen.

»Dieses Kind... Der holländische Soldat, von dem wir gesprochen haben, ist leider nicht in der Lage, für es zu sorgen, obwohl er sehr bereit dazu ist. Seine Familie, scheint es, widersetzt sich... Nun, sei dem, wie es wolle. Ich habe das Kind vorübergehend bei mir aufgenommen, meine Frau kümmert sich um die Kleine. Ich habe wohl schon gesagt, daß meine Frau Französin ist. Dem Kind ist gesagt worden, es sei Französin, und es weiß, daß dieser Mann nicht sein Vater ist. Esther scheint das so gewollt zu haben. Das Kind hat ein militärisches Abzeichen an seiner Mütze, das der dreizehnten Halbbrigade. Ich habe dem zunächst keine Bedeutung beigemessen.«

»Leutnant Laforêt«, kühl, »hat nicht in der Legion gedient.«

»Vielleicht nicht. Es ist eine rote Baskenmütze. Meine Frau hat sie zum Scherz dem Kind aufgesetzt, sie nach vorn gezogen und frivol gesagt: ›Jetzt bist du ein Fallschirmjäger.‹ Das Interessante ist, daß das Kind da in Tränen ausbrach und sagte: ›Meine Mutter hat das auch immer gesagt.‹«

Es folgte ein langes Schweigen, das schließlich von Voisin gebrochen wurde.

»Sie sind ein interessanter Mann, Kommissar. Sind Sie selber Holländer?«

»Ein waschechter.«

»Sie haben diesen holländischen Soldaten als einen friedlichen, phlegmatischen Mann geschildert. Und so sehen wir, soweit wir sie kennen, alle Holländer. Sie haben zwei Ausbrüche von Donquichotterie entdeckt, die den Charakter dieses Mannes aufhellen. Ist Ihnen klar, daß mit zwei ähnlichen Ausbrüchen Sie sich selbst in meinen Augen offenbart haben?«

»Nein«, sagte van der Valk demütig, »obwohl es mir jetzt in gewisser Weise bewußt wird. Überrascht es Sie dann, wenn ich sage, daß ich glaube, des Charakters meiner eigenen Frau wegen diese Frau zu verstehen? Und ähnle ich dann ihrem Mann?«

»Ist es vielleicht richtig, daß Sie sich entschlossen haben, dieses Kind bei sich aufzunehmen – wenn Sie mir erlauben, eine Frage mit einer anderen zu beantworten?« Wieder folgte ein langes Schweigen. »Ich werde Ihnen von Leutnant Laforêt erzählen«, fuhr Voisin schließlich fort.

Er griff in seine Tasche und holte ein Päckchen Zigaretten heraus, bot van der Valk eine an, der aber dankend ablehnte, schüttelte eine heraus und steckte sie mit einem alten amerikanischen Feuerzeug an.

»Operationsgruppe Nordwesten«, sagte der dann. »Abkommandiert nach ›Gonno‹. Ist das Militär nicht sehr naiv? Niemand scheint bemerkt zu haben, daß die offizielle Bezeichnung der Garnison Dien

Bien Phu auf eine vulgäre Art komisch und sogar ein schlechtes Omen war.« Er zog an der Zigarette, klopfte die Asche ab, betrachtete einen Augenblick die glühende Spitze und sagte mit gleichmäßig scharfer Stimme: »Als erstes muß man wissen, daß es überhaupt keinen Leutnant Laforêt mehr gibt. Er wurde in dem Jahr, in dem Esther Marx heiratete, aus der Armee entlassen. Ich habe seine Papiere fertig gemacht. Da liegt auch der Grund, warum der Name Ihren Informanten an etwas erinnert hat. Sie hat sich so verhalten, daß es zu einer Art Skandal kam. Sie hat auf ihn geschossen.«

Van der Valk kam sich mehr denn je wie die kleinste Nebenfigur im letzten Akt vor.

Kapitel 15

»Sie schoß auf ihn«, wiederholte Voisin, »und kam deshalb vor Gericht. Aber nach eingehender Prüfung des Tatbestandes war das Gericht davon überzeugt, daß sie in Notwehr gehandelt hatte. Alle Zeugen, wissen Sie, gehörten der Armee an. Es war«, schloß er unentwegt, »ein bedenklicher Justizirrtum.«

»Sie meinen, es wurde etwas vertuscht. Und darum ist alles andere auch vertuscht worden.«

»Sie sagen da etwas für die Justiz Beleidigendes, Kommissar. Es war ein Zivilgericht, und ich versichere Ihnen, der Staatsanwalt war ebenso tüchtig und sachverständig wie die Richter. Sie dürfen nicht glauben, es habe sich um Korruption gehandelt; davon kann nicht die Rede sein. Aber es stimmt, alle Zeugen schworen einen Meineid.«

»Wie, zum Nachteil ihres eigenen Kameraden?«

»Sie sagten einstimmig aus, er sei sehr betrunken gewesen, gefährlich betrunken. Die Szene hatte sich in einer Bar abgespielt. Er schwang eine Pistole, die sie ihm mutig entriß, wehrte sich trotz seiner Betrunkenheit heftig und wurde in dem dann folgenden Kampf verletzt. Dem Besitzer der Bar wurde sehr deutlich gesagt, wenn er die Richtigkeit der Aussage französischer Offiziere bezweifle, würde seine Bar samt ihm mit einer Plastikbombe in die Luft gejagt. Es war genau die Zeit, als eine Straße in Algier allgemein als die Rue de la Bombe bekannt war. Sie sehen, Kommissar, daß ich ganz offen von Dingen spreche, die mir nicht gerade zum Ruhm gereichen. Sie sehen ferner, daß der General entscheiden mußte, wie die Ehre der Armee am besten zu verteidigen war – aber es war eine Entscheidung, die er nicht zum erstenmal fällte.« Die Stimme klang schneidender denn je.

»Aber der Kamerad?«

»Ist Ihnen die französische Beleidigung ›falscher Bruder‹ vertraut?«

»Ja.«

»Esther Marx wurde als Kamerad betrachtet. Sie werden sich erinnern, die Presse stellte es groß heraus, daß Geneviève de Galard in Dien Bien Phu mit Insignien ausgezeichnet worden ist, die man sich von einem Offizier der Fallschirmjäger geliehen hatte. Esther war nicht dort. Aber sie hat genau das gleiche getan und war bereit, es wieder zu tun. Sie hat alle Hebel in Bewegung gesetzt, um nach Dien Bien Phu zu kommen, weil dort ihr Liebhaber war. Es gibt Legenden darüber. Ich habe sie gehört, aber ich kann mich nicht für ihre Richtigkeit verbürgen. Ich war nicht dort, und ich habe Esther nie kennengelernt. Sie hatte bestimmt etwas von einer Wildkatze – eben eine Fallschirmspringerin. Mein Indochina waren die Büros in Saigon. Ich habe das Hochland nie gesehen.« Sagte er das nicht in fast bedauerndem Ton?

»Aber hat Laforêt etwas verbrochen? Und was?«

»Er ist vor dem Feind desertiert. Aber er ist dafür nicht erschossen worden.«

»Aber sie – sie bekam das Kind doch erst zwei Jahre später ... Ach, mein Gott, Sie wollen damit sagen, daß sie es nicht gewußt hat und erst später dahintergekommen ist.«

»Sie haben es erraten. Niemand wußte es. Gewisse Stützpunkte, vor allem die im Umkreis des Camps, wurden überrannt und nie zurückerobert. Offiziere und Männer wurden als vermißt gemeldet. Erst viel später wurde bekannt, ob sie gefangengenommen worden oder gefallen waren. Es ist nie bekanntgeworden, ob jemand an einer Verwundung oder in feindlicher Gefangenschaft starb. Wahrscheinlich sind die meisten vorm Feind gefallen.«

»Der Ton, in dem Sie das sagen, Herr Oberst, verrät mir, daß Sie über die Legenden von Dien Bien Phu nicht ganz glücklich sind.«

»Die Bemerkung ist impertinent.«

»Dann bitte ich um Verzeihung.«

Voisin stand auf, ging zum Fenster und blickte eine Weile hinaus, ehe er sich wieder van der Valk zuwandte.

»Ich bin Anwalt«, sagte er. »Ich habe das Strafrecht studiert, aber mir sind auch modernere Anschauungen vertraut. Kennen Sie zum Beispiel den Begriff ›Strafehe‹? Der Gedanke, daß zu einem Verbrechen zwei gehören, der Täter und das Opfer, und daß die beiden in dem verbunden sind, was man eine Ehe nennt. Wenn zum Beispiel ein Mann eine alte Frau berauben will und die alte Frau schreit und wehrt sich so, daß der Mann Angst bekommt und sie mit etwas, das er gerade zur Hand hat, erschlägt. Ist das nicht ein Raubmord? Dennoch war es eindeutig die Schuld der alten Frau. Ich habe das einfachste Beispiel gewählt, aber die meisten Morde zeigen das gleiche seltsame Band zwischen Mörder und Opfer.« Die Stimme klang nicht besonders warm, aber van der Valk schlug die Beine übereinander und setzte sich bequemer; er hatte das Gefühl, hier zweierlei von zwei Menschen zu hören. Der eine sprach über seinen Beruf, der andere rechtfertigte sich als Mensch.

»Wir klammern uns an Formeln, an erstarrte Begriffe. Das Militärgesetz... Sie, Kommissar, begegnen in Ihrem Beruf vielen Menschen, vielleicht Verbrechern. Das Gericht ist bereit, die mildernden Umstände, die Sie geltend machen, zu berücksichtigen. Sie werden nicht durch Phrasen wie Pflichtvergessenheit und Soldatenehre gehemmt, denn die Gesellschaft ist weniger streng, neigt mehr zum Materialismus, läßt sich schneller durch einen kleinen Verlust der Freiheit oder eine Geldstrafe rühren. Während die Mystik der Soldatenehre fast jede Bestrafung zu etwas Belanglosem macht, außer den beiden großen Strafen, Tod und Ausstoßung aus der Armee.

Er war schwer bestraft worden, man hatte ihm seine Orden genommen und ihn aus der Armee ausgestoßen, aber mit Recht.«

»Hat niemand anders als Esther daran gedacht, ihn zu erschießen?«

»Haben Sie nicht gehört, daß Langlais in Dien Bien Phu die vielen als die ›Ratten von Noum Yam‹ bekannten Deserteure mit Artillerie ausrotten lassen wollte? Aber er tat es dann doch nicht. Ich möchte sagen, Esther Marx hat aus einer Anwandlung von Mitleid auf ihn geschossen.«

»Ehe seine Fahnenflucht bekannt wurde oder danach?«

»Vorher. Ich weiß nicht, aus welcher Quelle sie es erfuhr. Vielleicht, ja bestimmt von Laforêt selbst. Der arme Kerl, niemand hatte ihn verdächtigt. Seine Kameraden fanden ihn in den Händen des Feindes. Den Viets selbst schien es gar nicht klargeworden zu sein. Es war undenkbar, daß ein Offizier der Fallschirmtruppen desertierte. Nachdem ich Ihnen nun schon so viel erzählt habe«, sagte er, ohne daß sich seine Stimme veränderte, »könnte ich Ihnen auch noch sagen, daß mich viele gedrängt haben, die Anklage wegen Fahnenflucht fallenzulassen und ihn nur wegen Meuterei vor Gericht zu stellen. Ich habe das natürlich abgelehnt. Später hat man wie in stillschweigender Vereinbarung so getan, als sei Laforêt nicht mehr am Leben.«

»Dann ist er also nicht tot?« Van der Valk war verblüfft.

»O nein. Sie hat auf ihn geschossen, aber er ist nicht gestorben. Er wurde noch zusätzlich bestraft, als das Krankenhaus deutlich erkennen ließ, daß es ihm lieber nicht das Leben gerettet hätte; obendrein kam dann das Schauspiel, daß seine ehemaligen Kameraden einen Meineid schworen, glücklich darüber, seiner Geliebten damit zu der Ausrede eines Notwehraktes verhelfen zu können.«

»Was ist aus ihm geworden?«

»Wie soll ich das wissen? Er verschwand, wie nicht anders zu erwarten.«

»Ich wünschte, ich könnte es zulassen, daß er weiter verschwunden bleibt.«

»Glauben Sie, daß er Esther Marx ermordet hat?«

»Ich weiß es nicht. Ich muß weiter Steine wälzen, um Dinge zu finden, die ich lieber nicht finden würde. Ich zweifle kaum daran, daß er der Täter ist, aber es gibt in der Polizeiarbeit nie eine Gewißheit, und wenn, dann nur eine negative. Wenn ich weiß, daß ihr Mann sie nicht getötet hat, so kann ich darum noch nicht sagen, daß ihr Liebhaber es war. Ich muß den Mann finden, und wahrscheinlich können Sie mir dabei helfen.«

»Ich bin an Situationen gewöhnt, um die man einen nicht beneidet«, erwiderte Voisin, »aber es widerstrebt mir, von neuem Jagd auf einen Mann zu machen, der schon einmal gejagt worden ist.«

»Er ist jetzt Zivilist, Herr Oberst. Er wird ein Recht auf mildernde Umstände haben.«

Voisin kritzelte etwas auf ein Stück Papier und reichte es van der Valk. »Sie haben bei einem General begonnen – und ich schicke Sie wieder zu einem General, einem General der Fallschirmjäger.« Auf dem Zettel standen ein Name und eine Adresse: Rue Saint-Dominique in Paris. Immerhin, dachte er, lag das in Richtung Heimat. Es hätte ebensogut Pau sein können.

Als er mühselig die letzten Treppenstufen hinunterstieg, kam der Pförtner strahlend mit seinem getrockneten und gewärmten Regenmantel auf ihn zu.

»Guten Appetit.«

»Danke, Ihnen auch.«

Und warum nicht? Warum nicht in eine warme, gemütliche Brasserie gehen, wo er ein solides auvergnisches Gericht mit viel Kohl und Wurst essen konnte?

Durch alte Straßen, die so dunkel und gewunden waren wie seine Gedanken, ging er ins Stadtzentrum.

Hinter ihm sagte eine Stimme: »Wie wär's, wenn wir zusammen Mittag äßen?«

Er drehte sich wütend um. Das war doch nicht wieder der verdammte DST?

»Wissen Sie, was Raymond Chandler gesagt hat?«

Das brachte ihn aus der Fassung.

»Wer?«

»Wenn Sie nicht wissen, was Sie als nächstes tun sollen, dann lassen Sie einen Mann mit einer Pistole in der Hand bei sich herein, und ich wünschte, er würde... Mir so nachzuspionieren!« brüllte van der Valk.

»Aber, Kommissar, einen Mann erschießen, der Sie gerade zum Mittagessen eingeladen hat?«

»Ja.«

»Nun, dann will ich Ihnen das Mittagessen bezahlen.« Er holte aus seiner Tasche eine Handvoll Wechselgeld und begann zu zählen. »Eins, zwei, drei, ach, das ist ja ein Schweizer Franken, wo kommt der denn her? Vier, vierfünfzig, viersiebzig, Moment...«

»Na gut, na gut. Aber wissen Sie wenigstens ein anständiges Lokal, oder müssen Sie dafür erst einen Reiseführer kaufen?«

Er war ein Mann mit braunem Haar, bräunlichem Teint, Augen so glänzend und braun wie Kastanien, braunem Regenmantel und Hut sowie gut geputzten, aber häßlich bespritzten braunen Lederstiefeln.

»Sind viel herumgelaufen«, sagte van der Valk mit einem Blick auf diese Stiefel.

»Ja«, lächelnd. Sein Gesicht war mit kleinen Narben besät, als hätte er Pocken gehabt, und das Kinn sah aus, als sei es von einem Chirurgen geflickt worden.

»Indochina?«

»Algerien«, grinsend, als fände er das ungeheuer komisch. »Granatsplitter.«

»Ein Glück, daß Sie Ihre Augen behalten haben.«

»Ja, ein großes Glück. Wie wär's mit einem Glühwein?«

»Jetzt weiß ich«, sagte van der Valk, während er seinen Mantel aufhängte, »warum ein netter Freund mich gewarnt hat, ich liefe geradenwegs in den großen Schlamassel.«

»Sie sollten nicht wissen«, sagte der braune Mann freundlich, »daß alle amtlichen Stellen sich an den Namen Esther Marx erinnern und dabei fluchen. Aber seien Sie nicht wütend auf uns – wir haben nicht vor, Ihnen das Leben zur Hölle zu machen, noch tun wir's jetzt. Was man Ihnen in Holland gesagt hat, gilt auch hier – Sie helfen uns, und wir helfen Ihnen. Wir haben uns gefragt – ich habe mich gefragt –, was Monsieur Marie Ihnen gesagt haben könnte, aber er hatte den sehr guten Einfall, mich anzurufen und zu fragen, was ich darüber wisse. Er möchte immer etwas mehr wissen – ein bißchen mehr zu wissen, das macht ihn so erfolgreich.«

»Ich wüßte nicht, wie wir uns gegenseitig helfen könnten«, sagte van der Valk.

»Sie tun es, und Sie wissen es. Der General hätte uns nicht gesagt, es sollte in der Familie bleiben, wie man so sagt. Aber er kann Ihnen nicht den Mund stopfen. Ich war erstaunt – und voller Bewunderung, wie Sie mit ihm umsprangen.«

»Das ist Ihnen sehr gelegen gekommen.«

»Ich gebe Ihnen mein Wort, ich hatte noch nie von Laforêt gehört. Es ist die reine Wahrheit, daß unsere Leute in Holland vor dem gleichen Rätsel standen wie Sie. Ich habe es dann auf alle Fälle in Paris nachgeprüft, und siehe da, wir hatten eine Akte über ihn. Eine Akte mit nichts drin. Tot.« Er trank einen Schluck Glühwein.

»Wofür, zum Teufel, wollten sie die Akte haben?« fragte van der

Valk und trank ebenfalls einen Schluck.

»Sie haben mit Ihrer Frage recht, aber das ist ein ganz automatischer Vorgang, wissen Sie. Ein Offizier, der in Unehren verabschiedet wird, könnte böse Gedanken hegen. Niemand hat das je verfolgt – wir wußten nicht das geringste über Laforêt. Weder in Paris noch sonstwo.«

Van der Valk konnte seine Wut nicht mehr beherrschen.

»Vor fünf Minuten habe ich mir gesagt, daß ich, wenn ich fünf Jahre jünger wäre, Sie niederboxen würde. Und jetzt gehen Sie mir besser aus den Augen oder rufen Ihren Judoexperten – er kann nicht weit weg sein.« Er kam sich wie ein Bär vor, der von kleinen kläffenden Hunden zum besten gehalten wird.

»Ich sehe, Sie glauben den Legenden, die über uns verbreitet werden«, sagte der braune Mann. »Hämmern Sie sich dies in Ihren dikken holländischen Schädel ein: Wir haben die Weisheit auch nicht mit Löffeln gefressen. Ohne das geringste zu wissen, haben Sie ganz allein das alles entdeckt. Trotz all unserer Hilfsmittel haben wir die Verbindung nicht erkannt. Die alte Geschichte: Die rechte Hand weiß nicht, was die linke tut. Soll ich es Ihnen noch genauer erklären? Ihre Geschichte interessierte die in Holland, und sie glauben, das sei etwas für uns. Sie baten uns, der Sache nachzugehen. Der Name Esther Marx kam uns irgendwie bekannt vor. Es war purer Zufall, daß der alte Marie mich anrief. Er hatte nichts weiter im Sinn, als sich zu orientieren. Seitdem bin ich atemlos hinter Ihnen hergelaufen. Als ich hierher kam, sagte ich mir, es wäre besser, wir stimmten uns ab.«

»Die Akte über Laforêt.«

»Vor einer Stunde wußte ich noch nichts von ihrer Existenz. Wir wissen nicht einmal, ob er noch lebt. Ich habe nur herausfinden können, daß es da eine Anklage wegen Gewalttätigkeit gab – er wurde im Kampf mit Esther Marx verletzt, aber mit seiner Pistole. Es kam jedoch damals zu keinem Prozeß, weil er schon sein Fett weg hatte und sie ihn los waren.«

»Anklage wegen Gewalttätigkeit, du lieber Gott«, sagte van der Valk. »Es ist ihm übel mitgespielt worden.«

»Merkwürdigerweise gibt es eine Notiz in der Akte, die genau das besagt, aber es konnte nicht bewiesen werden.« Er blickte van der Valk an und lächelte. »Ihnen fressen die Militärs wirklich aus der

Hand.«

»Sagen Sie mir jetzt«, bat van der Valk, »warum interessiert Sie eigentlich dieser Fall?«

Der Mann rauchte einen Moment stumm und murmelte dann: »Es ist gar nicht so schlecht, alle sechs Monate mal die Wahrheit zu sagen.« Und er rauchte noch eine Weile weiter und beschloß dann, nicht mehr Secret Service zu spielen. »Früher gab es siebzehn verschiedene Geheimdienste und alle möglichen Rivalitäten zwischen ihnen – jeder war grimmig entschlossen, die anderen in nichts einzuweihen. Aber jetzt hat sich das geändert.«

»Seit der Geschichte mit Ben Barka?«

»Ja, genau. Eine schöne Sache, was? Zwei Polizeibeamte betranken sich. Wenn mir je jemand leid getan hat, dann diese beiden armen Teufel... Das hat jetzt kaum noch Bedeutung, aber vor zehn Jahren und mehr, zur Zeit Algeriens, da gab es nicht viel Liebe zwischen den Geheimdiensten und schon gar keine freundschaftlichen Gefühle zwischen dem DST und einigen Armee-Einheiten, vor allem Fallschirmjägerformationen.«

»Aha«, sagte van der Valk.

»Aus jener Zeit datiert unser Interesse an Laforêt. Damals, wie ich betonen möchte, warf die Fallschirmjäger-Mafia einen langen Schatten. Jetzt hat das alles sehr wenig zu sagen. Wahrscheinlich hätten sie ihn nie am Leben gelassen, wenn wir ihnen nicht so zugesetzt hätten. In gewissem Sinn, wissen Sie, ist das, was jetzt passiert ist, unsere Schuld.«

»Wissen Sie, wo Laforêt steckt?«

»Nein. Aber wir können das wohl herausbekommen. Was möchten Sie essen – Ente?«

»Etwas mit Maronen drin.«

»Im Ernst«, sagte der braune Mann, den Mund voll Maronen, »sie müssen Ihre Fragen beantworten. Sie sind ein Kriminalbeamter, der mit einer Untersuchung betraut ist, und sie waren sehr dankbar dafür, genau wie wir, daß Sie kein großes Theater machten.«

Ja, dachte van der Valk, vielleicht sind diese Zivilbeamten in Den Haag gar nicht so blöde, wie wir glaubten.

»Bei wem waren Sie eben – beim alten Voisin? Hab' ich's mir doch gedacht. Ich bin nicht schamlos genug, ihn zu fragen, was Sie ihm aus der Nase gezogen haben, und er wird mich nicht wie der alte Gauner

Marie anrufen und es mir sagen. Aber es würde mich interessieren, was Sie jetzt vorhaben.«

»Da ich nicht hoffen kann, mich in Paris zu bewegen, ohne daß ein paar Ihrer scheußlichen Spitzel davon Wind bekommen«, sagte van der Valk freundlich: »Ich habe die Adresse eines Brigadegenerals in der Rue Saint-Dominique.«

»Wirklich?«

»Überrascht Sie das?«

»Allerdings. Sie haben da nicht ein Steak auf Ihrem Teller, sondern ein Kotelett von einem lebenden Löwen.«

»Ich muß mich erkundigen, wann ein Zug nach Paris geht.«

»Das ist nicht nötig. Erlauben Sie mir, daß ich Ihnen behilflich bin.«

»Wie?«

»Ich kann Sie in ein Militärflugzeug verfrachten, und Sie sind in zwei Stunden mitten in Paris. Trinken wir noch einen Kaffee.«

Kapitel 16

Arlette wartete angstvoll auf eine Nachricht. Sie war immer nervös, wenn ihr Mann verreist war, wenn sie sich natürlich auch beherrschte. Als junge Frau war sie, wenn sie allein im Hause saß, nach Einbruch der Dunkelheit bei jedem Geräusch zusammengefahren und hatte sehr streng zu sich sein müssen, um die Angst zu überwinden. Jetzt, da sie älter war, erlaubte sie sich gelegentlich, ein bißchen Theater zu machen. Aber diesmal war es ganz anders.

Man konnte lange feststehende Regeln respektieren, wie die, nie Fragen zu stellen und nie zu Hause über Berufliches sprechen, aber nach zwanzigjähriger Ehe war man hellsichtig und erkannte sofort, wenn der Mann verängstigt, erschöpft oder enttäuscht war. Diesmal jedoch, das spürte sie, war sie an allem schuld. Sie hatte mit ihrer dummen Hysterie ihm und sich das eingebrockt. Nur weil sie 1957 ein Hemmschuh gewesen war...

Seit dem Augenblick, da sie instinktiv gewußt hatte, daß Esther in Dien Bien Phu gewesen war, hatte sie sich fast mit ihr identifiziert. »Dies wird kein Spaß«, hatte ihr Mann auf dem Flughafen gesagt. Sie hatte ihn stützen und ermutigen wollen, und es war ihr natürlich nur gelungen, dummes Zeug zu reden.

»Aber sie hat eine dramatische Vergangenheit. Es wird fesselnd sein, sie Blatt für Blatt aufzuschlagen.«

»Meine Liebe, du hast wieder einmal Kriminalromane gelesen. Es wird sterbenslangweilig.«

»Ach, du siehst alles bestimmt zu schwarz.«

»Nein, nein.«

Sie war in düsterer Stimmung nach Hause gefahren.

Seine Anrufe hatten nicht geholfen. Eine betrunken und etwas verrückt klingende Stimme hatte mit ihr aus Marseille gesprochen, und im Hintergrund hatte man Jean-Michels heitere Stimme gehört und Claudines ungewöhnlich rauhe und kratzende. Nicht daß sie stark beschwipst waren, aber alles, was sie sagten, hatte so dumm geklungen. Er hatte etwas sehr Törichtes oder sehr Kluges getan, oder beides zugleich. Sie hatte nicht verstanden, was oder warum. Sie konnte überhaupt nichts verstehen, und jetzt hatte er sehr deprimiert aus Paris angerufen und war ausgerechnet in Clermont-Ferrand gewesen, und soweit sie verstehen konnte, wurde alles immer schlimmer...

Arlette saß allein in dem stillen Haus, denn Ruth schlief schon oben, furchtbar weit weg. Das Essen schmeckte ihr nicht, selbst die Musik hatte nicht geholfen. Jedesmal, wenn Arlette sich elend fühlte, legte sie Fidelio-Platten auf, das war ein Mittel, das nie versagte. Aber heute abend war auch das vergeblich gewesen.

Sie wußte jetzt, wie einem Soldaten zumute war, der in einem kleinen schmutzigen Loch auf einer der Höhen von Dien Bien Phu saß, während die Feinde geduldig darauf warteten, ihm den Garaus zu machen. Plötzlich kam ihr ein Gedanke: War Esther sich in der schäbigen städtischen Wohnung nicht auch wie belagert vorgekommen, umzingelt von einem holländischen Vietminh? War das zu phantastisch? Sie hatte sich nicht in ihr Schicksal ergeben, hatte sich Zentimeter um Zentimeter verteidigt, so wie es die Fallschirmjäger getan hatten. Sie hatte nicht aufgegeben, aber sie hatte allmählich die Hoffnung verloren, ihr Kind und schließlich ihr Leben...

Nichts wissend, unfähig, etwas zu tun. »Was wird in Hanoi gespielt, zum Teufel?« hatten die verbitterten und erschöpften, im Schmutz liegenden Soldaten gemurrt, den Himmel nach Hilfe absuchend, die nicht kam.

Arlette hatte keine Ahnung davon – ihren Mann hätte das sehr amüsiert –, aber auch sie führte eine kleine Untersuchung, versuchte Esther Marx zu verstehen, versuchte zu begreifen, daß sie zum erstenmal nicht nur von einer Kriminalaffäre berührt wurde, sondern in sie verstrickt war. Mit Ruths Hilfe versuchte sie, das Dunkel zu durchdringen, so wie ihr Mann den Dschungel aus Leidenschaften und Treue, dessen kühle verständnislose Zuschauer Monsieur Marie und Oberst Voisin gewesen waren. Äußerlich versuchte sie, Ruth Liebe und eine neue Heimat zu geben. Innerlich war sie unglücklich, klammerte sich verzweifelt an das Kind, um sich von Pein und Angst zu befreien. Genauso zerrissen war van der Valk: auf der einen Seite eine typische langweilige und mühselige polizeiliche Untersuchung, die noch durch die zehn Jahre alten Eifersüchteleien zwischen DST und Armee erschwert wurde, und auf der anderen die Tragödie zweier Menschen, die sich geliebt hatten.

Arlette und Ruth entdeckten einander. Beide litten an einer leichten Verlegenheit. Arlette war an Mädchen dieses Alters nicht gewöhnt, und das Kind hatte wenig Kontakt mit Frauen gehabt, kannte nur seine sprunghafte Mutter und die hyperklugen und allzu selbstsicheren Lehrerinnen der Volksschule.

Sie waren beide abwechselnd kurz angebunden und überschwenglich, aber bis jetzt brachten sie es kaum fertig, spontane Zuneigung füreinander zu zeigen. Sie spielten beide Detektiv und brauchten Stunden, um das In-die-Augen-Springende zu entdecken.

Arlette mußte so viel wie möglich erfahren, ohne von dem Kind Vertrauen zu erzwingen; es gelang ihr ziemlich gut, dachte sie eitel. Ruth war an ein stilles, trübes Leben gewöhnt und plapperte unentwegt, und es war bestimmt gut, sagte sich Arlette, ihr das zu erlauben. Zumal über ihre Mutter, denn so konnte sie Schmerz und Schock am schnellsten überwinden. Nichts war schlimmer, als wenn Esther zu einem Tabu wurde. Daß Arlette selber leidenschaftlich an allem interessiert war, was Esther betraf, war belanglos. Ruth war aber auch nicht alt genug, um die Spontaneität verloren zu haben. Sie schwatzte den ganzen Tag, oft ungereimtes Zeug, und ihr Vertrauen schien zu wachsen. Das tut ihr bestimmt gut, beruhigte sich Arlette immer wieder: An die Verschlossenen kommt man am schwersten heran.

Sie war auch glücklich, sagte sie sich. Früher war sie immer davon überzeugt gewesen, daß sie mit Kindern nicht gut umgehen konnte, und entdeckte nun mit Erstaunen, daß sie die Gesellschaft dieses kleinen Mädchens genoß.

Ich glaube, dachte sie, ich bin eine recht unkomplizierte Frau, Muttertyp, großer mütterlicher Busen. Und das erinnerte sie an etwas, sie ging in die Küche und schrieb »BH« auf ihre Einkaufsliste. Ich bin immer noch ganz hübsch, wenn auch ein bißchen alt, bequem und ein bißchen dick.

Sie liebte gutes Essen und nahm Ruth zu den Einkäufen mit, damit sie ihr beim Tragen half.

»Solange Väterchen weg ist, werden wir uns etwas besonders Schönes kochen. Keinen Blumenkohl! Magst du Eierkuchen?« Natürlich, alle Kinder mochten Eierkuchen.

Esther hatte den ganzen Tag geraucht und zuviel Whisky getrunken. Aus Essen hatte sie sich nichts gemacht, hatte meistens nur eine Büchse Corned beef aufgemacht oder Chips gekauft oder, was noch schlimmer war, eines jener »Fertiggerichte«. Sie liebte Reis... Auch Arlette liebte Reis, aber es machte ihr nichts aus, ja, sie genoß es sogar, Lauch und Kohl in Streifen zu schneiden und Erdnußbuttersauce zu machen.

»Die Amerikaner erreichen in Vietnam nichts, weil sie keinen Reis mögen.«

»Mama liebte Indochina.«

»Jeder, den wir kennen, liebte Indochina.« Ja, es half, daß sie Französin war. Das Kind war in Frankreich geboren und hatte das Gefühl, dorthin zu gehören; weiter wußte sie nichts von ihrer Herkunft, aber sie hatte eins mit Arlette gemeinsam, die wie Esther im Exil lebte.

»Esther meinte, Reis macht zuviel Arbeit.« Da – sie hatte aufgehört, Mama zu sagen. Sie hatte ein- oder zweimal »meine Mutter« gesagt, aber das hatte ihr fremd geklungen.

Arlette schüttete das Gemüse in die große Pfanne; Ruth, die neben ihr stand, tat ein in Würfel geschnittenes Schweinefilet in die kleine.

»Und sie sagte, in Restaurants schmeckt es nicht gut, weil das Essen schon zu lange vorher zubereitet wurde.«

»Ganz richtig. Kluge Esther. Laß es nicht anbrennen!« Arlette schälte zwei Knoblauchzehen, zerdrückte sie mit dem Messer, briet eine Banane, auf die sie vorher etwas Curry gestreut hatte, und färbte die Sauce mit Soja.

»Das Gemüse darf nicht zerkochen, es soll nur glasig werden. Hurra, der Reis ist fertig... Was hat Esther abends gemacht?«

»Sie hat viel gelesen. Zeitungen und Zeitschriften und Bücher – alles.«

»Und wenn dein Vater zu Hause war?«

»Dann spielten sie Karten – kannst du Karten spielen?«

»Belote...«

»Ja, das. Oder sie gingen aus, ich weiß nicht, wohin; ins Kino, glaube ich.«

»Ging Esther gern ins Kino?«

»Ja, sehr. Oft, wenn ich nach Hause kam, lag ein Zettel da, sie sei ins Kino gegangen. Wenn sie dann nach Hause kam, schimpfte sie auf den Film, aber sie ging immer wieder hin.«

Das Telefon läutete.

»Ach, das wird Väterchen sein. Der Glückliche ist in Toulon. Hallo. Wieso klingt meine Stimme komisch? Na ja, ich habe den Mund voll Reis. Es regnet in Strömen? Das höre ich gern. Ach, du bist in Marseille – noch schlimmer. Was? Du hast einen General angerufen? Da mußt du betrunken gewesen sein. Sag Jean-Michel, er soll den Mund halten. Ist der General auch betrunken gewesen? Unternimm nicht zuviel. Ja, Ruth ist hier. Ich gebe sie dir gleich. Was? Ja, ich verstehe, ein Name allein sagt einem nicht viel. Du sprichst in Rätseln, ist dir das klar? Dieser krächzende Papagei, ist das Claudine? Ich verstehe überhaupt nichts. Aber jetzt gebe ich dir Ruth.«

»Hallo.« Schüchtern.

»Ist das nicht die reinste Zauberei? Denk doch, ich bin in Marseille. Sorg dafür, daß Arlette nicht zuviel ißt, aber grüß sie herzlich von mir. Was soll ich dir mitbringen?«

»Das weiß ich nicht. Aber du darfst die Gans nicht vergessen.«

»Mir wird schon was einfallen. Ich komme in wenigen Tagen zurück. Das Wetter ist scheußlich. Hab Mitleid mit dem armen Polizisten.«

»Warum hast du kein Cape wie die französischen?«

»Ja, das ist eine Idee. Vielleicht kann ich eins bekommen. Gute Nacht, mein Kind.«

»Gute Nacht, mein Liebling«, sagte Arlette und strich Ruths Bettdecke glatt.

»Gute Nacht, Mama.«

Arlette wußte nicht, ob sie glücklich oder ob ihr elend zumute war, und sie ging hinunter, um einen Cherry Brandy zu trinken, was für beides gut sein würde.

Kapitel 17

Das Transportmittel des DST war nicht besonders imposant. Ein alter Simca 1000, ohne Platz für lange Beine, aber das Tempo war eindrucksvoll. Und ebenso das des Flugzeugs, obwohl er da auch kaum Platz hatte – eine für Ausbildungszwecke bestimmte Düsenmaschine, in der noch ein Extrapassagier mitfliegen konnte. Der Pilot war ein netter junger Mann mit rundem Gesicht, das wie besessen Gummi kaute. Und Punkt vier Uhr nachmittags war er, genau wie der Mann es versprochen hatte, in der Rue Saint-Dominique.

»Der Brigadegeneral?« Als ob er etwas Blasphemisches gesagt hätte. »Nun, ich kann Sie nicht daran hindern, ein Formular auszufüllen, wenn Sie es durchaus wollen.«

»Wollen wir zehn Francs gegen einen wetten, daß ich binnen zehn Minuten hinter dem Vorhang bin?«

»Dienstag in vierzehn Tagen, mein Herr – wenn überhaupt.«

»Können Sie den Anmeldezettel dem General sofort überbringen lassen?«

»Natürlich kann ich das.« Indigniert. Er tat ihn in eine Hülse und steckte die Hülse in eine Metallröhre. »Ich nehme Ihre Wette an – aber nur, weil ich neugierig bin und Sie ein ehrliches Gesicht haben.«

»Ich gebe Ihnen das Geld auch so. Bestechung eines Pförtners ist seit dem Ende der Dritten Republik nicht mehr üblich.«

»Ich möchte hoffen, daß eine Bestechungssumme etwas größer gewesen wäre.« Aber die Zehnfrancnote verschwand in seiner Tasche genauso, wie es Chandler einmal beschrieben hatte: »... mit einem Geräusch, als ob zwei Raupen miteinander kämpften.«

Sie rauchten beide lässig, aber etwas steif, wie zwei bewaffnete Räuber in einer Kneipe. Die pneumatische Röhre machte plötzlich

»ffss«, und die Hülse fiel in einen Metallkorb. Der Pförtner schüttelte traurig den Kopf, las, was auf dem Zettel stand, nahm einen Franc aus seiner Tasche, wickelte den Zettel darum und reichte beides van der Valk, der schon vor Neugier brannte. »Vorlassen«, stand in militärischer Kürze darauf.

Der Pförtner füllte eifrig eine grüne Karte aus. Da, wo »Büro Nr...« stand, schrieb er: »Zum General.« Dann stempelte er unten das Datum darauf und sagte: »Zeigen Sie das der Wache vor – und verlieren Sie es nicht. Selbst wenn Sie mit dem General ausgehen, will ich es zurückhaben.«

Vor der Freitreppe jenseits des Hofes stand ein Soldat in Kampfanzug mit Maschinenpistole. Er musterte die grüne Karte, sagte nichts und ließ ihn die Treppe hinaufgehen. In der Halle war ein Portier, der ihm die Karte abnahm, sie genau betrachtete und ihn dann aufforderte, einen kleinen vertikalen Sarg zu betreten, ihn fotografierte und schrille Schreie ausgestoßen hätte, hätte er Waffen, Kameras oder versteckte Mikrofone bei sich gehabt; aber so lächelte er nur höflich und sagte: »Erster Stock links. Sie können die Ehrentreppe benutzen.« Das klang nach einem großen Privileg, und es war tatsächlich eine sehr schöne schneeweiße Marmortreppe.

Im ersten Stock brauchte er nur seiner Nase nachzugehen, denn ein Soldat machte ihm ein Zeichen, musterte ihn höflich und führte ihn auf Zehenspitzen zu einer wenige Schritte entfernten Tür. Dieser Soldat trug Paradeuniform mit weißen Gamaschen, schien aber ein gewöhnlicher Gemeiner zu sein, kein Zuave oder Senegalese, so daß sich van der Valk irgendwie betrogen fühlte. Der Soldat lächelte ein wenig und hielt ihm die Tür auf.

Ein hell tapeziertes Büro mit hellen Möbeln. Ein sehr schlanker und schmucker junger Mann Anfang Dreißig in einer hervorragend geschnittenen Rittmeisteruniform – und zwei junge Mädchen, die eine dunkel in Burgunderrot, die andere blond in Butterblumengelb, aber beide mit langem Haar, langen Beinen, angemalten Augen und wundervollem Parfüm. Wenn man die im Büro hatte, brauchte man keine Blumen.

»Guten Morgen, Monsieur«, sagte der Rittmeister höflich und erhob sich. Die beiden Sekretärinnen blickten ihn erwartungsvoll an, ob er wohl Feuer fangen würde, aber ach, er war an diesem Tag nicht dazu aufgelegt. Er kam sich schäbig und verschwitzt vor, wie ein richtiger Provinzler, der sich seiner jämmerlichen Kleidung und seiner schiefen Schuhabsätze schämt. Er hätte sich die Haare schneiden lassen und einen Strauß Wicken kaufen müssen! Gern hätte er etwas Witziges gesagt, antwortete aber nur: »Guten Tag.«

»Der General wird Sie sofort empfangen.«

Warum imponiert mir das alles so? dachte er ärgerlich. Nur ein lausiger Brigadegeneral und sein Stab! Er hörte wieder die amüsierte und maliziöse Stimme des braunen Mannes in Clermont-Ferrand: »Das ist keiner dieser Whisky saufenden Schufte. Ein Tourenne, der von dem Marschall abstammt. Er und Séguin-Pazzis sind hochgebildete Intellektuelle, die sich mit Ihnen über Strukturen und Malerei unterhalten können.«

Der General erhob sich mit der gleichen fürstlichen Höflichkeit wie der Rittmeister, aber das Gefühl, sich in einem literarischen Salon oder einem englischen Landhaus zu befinden, verging sofort. Gewiß, die Uniform des Generals war geradezu ein Gedicht; gewiß, er rauchte Pfeife, und eine Dose mit besonders edlem Tabak stand auf einem Louis-XV.-Kartentisch, aber van der Valk merkte sofort an einer kleinen lächerlichen Einzelheit, daß dies ein natürliches Wesen war: die Hand, die der General ihm entgegenstreckte, war lang und feingliedrig, mit schönen schmalen Fingernägeln, aber, es ließ sich nicht leugnen, sie waren schmutzig und einige abgebrochen. Und an den ersten beiden Fingern der rechten Hand klebten Pflaster, die ebenfalls nicht mehr sauber waren. Der General steckte seine Pfeife zwischen die Zähne, bemerkte van der Valks Blick, lachte laut und sagte: »Es ist furchtbar, einem Polizeibeamten zu begegnen, der einen sofort durchschaut.«

»Ich wollte nicht unhöflich sein.«

»Aber Sie sind nicht unhöflich. Ich habe mein Boot angestrichen und einiges daran geflickt. Nehmen Sie Platz.« Alles an ihm verriet die gute Erziehung und Herkunft, aber er brauchte aus solchen Trivialitäten kein Kapital zu schlagen. Er hatte die Schlichtheit eines Mannes, der hochbegabt ist, es weiß – aber auch weiß, wie wenig das zu sagen hat. Er trug einen Platintrauring und die bescheidenste Armbanduhr, die man sich denken konnte.

»Da Sie Holländer sind, darf ich Ihnen vielleicht eine Zigarre anbieten.«

Ein guter Anfang: Ich weiß, wer Sie sind. Ich weiß, was Sie wollen. Wenn Sie fechten wollen, werden Sie merken, daß ich ein Fechter bin. Van der Valk ließ die Augen durch den Raum schweifen: schlicht und elegant wie sein Herr. Eine silberne Vase mit Chrysanthemen, das von einem Silberschmied hergestellte Modell eines Aeroplans aus dem Jahre 1915. Eine schwarze Lederschreibtischgarnitur, ein Krokodil aus Elfenbein, dessen Schwanz ein Brieföffner war, und ein viel benutzter goldener Füllfederhalter, etwas zerkratzt. Van der Valk öffnete behutsam sein Taschenmesser; der General lächelte und legte den Zigarrenabschneider wieder in das Schreibtischfach. Dann zog er an seiner Pfeife, und sein Lächeln wurde noch konzentrierter und strahlender. Die Augen waren dunkle Saphire unter seidigen blauschwarzen Brauen.

»Nun, kommen wir zur Sache. Sie sind bei mir, um etwas über einen Mann zu erfahren, der einmal Offizier der Fallschirmtruppe war, und Sie haben den dunklen Argwohn, daß man Sie so lange becircen könnte, bis Sie ganz schwindlig sind und stottern, man habe Sie zu der falschen Stelle geschickt. Irrtum. Ich finde, es ist nachgerade an der Zeit, ein Geschwür zu öffnen, das viel zu viele Menschen viel zu lange gelähmt hat.«

»Er war nur ein Mann.«

»Er war nur ein Junge. Er ist ein Mann und kann nicht vergessen werden. Sie fragen sich, warum wir behauptet haben, er existiere nicht, und ich bin bereit, es Ihnen zu sagen.«

»Sie haben mit der Mafia gesprochen und hoffentlich veranlaßt, daß man mich nicht umbringt.«

»Ich hätte Sie durch meinen Burschen erdrosseln lassen können«, die Bemerkung genießend, »aber wir sind jetzt alle respektabel, alle Generäle. Wir waren damals jung – fast Knaben. Unter vierzig scheint erbärmlich jung, und wir waren noch nichts, selbst Castries war nur Oberst, Langlais Oberstleutnant. Pazzi und ich waren Rittmeister, Kavaliere, wissen Sie«, heiter. »Es ist so viel Unsinn über die Fallschirm-Mafia von Dien Bien Phu geredet worden, aber betrachten Sie die Fotos, und Sie werden begeisterte Schuljungen sehen, die sich so eifrig ihrer Aufgabe hingeben wie Pfadfinder.

Nein, ich will es nicht hinunterspielen. Jene Männer wurden sehr plötzlich von den Banden der Hierarchie befreit. Es wimmelte dort natürlich von Obersten, Etappenhengsten, die Schreibmaschinen und Kannen mit Weinkonzentrat befehligten. Und da entdeckten diese Jungen, daß sie ihren Kampf so führen konnten, wie es ihnen gefiel, und sie hatten alle Dumas gelesen. Alle für einen – einer für alle. Und die Ehre. Nicht die Ehre Frankreichs, die war zu kompromittiert. Ihre eigene und die ihrer Männer. Dort zu kämpfen, aber vor allem dort zu sterben. Und sie liebten es. Oberst de Castries...«

»Hat ihre Meldungen nach Hanoi übermittelt.«

»Hm, ja. Der Satz hat seinen eigenen Weg gemacht, aber kann man das Vergnügen vergessen: Langlais, der Sauvagnac – seinen Vorgesetzten – in Hanoi telefonisch anbrüllte? Es ist wichtig, sich daran zu erinnern: Sehr junge Offiziere, halbe Kinder, trugen eine Riesenverantwortung. Sie haben eine glanzvolle Seite in unserer Geschichte geschrieben, auf die wir sehr stolz sein können. Freilich konnten nicht alle wie Makowiak sein – kennen Sie die Geschichten über Makowiak?«

»Nein.«

»Er war Leutnant – der letzte Mann, der aus Na San herauskam, was ebenfalls ein befestigtes Lager im Hochland war, das Vorspiel und der Präzedenzfall für Dien Bien Phu. Ein Hubschrauber nahm ihn auf und brachte ihn nach Hanoi zurück. Dort fragte ihn ein Reporter, was er getan hätte, wenn der Hubschrauber ihn nicht herausgeholt hätte? Man stelle sich das vor, Hunderte von Kilometern Dschungel, in dem es von Vietminh wimmelt. ›Ich wäre zu Fuß gegangen‹, sagte der junge Mann. Nun, Makowiak meinte damit, er habe *baraka*. Das ist ein arabisches Wort und bedeutet eine Aura von Glück und Unbesiegbarkeit. Dann kam die Kapitulation in Dien Bien Phu. Wir alle litten Hunger, ließen den Kopf hängen, wurden beschimpft und geschlagen. Die Hände wurden uns mit Telefondraht auf den Rücken gebunden. Makowiak ging davon und kam wieder durch.«

Der General rauchte seine Pfeife, van der Valk seine Zigarre.

»Nichts konnte diese Männer, die aus zwanzig verschiedenen Einheiten kamen, so aneinander binden wie der Glaube aneinander und das Selbstvertrauen. Viele fielen, und viele starben an ihren Verwundungen, an Erschöpfung oder Ruhr auf dem Marsch in die Lager. Manche wurden überrannt, nachdem sie ihre letzte Munition verschossen hatten. Keiner ergab sich. Keiner. Einer desertierte – Laforêt. Von heute aus betrachtet, war das, was ihm passierte, das schlimmste Pech. Er muß sehr viel mehr gelitten haben als alle anderen. Wissen Sie, wir hatten einander – und die Viet. Er hatte nichts, nicht einmal sich selbst.«

»Was ist ihm denn passiert?«

»Wir wußten es nicht, und er hat nie darüber gesprochen, aber rekonstruieren läßt es sich etwa so. Ich muß Ihnen eine Zeichnung machen – Sie sind vielleicht mit der Anlage des Camps vertraut?«

»Kaum.«

»Aha. Hier ist das Zentrum des Camps, ein Haufen kleiner Hügel, in der Mitte dazwischen der Fluß – der Nam Youn. Hier zur Linken die Huguette, auf der anderen Seite rechts die Eliane. Der Landeplatz in der Mitte und ringsum Viet, die Tag für Tag näher rückten. Nicht am Anfang, als man noch glaubte, Truppen könnten dort manövrieren, wo befestigte Außenposten waren. Ein paar Kilometer entfernt. Isabelle im Süden wurde gleich abgeschnitten und nie wieder Teil des eigentlichen Camps. Oben im Nordosten, ganz isoliert auf einem Berg, lag Beatrice. Der einsamste und verletzlichste Posten, der von der Legion gehalten wurde. Hier im Norden, über dem Landeplatz auf einem Bergkamm – Gabrielle. Gabrielle wurde von Truppen verteidigt, die für nicht ganz zuverlässig galten. Darum wurden sie in die stärkste Stellung von allen gelegt. Beste natürliche Hindernisse, zwei geschlossene Verteidigungsringe, die völlig von Artillerie gedeckt waren.«

Van der Valk beobachtete die Hände, die ein Stück Papier auf der Schreibunterlage festhielten und mit dem Bleistift darauf zeichneten. Er konnte sich vorstellen, wie diese Hände an einem kleinen Segelboot ebenso schnell und geschickt arbeiteten, ohne Rücksicht auf eine zerkratzte Handfläche oder einen abgebrochenen Nagel. Manchmal unbeholfen aus Mangel an Übung, aber nie zögernd.

»Am 13. März wurde Beatrice mit solcher Heftigkeit und so überraschend angegriffen, daß es uns den Atem verschlug – ja, selbst uns hinten im Mittelabschnitt. Die Legion, und es war die dritte Dreizehnte, wurde binnen weniger Stunden aufgerieben, und unsere Artillerie war völlig hilflos. Von diesem allerersten Angriff erholte sich Dien Bien Phu nie mehr. Piroth, der Artilleriekommandeur, und Castries zerbrachen daran...

Und auf Gabrielle sahen sie dem zu. Es zerrüttete auch ihre Moral. Kann man es ihnen verdenken? Als sie die Legion untergehen sahen, liefen sie davon. Die Offiziere standen dort, wo sie waren, und die meisten von ihnen fielen auch, wo sie waren. Und jetzt hören Sie mir genau zu.

Es wurde kein Gegenangriff auf Beatrice unternommen; wir waren alle wie betäubt von dem Schock und der Beschießung. Aber es wurde einer auf Gabrielle gestartet, eine für die Verteidigung des Camps lebenswichtige Stellung. Er wurde von Fallschirmjägerformationen ausgeführt und scheiterte. Die Truppen waren gerade erst abgesprungen, erschöpft und demoralisiert – die gleichen Truppen verbrachten später Wunder, aber an jenem Tage versackte der Angriff aus verschiedensten Gründen. Gabrielle mußte und konnte zurückerobert werden – aber sie wurde es nie. Als Rotella das fünfte BPVN-Fallschirmjägerregiment neu aufstellte, war er so wütend und gedemütigt, daß er die Hälfte der Männer auf der Stelle hinauswarf. ›Ich habe keine Verwendung für euch‹, brüllte er. ›Schert euch zur Hölle oder den Viets – ich habe keine Verwendung für euch.‹« Der General biß auf das Mundstück seiner Pfeife. »›Ich will euch nie wiedersehen!‹ waren seine Worte. Jetzt befehligte dort Laforêt eine Kompanie. Hörte er die Worte seines Kommandeurs? Wir wissen es nicht. Einige Gruppen waren zurückgeblieben. Einige waren weitermarschiert, lagen aber unten am Hang unter dem Feuer der Viets. Einige waren vielleicht bereits davongelaufen. Wir wissen nur, daß die, die Botella hinauswarf, sich den von Anne-Marie und Dominique Geflüchteten anschlossen, den beiden anderen Stellungen im Norden, die später fielen, und sich in den Höhlen versteckten.«

»Höhlen?«

»Ja – Dominique war die einzige Stellung, die ziemlich hoch lag, und fiel steil zum Nam Youm ab. Der Boden bestand aus Sand, und man hatte vom Ufer aus Tunnel angelegt, um Vorräte und dergleichen zu lagern. Sie versteckten sich in diesen Löchern – zwischen uns und den Viets.«

»Die Ratten des Nam Youm.«

»Ja, sie konnten nicht mehr fort. Sie verbrachten die Zeit der Belagerung dort, lebten von dem, was sie fanden. Bei Nacht schlichen sie sich hinaus, um mit Fallschirmen abgeworfene Lebensmittel zu stehlen. Sie handelten mit Lebensmitteln und Medikamenten, Orden, Whisky … Sie lebten so, wie Deserteure immer leben, verachtet und gehaßt von beiden Seiten. Wir überließen sie sich selbst.«

Die Stimme des Generals hatte an Wärme gewonnen und klang

heiser. Selbst jetzt, dachte van der Valk, fast zwanzig Jahre danach, vermochte ihn diese Geschichte zu rühren. Er machte eine leichte Handbewegung, als ob er sagen wolle, ich brauchte jetzt mal einen Schnaps.

»Langlais hat einmal daran gedacht, auf sie zu schießen. Aber was hätte das für einen Sinn gehabt? Verschwendung von Munition. Wir konnten sie nicht einmal verachten, obwohl sie mit dem handelten, was uns teuer war. Wir wußten nicht, daß unter ihnen ein Offizier der Fallschirmtruppe war.«

»Aber hat sich niemand gefragt, was aus Laforêt geworden sein mochte?«

»Sie müssen sich den Schock und das Chaos jener ersten beiden Tage vorstellen. Das Unglaubliche geschah, Beatrice fiel, und am nächsten Tag ebenso schnell Gabrielle. Nicht alle liefen davon – sie kämpften, und zwar gut. Unsere Artillerie war ohnmächtig. In der nächsten Nacht nahm sich Oberst Piroth das Leben, weil er die Folgen der Niederlage nicht überleben mochte. Die Thai-Truppen auf Anne-Marie beobachteten den Kampf auf Gabrielle und verzogen sich still in die Berge. Es war nicht ihr Krieg. Wir, wir mühten uns ab, um uns neu zu organisieren, versuchten, die Reihen zu schließen, versuchten auszuharren. Aber das alles brauchte Zeit, und die hatten wir nicht. Können Sie es Botella verdenken? Die Fallschirmjäger hatten damals wie jetzt einen Auftrag, einen nur: nicht zu versagen. Er hatte Gabrielle nehmen sollen, und er hatte versagt. Man nahm an, Laforêt sei in jenem Chaos gefallen oder gefangengenommen worden. Er kam auf die Vermißtenliste. Der Gedanke, daß er desertiert sein könnte, kam niemandem auch nur eine Sekunde. Niemand wußte, was geschehen war. Er hatte vielleicht seine Soldaten rings um sich wanken oder sich hinter ihm verdrücken sehen. Er hat sich vielleicht geschämt, Botella gegenüberzutreten. Er war vielleicht plötzlich allein dort auf dem Hang gewesen. Ich will ihn jetzt weder verdammen noch entschuldigen.«

»Und danach? Im Augenblick der Kapitulation?«

Der General zuckte die Schultern.

»Er war auf dem linken Flußufer. Es wäre an jenem letzten Morgen nicht unmöglich gewesen zu sehen, daß das Lager verloren war. Er hätte sich zu unserer Linie durchschlagen können. Als die Viet ihn fanden, haben sie sich nichts dabei gedacht – andere Offiziere lagen allein in einem Graben voll Toter und leerer Patronenhülsen. Als wir ihn schließlich wiedersahen, glaubten wir natürlich, er sei bereits zwei Monate zuvor gefangengenommen worden. Er sagte, er sei in den Dschungel entwischt und habe sich dort wochenlang versteckt, ehe er gefaßt wurde. Das war durchaus möglich.« Der General lehnte sich zurück. »Langweile ich Sie mit meinen militärischen Reminiszenzen, Herr van der Valk?«

»Aber es sind ja genau diese Stunden, diese Minuten, die mir noch fehlten. Ohne sie könnte ich nicht hoffen, jemals zu verstehen, was Laforêt – und Esther Marx – geschehen ist.«

»Esther Marx!« Er sagte das nicht sentimental, sondern nachsichtig. Die gleiche Nachsicht, die vor einem Meineid zugunsten Esthers nicht zurückgescheut war.

»Ich erinnere mich sehr gut an sie in Hanoi: ein dünnes eifriges kleines Ding. Ganz Nerven und Muskel. Vor nichts Angst. Wir hörten hinterher, daß sie geradenwegs zum General in Hanoi gegangen sei und ihn um die Erlaubnis gebeten habe, über dem Camp abzuspringen – mit einer Flasche Whisky für uns, vorn in der Bluse. Gummi kauend. Wenn ich die Skiläuferin mit den blitzweißen Zähnen und dem wilden Haar sehe, muß ich immer an sie denken. Wie heißt das Mädchen doch?«

»Annie Famose.«

»Richtig.« Der General machte ein sehnsüchtiges Gesicht, war wieder ein Junge... Und van der Valk war entzückt, denn auch er liebte diese Skiläuferin.

»Es ist Ihnen klar, daß Laforêt nicht Gerechtigkeit widerfahren ist. Aber mir liegt nichts an Gerechtigkeit. Ich befehle, um zu siegen. Alles, was die Solidarität meiner Männer stört, vernichte ich. Es gibt keine Gerechtigkeit. Wir sprechen darüber – aber wer hat sie je gesehen? In einem Westernfilm vielleicht oder in Victor Hugos Büchern.«

»Sie haben selber gesagt, die Solidarität der Offensive sei bereits nicht mehr vorhanden gewesen.«

»Die Männer waren schon erschöpft und verwirrt. Langlais ist dafür getadelt worden, daß er sich nicht eine andere Einheit gewählt hat. Sie mißverstehen das. Die Formationen, die vor Gabrielle versagten, haben ein paar Tage später an einem glänzenden Gegenangriff im Westen teilgenommen, haben Huguette zurückerobert und gehalten, haben bis zum allerletzten Tage auch Eliane gehalten.

Was hat die Männer dazu gebracht, den Kampfgeist zu verlieren? Ich habe mich das oft gefragt. Die Viet-Artillerie? Bestimmt hat sie viel dazu beigetragen, uns zu schwächen und zu demoralisieren. Sie werden mir sagen, daß andere Offiziere unter diesem Granatfeuer einen Nervenzusammenbruch erlitten haben, und ich werde Ihnen antworten, das waren Offiziere, die Schreibstubenhengste befehligten. Auch Castries, der als tapferer und wagemutiger Mann bekannt war, hat seinen Willen und seine Reaktionsfähigkeit verloren. Wir wurden in jenen Pißpott geworfen, um dort unser Leben zu lassen – ja, aber Castries war da, um General zu werden, und er ist es auch geworden. Wir sind alle im Rang eine Stufe höher gestiegen – mancher Politiker glaubt, daß das unsere Moral gewaltig gestärkt habe. Rang! Wir trugen keine Abzeichen. Soldaten und Offiziere teilten das gleiche Leben und starben den gleichen Tod. Rang war etwas, das sie in Hanoi, in Saigon oder in Paris hatten. Wir wußten nur, wir waren Soldaten und mußten sterben. Hat das Laforêt nichts bedeutet? Er war ein guter Offizier, der Typ, der galoppiert, bis er vom Pferd fällt, heiter, gut aussehend, vital. Haben wir ihm gegenüber versagt? Wenn er sich nur den Viet ergeben hätte! Aber er griff uns an, wo wir wehrlos waren.«

»Vielleicht glaubte er an einen Sieg der Viet?«

Der General lachte amüsiert über diese Naivität. »Hat man je an einen Sieg der Viet geglaubt? Glauben die Amerikaner daran? Denken Sie an die unglaublichen Dummheiten, die wir begangen haben, an all die Handikaps, die man hinnahm, und dann sehen Sie sich den Verlauf der Schlacht an. Erst Mitte April, nach über einmonatiger Belagerung, nachdem der Landeplatz verloren war und kein Flugzeug mehr landen konnte, nachdem Beatrice, Gabrielle, Anne-Marie und Dominique ihre Liebhaber gewechselt hatten, wie man damals sagte, selbst da war der Kampf noch nicht entschieden. Der Viet war so aufgerieben wie wir – seine besten Truppen waren im Kampf um Eliane vernichtet worden. Er konnte nicht mehr kämpfen und ging zu einer Belagerungstaktik über – man grub Tunnel. Zwei frische Fallschirmbataillone, und wir hätten den Ring gesprengt. Wie hätte Laforêt so etwas glauben können. Später, danach vielleicht...«

»Danach waren dort andere.«

»Ja, wenige. War es nicht sogar nach der Kapitulation, dem

Marsch, den Lagern, noch wichtiger zu zeigen, daß wir einig waren, solidarisch, an den Sieg glaubten? Der Viet versuchte alles, um diesen Kampfgeist zu erschüttern, und es gelang ihm manchmal.«

»Und in der ganzen Zeit hatte niemand Zweifel an Laforêts Geschichte?«

»Er war entschlossen zu überleben. Er hat überlebt. Man hielt ihn für exzentrisch. Das waren auch viele andere. Niemand zweifelte an seiner Geschichte. Vielleicht«, der General legte beide Hände flach auf den Schreibtisch. »Vielleicht ist uns erst später aufgegangen, wie ungeheuerlich das war.«

Kapitel 18

Van der Valk merkte, daß er den erloschenen Zigarrenstummel in der Hand hielt, als wäre er etwas Kostbares, und legte ihn ehrfurchtsvoll in den Aschenbecher. Des Generals Pfeife war schon lange ausgegangen und jetzt abgekühlt genug, um wieder gestopft zu werden, was die feinen Hände auch taten.

Was hatte er aus diesen so unwirklich wirkenden Bruchstücken von Militärgeschichte erfahren? Warum schenkte ihm der General so viel Zeit, und warum war er so gesprächig? War es zu einfach, zu vermuten, daß ein Schuldgefühl an ihm nagte? Nein, ja: Er hatte bestimmt seine Neurosen überwunden wie die übrigen Angehörigen der Armee, und wenn er in Algerien in eine anrüchige Angelegenheit verwickelt gewesen wäre, dann hätte er bestimmt jetzt nicht diesen Posten gehabt. Aber allein die Erwähnung des ominösen Namens weckte die Erinnerung an die vergessene Fallschirmjägermentalität der Jahre zwischen 1954 und 1960, als sie schlank und lässig, sich in den Hüften wiegend, im Leopardengewand durch die Straßen von Paris geschlendert waren, um zu zeigen: Wir sind diejenigen, die angreifen.

Er hatte recht wenig erfahren – mehr oder weniger nur das, was er schon wußte. Daß die Fallschirmtruppen sich selbst auf eine ungesunde Art als etwas Besonderes betrachteten, daß es eine Zeit gegeben hatte, da sie sich offen über das Gesetz hinwegsetzten, sich selber als die Retter des Landes, der Nation, der Republik sahen – und daß selbst ein Gespräch über Dien Bien Phu noch heute einen gebildeten Kavallerieoffizier in eine von Mauern umgebene Welt zurückversetzte. Aber der General, spürte er, war jetzt wieder in der Gegenwart und würde vielleicht ein oder zwei Fragen beantworten, ohne wieder in den Schützenlöchern von Huguette und Eliane zu verschwinden.

»Es hat also niemand gewußt, bis Esther es herausbekam. So wenigstens hat man es mir berichtet.«

»Genau. Die erste Anschuldigung kam von ihr.«

»Und woher hatte sie es?«

»Woher sonst, als von dem Mann selbst.«

»Tragisch...«

»Ich nehme an«, eisig, »daß er es nicht mehr ertragen konnte und im Bett oder sonstwo es der Person anvertraute, von der er glaubte, sie könne dieses Gift neutralisieren.«

»Und sie verriet ihn!«

»Nein, er verriet sie.«

»Glauben Sie, daß er sie deshalb umgebracht hat?«

»Es könnte so sein.«

Van der Valk war dessen weniger sicher. Das militärische Denken liebte Simplifikationen und dramatisierte gern. Aber dachte Laforêt denn militärisch?

»Es steht noch nicht fest, ob er sie erschossen hat.«

»Das ist, Gott sei Dank«, sagte der General und steckte seine Pfeife wieder an, »nicht mein Problem.«

»Wie bequem für Sie.« Scharf.

»Mißverstehen Sie das nicht. Wenn er sie erschossen hat – und ich nehme das als wahrscheinlich an, sonst hätte ich Sie nicht empfangen –, so bin ich doch weit davon entfernt, meine Hände in Unschuld zu waschen.«

»Dien Bien Phu war ein Irrtum.«

»Und wen trifft die Schuld? Überlegen Sie mal, die Amerikaner fliegen täglich hundert Einsätze, um einen Posten von sechs Mann und einem Unteroffizier zu halten, während damals zehntausend Mann in jenem Kessel sehr glücklich gewesen wären, wenn die Luftwaffe dreißig Einsätze geflogen hätte.«

»Noch eine letzte Frage über jene Garnison – warum Fallschirmtruppen, die doch jederzeit beweglich sein müssen?«

»Eben«, ruhig. »Aber je länger man das betrachtet, desto dümmer wird es. Ursprünglich waren sie für eine Angriffsbasis bestimmt. Als sich dann zeigte, daß es in Wirklichkeit ein belagertes Fort war, wurden die Fallschirmtruppen trotzdem verwendet – ein Fehler, den man in Algerien wiederholt hat. Und schließlich natürlich, als das Camp eingeschlossen war, waren die einzigen Verstärkungen, die man ihm geben konnte, Fallschirmjägereinheiten.«

»Niemand hat bemerkt, wie unsinnig das war – außer vielleicht Laforêt?«

»Fallschirmjägereinheiten führen die ihnen gegebenen Instruktionen aus. Je dümmer die sind, desto wichtiger ist es, daß sie nicht versagen.«

»Sie haben versagt – haben es sich selber nicht verziehen –, waren aber glücklich über jeden Sündenbock, den es vielleicht gab und über den sie herfallen konnten.«

»Das Camp wurde zwei Monate trotz ständiger Angriffe des Gegners gehalten, von etwa zweieinhalbtausend gut ausgebildeten Soldaten unter dem Befehl eines Oberstleutnants, der keine strategische Ausbildung hatte und dem dabei ein halbes Dutzend Offiziere halfen, die später als Mafia geschmäht wurden – auch von mir.«

»Die gleiche Mafia verurteilte einen jungen Offizier, der eines Nervenzusammenbruchs schuldig war, zum Tode, um der Justiz zuvorzukommen.«

»Sie irren sich«, mit plötzlich imponierender Würde. »Die Mafia war dafür in keiner Weise verantwortlich. Zu der Zeit unterstand er mir, und für das, was da geschehen ist, übernehme ich allein die Verantwortung.« Van der Valk mußte zugeben, der General war großartig.

»Ich will keinen verurteilen«, sagte van der Valk, »weder Sie, *mon général,* noch Oberst Godard, noch Leutnant Laforêt. Niemand wird das vielleicht je verstehen.«

»Was in ihren Köpfen vorging, vielleicht nicht; und vielleicht haben Sie recht, da keinen Unterschied zu machen.«

»Laforêt war mit dieser verhängnisvollen Phantasie begabt.«

»Sie wollen ihn reinwaschen«, sagte der General.

»Niemand hat auch nur versucht, ihn zu verteidigen. Was haben Sie getan? Ihm eine Pistole in einem bunten Weihnachtspäckchen geschickt – wie es einige Offiziere mit Navarre gemacht haben sollen?«

»Was erwarten Sie – daß ich ihn höflich mit dem Hut in der Hand auffordere, seinen Sold zu kassieren und so gut zu sein und still und leise aus der Armee zu verschwinden? Im Camp hat Langlais einem Offizier, von dem er glaubte, er sei unwürdig, es zu tragen, das Barett vom Kopf gerissen, einem Offizier seines eigenen Rangs. Das war allgemein die Regel. Niemand hatte es auf Laforêt abgesehen, wie Sie anzudeuten scheinen. Die Geschichte, Kommissar, hat jene vergessen, die sich in Schlachten ausgezeichnet haben, und wir – ich sage: wir – unterwerfen uns nicht dem Urteil eines Zivilisten, selbst wenn er Polizeibeamter ist.«

»Nein«, sagte van der Valk und stand auf. »Und auch General Christian Marie Ferdinand de la Croix de Castries, Nachkomme von Herzögen und Marschällen, hat sich nicht dem Urteil eines bretonischen Bauern unterworfen. Dagegen konnte er einfach nicht an.«

»Setzen Sie sich wieder, Kommissar«, sagte der General freundlich. »Ich bitte um Verzeihung.«

»Und ich bitte Sie um Verzeihung. Er unterstand Ihnen, und Sie haben für ihn gelitten.«

»Esther Marx hat auf ihn geschossen. Sie war eine von uns. Es war ihr Kummer, daß sie dort nicht bei uns war.«

»Wäre sie bei Ihnen gewesen, wäre Laforêt nicht desertiert.«

»Daran habe ich noch nie gedacht«, sagte der General.

Kapitel 19

»Wie viele ›i‹ in Intelligenz?«

»Eins«, sagte Ruth.

»Es sind zwei«, sagte Arlette streng, »und so hast du vier furchtbare Fehler in deinem Diktat, was bedeutet, daß du eine sehr schlechte Note bekommen wirst. Schreib es noch einmal ab, und gib dir besondere Mühe mit der Schrift; wenn du dich richtig konzentrierst, wirst du morgen bestimmt mindestens eine Drei bekommen.«

Zehn Minuten herrschte Schweigen, und man hörte nur leises Murmeln.

»Mist.«

»Woher hast du den Ausdruck?«

»Von dir.«

»Hm, es ist trotzdem ein ordinärer Ausdruck, den du nicht benutzen solltest. Drück nicht so fest auf.«

Wieder eine Minute Schweigen und Murmeln.

»Mama…«

»Was ist?«

»Esther ist erschossen worden, nicht wahr?«

Arlette hatte schon immer geahnt, daß der Tag kommen würde, da man das Kind belügen mußte, und in der Theorie fand sie immer noch, es mußte sein. In der Praxis schien es aber unmöglich.

»Bist du mit deinem Diktat fertig?« Um Zeit zu gewinnen.

»Ja.«

»Wie kommst du darauf?«

»Ich habe gehört, wie Mevrouw Paap es zu ihrem Mann sagte. Sie dachte, ich verstehe es nicht.«

»Ja, es ist wahr.«

»Wer hat sie erschossen?«

»Väterchen tut sein Bestes, um es herauszubekommen. Darum ist er nach Frankreich gefahren.«

»Es ist jemand aus Frankreich?«

»Ich weiß nicht – vielleicht weiß er es mittlerweile.«

»Tut das nicht weh, wenn man erschossen wird?«

»Ich habe es noch nicht erlebt, aber man hat mir gesagt, es täte nicht weh. Ein Angstschrei, und es ist, als fiele man die Treppe hinunter. Sie war sehr schnell tot, und ich bin sicher, sie hat keinen Schmerz gespürt.«

»Wie in der Fernsehserie. Waren es Gangster?«

Arlette, die auf dem Fußboden kniete und Stoff für ein Kleid zuschnitt, legte die Schere hin.

»Zum Glück gibt es nur wenige Gangster. Väterchen glaubt, daß es vielleicht jemand war, den Esther einmal gekannt hat. Jemand, der unglücklich war und dem es nicht gutging und der sich einbildete, er müsse sie erschießen.«

»Warum?«

»Wenn man krank ist, bildet man sich alles mögliche ein. Hast du nicht schon manchmal im Fieber scheußliche Träume gehabt, zum Beispiel, daß man dich verfolgte?«

»Ja, aber ich habe niemanden erschossen.«

»Was beweist, daß du nicht sehr krank warst. Als ich einmal sehr erschöpft und erregt war, habe ich nach jemandem ein Küchenmesser geworfen. Das war genauso schlimm.«

»Nach wem?«

»Das hat nichts zu sagen. Ich wollte dir damit nur zeigen, daß man dazu kommen kann, jemanden zu erschießen.«

»Hatte der Angst?«

»Ja, ein bißchen.«

»Esther hat nicht leicht Angst bekommen. Sie war Fallschirmspringerin.«

»Würdest du auch gern Fallschirmspringerin werden?« Froh, das Thema wechseln zu können. »Gib mir mal die Nadeln. Sie liegen dort neben dir auf dem Tisch. Und schraub deinen Füller zu.«

»Ich könnte es werden. Ich weiß, wo man es lernen kann.«

»Wirklich? Wo denn?«

»Irgendwo in Belgien. Es ist eine ziemlich lange Fahrt dorthin. Esther hat mich mal im Auto mitgenommen.«

In Zomerlusts altem dunkelblauem Simca Ariana; Arlette spürte einen Stich im Herzen.

»Wann war das?«

»Ach, ungefähr vor einem Monat. Esther wollte mir nur so zum Spaß zeigen, wie man das macht.«

»War's ein Sportfliegerklub?«

»Was ist das?«

»Ein Klub, dem ein kleiner Flugplatz gehört.«

»Ja, so was. Man kann dort Fallschirmspringen lernen, in einer Art Turnhalle. Aber ich weiß es nicht genau, weil sie's mir dann doch nicht gezeigt hat.«

Arlette begann die Ohren zu spitzen.

»Warum nicht?«

»Ich weiß nicht – ich glaube, sie bekam Streit mit dem Mann dort. Kostete wahrscheinlich zuviel.«

»Solche Klubs sind wahrscheinlich sehr teuer«, sagte Arlette vorsichtig. »Erzähl mir davon – ich würde es gern auch mal probieren.«

»Ich glaube, es ist nicht weit von Hasselt. Eine lange Fahrt. Für dich in dem kleinen Auto sicher zu weit«, in überlegenem Ton. Sie freute sich offensichtlich, etwas zu wissen, was Arlette nicht wußte.

»Ich könnte es bestimmt – mit dem Fallschirm abspringen, meine ich. Man muß eben seine Angst bezwingen. Nur dürfte ich nicht schwindlig werden.«

»Esther hat gesagt, man wird nicht schwindlig. Man muß zuerst lernen, von einer hohen Plattform abzuspringen, an einer Leine. Das Aufkommen ist das schwerste.«

»Das glaube ich auch. Und dieser Mann, war er der Chef?«

»Ich glaube, ja. Er war sehr nett. Er hat eine Weile mit mir gesprochen, und dann kam Esther aus einem Büro und sagte ärgerlich, ich soll im Wagen auf sie warten, und bald darauf kam sie nach und sagte, sie hätte es sich anders überlegt. Ich bekam ein Eis – aber sie war den ganzen Tag schlecht gelaunt, als ob etwas sie geärgert habe. Ich wollte noch mal mitfahren, aber sie wollte nichts davon hören.«

Arlette spürte ein Schwindelgefühl, denn ihr wurde plötzlich klar, daß ihr ein Licht aufgegangen war.

»Was ist?«

»Mir ist ein bißchen schwindlig vom Bücken. Komm, es ist Zeit, zu Bett zu gehen.«

»Aber es ist doch erst halb neun.«

»Keine Widerrede. Du gehst jetzt ins Bett, aber vorher kannst du noch eine Apfelsine essen.«

Ihr Herz schlug wild, und sie wartete sehnsüchtig darauf, daß das Telefon läutete. Bestimmt würde er anrufen, wie er das immer tat, wenn nicht etwas sehr Wichtiges dazwischenkam. Ob er sie auslachte?

Sie ging nervös umher und sah immerzu auf die Uhr. Ich bin im Graben, dachte sie, und warte darauf, daß das Signal für den Gegenangriff gegeben wird. Sie machte mehrere schwache Versuche, ihre Nerven zu beruhigen, trank auch einen Schnaps, der aber viel zu stark war. Ich bin ein bißchen beschwipst, dachte sie, bestimmt sehe ich Gespenster. Ich wünschte, er wäre hier. Als das Telefon pünktlich läutete, zwischen neun und halb zehn, war sie deprimiert und wie enttäuscht und hatte Angst zu sagen, was sie auf dem Herzen hatte.

»Hallo. Ach, du bist's. Wo bist du?«

»Wer könnte es denn sonst sein? Ein unbekannter Bewunderer, der dich einen Blumenkohl kaufen sah und dir nach Hause gefolgt ist?« Seine Stimme klang müde und abgespannt; es ging ihm nicht anders als ihr. »Wo ich bin? In Paris und genieße es nicht ein bißchen.«

»Ich dachte, in Clermont-Ferrand.«

»Dort war ich. Ich bin hergeflogen. Es ging sehr schnell. Ich glaube, ich habe mein Gehirn dort gelassen. Dort hat's geschneit, hier ist es ganz milde – ein Glück, denn ich habe einen Handschuh verloren.«

»Ach du lieber Gott. Was machst du in Paris? Wo wohnst du?«

»In einem sehr komischen kleinen Hotel am Boulevard Saint-Germain. Mir geschehen sonderbare Dinge. Der DST ist mir immerzu auf den Fersen. Ich weiß gar nicht, was ich tun soll. Muß mir was ausdenken. Überall verfolgen mich Leute, und heute abend bin ich einem besonders merkwürdigen Individuum begegnet, aus dem ich noch nicht klug geworden bin. Jetzt gehe ich schlafen – Gott sei Dank allein.«

»Mischt der DST sich immer noch ein?« Angstvoll.

»Ja, aber wieweit, weiß ich nicht. Ich versuche immer noch herauszubekommen, wo Laforêt ist. Ich habe die dunkle Ahnung, sie wissen's und wollen es mir nicht sagen. Ich weiß nicht, was sie im Schilde führen. Sicher hören sie mir jetzt zu, aber sollen sie!«

»Tun sie das wirklich?« fragte Arlette erregt. »Ich müßte dir etwas sagen, aber ich möchte lieber nicht, wenn das Gespräch abgehört wird.«

»Nein, nein, das ist alles Unsinn. Ich bin ziemlich sicher, sie haben Besseres zu tun. Sag mir, was du auf dem Herzen hast. Darüber vergesse ich, was an mir nagt.«

»Ich glaube, ich weiß, wo er ist«, sagte Arlette flüsternd.

»Wo wer ist? Dein Bewunderer? Warum flüsterst du? Wo ist er denn – im Bad?«

»Mach nicht so dumme Scherze. Ich meine es ernst. Ich glaube, ich weiß es.«

»Wer?«

»Du weißt, wer.« Ein langes Schweigen folgte. »Bist du noch da?«

»Ja, ja. Es kam eben ein kleiner grüner Mann herein, aber ich habe ihn weggeschickt. Ist Ruth da?«

»Sie schläft gewiß schon, aber es ist besser, ich spreche leise.«

»Hat sie etwas gesagt?«

»Ja, sie hat erzählt, daß Esther ihr zeigen wollte, wie man mit dem Fallschirm abspringt, daß sie es sich dann aber überlegt hat.«

»Wo denn?«

»Irgendwo in Belgien – hinter der Grenze. In der Nähe von Hasselt. Liegt das nicht ungefähr Eindhoven gegenüber?«

»Ja. Fallschirmspringen – du meinst wirklich aus einem Flugzeug abspringen?«

»Offenbar. Sie hat einen Flugplatz erwähnt, aber sie sagte, Esther sei nur zum Spaß dort gewesen, um es ihr zu zeigen, und dann traf sie einen Mann, Esther hat es sich plötzlich anders überlegt, ist wieder nach Hause gefahren und war eine Zeitlang seltsam.«

»Hat sie mit dem Mann gesprochen – Esther, meine ich?«

»Ruth hat mit ihm gesprochen. Esther hat sie in den Wagen zurückgeschickt und ist etwas später nachgekommen. Wieviel später? Keine Ahnung.«

»Wie sieht der Mann aus?«

»Liebster, sie ist doch ein Kind. Selbst wenn man sie fragen könnte, würde sie's nicht wissen.«

»Natürlich. Fallschirmspringen? Das ist wirklich allerhand.«

»Glaubst du, es ist etwas daran?«

»Ich weiß es nicht, aber es würde einige Bemerkungen, die ich gehört habe, erhellen.«

»Du wußtest es also nicht?«

»Nein, aber ich glaube, du hast da etwas entdeckt.«

»Es ist nicht sehr lustig, Detektiv zu sein.«

»Du hast recht lange gebraucht, um das herauszubekommen. Es kann sehr wichtig sein. Ahnt das Kind etwas?«

»Nein, aber sie ahnt, daß Esther erschossen worden ist. Kinder wissen alles. Diese Episode kam ihr komisch vor, aber was dahintersteckt, ist ihr nicht aufgegangen. Was wirst du tun – hinfahren?«

»Natürlich, ich muß hin. Das ist sehr merkwürdig. Du weißt, Zufälle gibt es nicht.«

»Wär's ein Zufall, daß du Ruths Vater verhaften müßtest, weil er ihre Mutter ermordet hat?« fragte Arlette und brach in Tränen aus, war aber gleich darauf so wütend auf sich selbst, daß sie den Hörer ohne ein weiteres Wort auf die Gabel knallte, im Flur neben dem Telefontisch sitzen blieb und zehn Minuten oder noch länger vor sich hin weinte.

Kapitel 20

Van der Valk stand in der Rue Saint-Dominique und ließ seine Augen freudlos umherschweifen. Ein eindrucksvoller, aber langweiliger Teil von Paris. Elegante Häuser, die einen mit ihrem maßlosen Reichtum und Stolz demütigten. Er nahm an, es gab hier noch einige Privatpalais, letzte Bastionen der Privilegierten, mit großen Gärten, gewölbten Salons, Scharen von Dienern: aber auch sehr hübsch, und er war ganz dafür. Er haßte nichts mehr als Mittelmäßigkeit. Die meisten aber beherbergten die Staatsmacht, Ministerien und dergleichen, Büros für dies und das.

Einige waren, wie in weniger vornehmen Vierteln, zu Etagenhäusern umgebaut, und die Menschen, die hinter diesen Fenstern auf ihn herunterblickten, waren vielleicht arm, dennoch herzerquickend. Sonst stank das ganze Viertel nach selbstbewußtem Wohlstand, vom stolzgeschwellten Ministerium am Quai d'Orsay, das arrogant über die Seine blickte, bis zur École Militaire, die beim Anblick des Eiffelturms vor Wut erstickte, und in der Mitte der Tempel der Generäle: Saint Louis des Invalides. Hier galt, was Generäle sagten.

Aber auch ein gräßliches Viertel, in dem es keine hübschen kleinen Cafés gab. Wohin schlichen sich die Chauffeure? Bestimmt saßen sie nicht den ganzen Tag in Habtachtstellung hinterm Steuer jener riesigen glänzenden Autos, deren Kotflügel Stander schmückten. Was sollte ein armer Polizeibeamter tun? Er mußte entweder den weiten Weg bis zur Kreuzung am Boulevard Raspeil zurücklaufen – oder in der Umgebung der Invalides etwas suchen; dort gab es bestimmt ein Lokal. Man konnte hier nicht ewig herumlungern, man wurde sonst wegen Bummelns verhaftet und verdächtigt, Böses im Schilde zu führen, vielleicht gar ein Bombenattentat. Aber er konnte sich ja auch zu dem furchtbaren Flughafen begeben. Er hatte dort bei der Gepäckaufbewahrung seinen Koffer gelassen. Müden Schritts überquerte er die Rue de Bourgogne, wie ein erschöpfter Maulesel, wütend auf den DST. Die Leute waren zu nichts nütze. Wenn irgendwo, dann mußten sie doch hier wie geschäftige Bienen schwärmen. Hier in diesem Viertel, wo der Honig nur so aus jedem prächtigen Fenster floß, hätten doch Hunderte von ihnen umherwimmeln müssen, ihn erst einmal zu einem schönen Glas Champagner einladen und ihm dann zuvorkommend sagen, wen er als nächsten aufzusuchen hatte.

Nun, sie waren schon in Holland geschäftig genug gewesen. In Marseille hatten sie sich mit ehrgeiziger Energie abgestrampelt, in Clermont-Ferrand hatte sich ein eifriger Spitzel beim Rennen durch den Schnee nasse Füße geholt, und hier, mitten im Zentrum des 7. Arrondissements, war nichts von ihnen zu sehen. Was machten sie nur heutzutage, seit es nicht mehr dieses wunderbare Spionsnest draußen in Fontainebleau gab? Ärgerlich ging er in eine öffentliche Telefonzelle an der Bushaltestelle Invalides.

»Monsieur Borza, bitte.« Denn der braune Mann hatte ihm einen Namen und eine Telefonnummer gegeben; der Betreffende war aus einem dunklen Grunde sehr daran interessiert zu erfahren, was der General gesagt hatte.

Die Stimme am anderen Ende der Leitung klang jung und heiter. »Bedaure, Monsieur Borza ist nicht im Büro. Können wir zurückrufen?«

»Ja, an den Bushaltestellen, alle auf der Fahrt nach Le Bourget. Nächste Haltestelle Glasgow. Und dann Gott sei Dank zu Hause.«

»Der Herr aus Holland?«

»Jawohl, Genosse.«

»Wo wohnen Sie?«

»Keine Ahnung.«

»Ach, das geht nicht. Sie müssen sich doch irgendwo ausruhen können. Wir haben ein nettes Hotel, wo wir Freunde unterbringen. Gleich um die Ecke. Nehmen Sie also kein Taxi. Ich werde für Sie dort anrufen. ›Saint Georges und Saint James‹. Wir nennen es die englischen Märtyrer. Bye-bye.«

Es war vielleicht keine so schlechte Idee. Eine Tasse Tee würde ihm guttun.

Typisches Geheimdiensthotel; fast unmöglich zu finden. Kein Schild zur Straße hin; ein kleiner dunkler Durchgang zwischen den beiden Fenstern eines Blumenladens, mit keuschen grauen Samtvorhängen und einer Karte, auf der stand: »Besetzt«, um unerwünschte Gäste abzuschrecken. Innen eine Mahagonihöhle und ein älterer Page in gestreifter Weste, der sagte: »Wir haben leider kein Zimmer frei.«

»Hat nicht ein netter Freund angerufen?«

»Der holländische Herr – ach, verzeihen Sie bitte.« Er wurde nicht gebeten, einen Meldezettel auszufüllen.

Seine Stimmung stieg schnell beim Anblick des Lifts, der hinter Rokokospiralen von vergoldeten Blumen aus Schmiedeeisen träumte und dessen Türen große polierte Messinggriffe hatten. Langsam, aber sicher ging es hinauf. Er wurde in eine kleine Schokoladenschachtel geführt, in der sogar das Telefon ein Überbleibsel der »Titanic« war. Durch das Fenster sah man das Palais Bourbon; dort hatten die Abgeordneten der Dritten Republik ihre Geliebten untergebracht. Das Wasser war rostfarben, aber wunderbar heiß, und es hingen gleich drei riesige Handtücher da. Dies war das Leben – man mußte dem DST beitreten und ins Atomzeitalter einsteigen. In alle drei Badetücher gewickelt, nahm er den Hörer ab und sagte: »Ich hätte sehr gern Tee.« Und der kam in massivem Nachttopfporzellan mit kleinen Rosen darauf, und unter der Tasse stand in Goldschrift: Worcester. Das Zimmermädchen, das ihn brachte, benutzte altmodisches Moschusparfüm und hatte einen Bund großer glänzender Schlüssel aus Stahl.

»Wir dachten, Sie hätten vielleicht gern eine Zeitung. Und möchten Sie einen Anzug gebügelt haben?«

Es war der Londoner »Evening Standard« – er hatte das Gefühl, daß drei nacheinander gekippte große Whiskys seine Schädeldecke zehn Meter himmelwärts hoben. Der Tee war stark und dunkel. Er schlug die Zeitung auf, um zu sehen, wie seine Aktien auf der Börse standen.

Das Telefon fiel aus dem Rahmen, es blökte kurz auf Pariser Art: »Hallo, hallo!«

»Gut untergebracht?« Die in seiner Opiumrausch-Trance kaum erkennbar Stimme war die eines cleveren jungen Mannes mit Ledermantel, der von einem anderen Kontinent gekommen war.

»Sehr gut. Ich werde jetzt ein bißchen schlafen. Schicken Sie mir die Speisekarte und ein paar hübsche Mädchen gegen acht.«

»Sagen Sie mir nur ganz kurz, wie es in der Rue Saint-Dominique ging.«

»Es hat sich bestätigt. Haben Sie von Marseille gehört?«

»Ja, man hat uns plötzlich Interesse injiziert, wie Sie sich gewiß schon denken konnten. Wir haben den Staub von den Akten geblasen und machen unsere kleinen Übungen. Gestern abend waren alle der Meinung, daß es mein Baby sei. Und so habe ich seither wie wild gebeneluxt.«

»Ich fühle mich im Augenblick zu beneluxuriös für geistige Arbeit. Was bedeutet das alles?«

»Es bedeutet, daß der Wildhüter nach emsiger Tätigkeit in dem ganzen flachen Sumpfland glaubt, es müsse dort irgendwo ein Kaninchen sein. Jetzt kommt es darauf an, die Höhle zu finden. Einer der Bauern meint, er habe einen kleinen weißen Schwanz gesehen.«

»Ja«, sagte van der Valk beunruhigt, »aber ich möchte nicht, daß das Kaninchen mit lautem Geknalle gejagt wird – ich habe mein Gewehr nicht dabei. Es soll lieber mit Salatblättern gezähmt werden.«

»Gut.« Besänftigend. »Wir haben nicht das geringste Interesse an der Pelzindustrie. Für uns ist dies nur ein Fragezeichen, mit Bleistift an den Rand geschrieben und schon ein paar Jahre alt. Wir haben nur den einen kleinen Wunsch, unseren Radiergummi zu nehmen und das Fragezeichen auszuradieren. Ich habe vielleicht heute abend etwas für Sie, es kommt mit dem Abendflugzeug aus Brüssel. Werden Sie nicht nervös. Es bezahlt alles selber, denn es glaubt, es sei da schnell etwas zu verdienen. Es gehört nicht zu uns. Klar?«

»Klar.«

»Es schmeichelt sich, unser volles Vertrauen zu genießen, denn gelegentlich haben wir ihm einen Penny in seine Schwitzhand gedrückt. Sie können mit ihm machen, was Sie für richtig halten. Ich hoffe, es erweist sich als nützlich. Amüsieren Sie sich gut – genießen Sie Paris. Warum essen Sie nicht im ›Lapérouse‹? Dort gibt es die schönen Sahnekartoffeln. Schlafen Sie wohl.«

Van der Valk legte auf, kroch unter eine seidene Steppdecke und schlief friedlich ein, nachdem der Portier ihm höflich versichert hatte, »Lapérouse« sei wirklich ein angenehmes Restaurant, wo es ihm bestimmt gefallen werde.

Kapitel 21

Er bekam einen Tisch am Fenster mit einer rosa Lampe darauf und die Art von Steak, die dem Magen wohltut, die schönen Sahnekartoffeln und einen prächtigen Burgunder, und zum Schluß noch Roquefort. Der Kaffee war auch sehr gut, und im herbstlichen Abendlicht sah er über die Seine bis zum Quai des Orfèvres, dem Justizpalast und der Polizeipräfektur, wodurch er sich angenehm zu Hause fühlte. Ein Jammer nur, daß dieser Mann kommen und alles verderben würde, und noch schlimmer, daß er Kognak an ihn verschwenden mußte. Man mußte in etwas wirklich Unsauberem sein wie dem DST, um solche Leute zu schätzen. Ein Glück nur, daß er zwei Stunden hatte schlafen können, ehe das Zimmermädchen mit seinem frisch gebügelten Anzug kam, und daß er dies wirklich solide Essen gehabt hatte.

Dennoch kam der Mann genau zur richtigen Zeit. Er trank gerade behaglich eine zweite Tasse Kaffee und hatte sich eine Zigarre angesteckt, eine Upmann, die aus fest zusammengerollten Hundertfrancnoten hätte bestehen können, den Preis, den das Justizministerium in Den Haag dafür würde bezahlen müssen. Nun, er hatte ihnen die Fahrkarte von Clermont-Ferrand nach Paris erspart, oder nicht?

Der Mann rauchte auch eine Zigarre, eine dunkle, und zwar auf besonders ekelhafte Art. Er steckte sie in den Mund, sog Rauch ein, stieß ihn dann aus und fing ihn in zwei scheußlichen Schlangen mit der Nase auf; wahrscheinlich kam er dann aus den Ohren wieder heraus, aber das sah van der Valk nicht, denn er konnte den Anblick nicht ertragen.

Der Mann war groß, so groß wie er selber, nur fetter, aber er bewegte sich schnell und wirkte behende. Er hatte sehr dichtes, ausgezeichnet geschnittenes und gut gekämmtes silbergraues Haar und trug einen hellgrauen Anzug über beigefarbenem Seidenhemd. Er hatte keinen Mantel an, auch keinen Pullover. Vielleicht fünfzig, vielleicht auch noch nicht. Er sprach mit dem Kellner, und als van der Valk müßig zu ihm hinblickte, kam er auf dem dicken Teppich auf ihn zu und beugte sich vertraulich über ihn.

»Hab' mir schon gedacht, daß ich Sie hier treffe. Freunde haben es mir gesagt. Nein, ich habe schon in Orly gegessen, aber ich hätte gern noch ein Eis.«

Der Kellner trommelte lässig auf eine Speisekarte.

»Mit Ananas, Kirsch und Sahne.«

»Einen Kognak, Mister...?«

»Mein Mame ist McLintock, Joe McLintock aus dem hohen Norden. Ja, ein Kognak wäre nicht schlecht.«

»Zwei.« Der Kellner verbeugte sich.

»Freut mich, einen Freund zu treffen«, sagte Mr. McLintock, sich wohlig ausstreckend. Er hatte eine Brust wie ein Faß. Man hätte ihn für einen ehemaligen Schwergewichtsmeister halten können oder den Trainer einer sehr erfolgreichen Fußballmannschaft. Er sprach fließend Französisch. Es konnte stimmen, daß er aus dem hohen Norden war, dachte van der Valk.

»Ich komme gerade aus Brüssel«, sagte er. »Das sieht aber gut aus.« Seine Stimme war sanft und leise, genau die richtige für ein teures Restaurant, und paßte zu dem Ananaseis, das er jetzt mit Appetit zu essen begann. Ein Geruch von Kirsch wehte herüber; van der Valk blies sich einen Rauchschleier. Der Kognak wurde gebracht. Keine Fußballmannschaft – ein Eishockeyteam. »Unsere Freunde sagen, Sie suchen einen bestimmten Mann.«

»Ja, einen Mann namens Laforêt.«

»Ja, Sir, ich habe heute morgen in Brüssel darüber flüstern hören, und ich habe ein Telefongespräch geführt, weil ich annahm, McLintock könnte ein ganz kleines Geschäft machen. Wie klein würde es sein, nach Ihrem Katalog?«

»Nur für die Adresse?«

»Ich will Sie nicht drängen – ich habe die Adresse nicht bei mir, aber ich kann sie finden. Ich kann den Zettel finden. Vierundzwanzig Stunden?«

»Bei vierundzwanzig Stunden von jetzt an – tausend.«

Der große Mann war sehr damit beschäftigt, den Eisbecher auszulöffeln, und leckte den Löffel mit einer großen rosa Zunge ab. Van der Valk schlürfte seinen Kognak. »Schweizer Franken«, fügte er lässig hinzu.

Man hörte einen lauten affektierten Seufzer.

»Heilige Kuh, das hat wirklich gut geschmeckt! Ich kann einfach nicht widerstehen, faul zu sein, selbst wenn ich mich dadurch schädige. Das ist nicht viel für eine vierundzwanzigstündige harte Schufterei, aber in dieser hübschen Umgebung ist es geradezu grausam, wie ein Pferdehändler zu feilschen.« Er war bestimmt kein Amerikaner und auch kein Kanadier. Und schon gar kein Schotte.

»Nun, und wo?«

»An einem der Tische auf der Galerie in Saint-Germain Drugstore«, sagte van der Valk, ganz zufrieden mit sich selbst. »Dort gibt's auch gutes Eis.«

»Zwischen acht und neun Uhr abends. Ich mache nicht gern Versprechungen, Mister, aber ich werde sehen, was ich tun kann.« Er steckte sich eine neue Zigarre an. »Ich möchte nur gern eine kleine Sicherheit haben. Wird der Mann gesucht? Übrigens, ich habe mich wohl noch nicht richtig vorgestellt – Joe McLintock, in der Handelsluftfahrt tätig. Und der will nichts mit Politik zu tun haben.«

»Balthasar – Arthur Balthasar. Ich bin in der juristischen Branche, Mr. McLintock, und interessiere mich auch nicht für Politik. Ich bin sogar Pazifist. Aber Sie wissen, wie man uns Schweizer nennt – die Bankiers Europas. Und warum sind wir die Bankiers Europas? Weil die Leute uns vertrauen. Sie bringen uns Geld, und sie bringen uns Geheimnisse, und wir haben Freunde, wo man sie gar nicht vermuten sollte, und wir sind vertrauenswürdig, weil wir uns nicht mit Politik abgeben und uns nicht in verwegene Abenteuer einlassen. Wir lieben Investitionen, die nicht zu unsicher sind. Filmgesellschaften, Schatzjäger, Spekulanten kommen nicht für uns in Frage. Und wir zahlen nie im voraus, sondern bei Lieferung. Und wir zahlen prompt, Mr. McLintock.«

»Ich glaube Ihnen jedes Wort, und wenn Joe sein Wort gibt, dann fühlt er sich daran gebunden. Hm, ist der Mann jung? Ich würde ihm nicht mehr als Vierzig geben. Er hat blaue Augen und blondes Haar.

Ein netter Kerl. Ich glaube, ich bin ihm ein paarmal begegnet, aber das liegt schon einige Monate zurück. Sie stellen mir keine Fragen, und das ist sehr nett, sehr nett; ich tue es auch nicht, aber dieser Mann ist sozusagen ein Freund von mir. Aber ich werde mein Gewissen vergessen, sagen wir, für fünfzehnhundert. Ist das recht?«

»Kellner, die Rechnung... Vielen Dank! So, Sie gehen ins Folies Bergère? Darf ich Ihnen einen vergnügten Abend wünschen? Bitte, entschuldigen Sie mich, ich muß noch ein Telefongespräch führen.«

»Nun, Sir, ich sehe, Sie sind Geschäftsmann, und ich bin es auch, und wir werden uns nicht streiten. Abgemacht. Vor neun Uhr morgen – nein, danke, ich trage nie einen Mantel. Es ist ein schöner Abend, und ich glaube, ich gehe noch ein Stück zu Fuß. Sie können sich auf Joe verlassen. Fragen Sie jeden, der ihn kennt. Also, es bleibt dabei. Schlafen Sie wohl.«

Van der Valk hatte in aller Ruhe seinen Mantel angezogen. Der Garderobier bestellte ein Taxi für ihn, und er sagte in steifem Schweizer Ton: »Continental.« Ein paar hundert Meter vor sich am Quai sah er die breiten hellgrauen Schultern des Mannes in einer Wolke von Zigarrenrauch gemächlich in Richtung Odeon gehen. Der Fahrer fuhr über den Fluß, dann die Rue de Rivoli hinunter und hielt vor dem »Continental«.

»Zum anderen Eingang.« Er suchte in seiner Hosentasche nach Kleingeld, ging dann durch das Hotel hindurch und auf der anderen Seite wieder hinaus, überquerte die Straße, machte einen kleinen Verdauungsspaziergang in den Tuilerien, ging über die Solferino-Brücke, und als er wieder in seinem Hotel anlangte, sah er zu seiner Überraschung, daß es erst halb zehn war. Ein Nachtportier, so höflich wie der andere, aber dicker und ein wenig vertraulicher, als es sich für einen Nachtportier schickte, versprach, eine Verbindung mit Arlette hergestellt zu haben, sobald er oben sein Zimmer betrat. Ihm war niemand nachgegangen, zumindest nicht, seit er das »Continental« verlassen hatte, und Mr. McLintock konnte gern dorthin gehen – er würde sich da sogar zu Hause fühlen.

Van der Valk machte am Telefon liebevolle Kußgeräusche, legte dann auf, rieb sich die Nase und begann nachzudenken. Arlettes große Neuigkeit – sie kam wie gerufen, paßte genau...

Der Mann hatte nichts zu bieten, aber dies war eine gute Nachricht. Es hatte keinen Sinn, sich über seine Gewohnheiten, seinen

Akzent oder seine Zigarren zu ärgern. Alles unwichtig. Er war nur ein kleiner Spitzel wie hundert andere, die von Zeit zu Zeit eine Hundertfrancnote vom DST bekamen. Verläßlich, aber nicht vertrauenswürdig. Es war klar, daß er Laforêt kannte, und gegen Geld – wenn ihm jemand Geld gab, denn van der Valk würde es nicht tun – hätte er mit einer echten Information aufgewartet. Nur vielleicht einer überholten. Der Mann war durchaus fähig, Laforêt anzurufen und sich ein paar weitere Francs für die Mitteilung zu verdienen, daß jemand sich nach ihm erkundigt hatte. Er hätte dann den sehr Bekümmerten gespielt, weil man ihn geprellt hatte, auf das tatsächlich noch warme Nest gedeutet, sich selbst gratuliert, daß er so nahe daran gewesen war, sich wortreich für den gemeinen Vogel entschuldigt und sich verbürgt, ihn weiterzuverfolgen, wenn man dafür zahlte.

Natürlich war er zu sehr in den Händen des DST für ein Doppelspiel. Jeder Polizeispitzel weiß, daß an dem Tage, da er die Polizei mit einem Stück Zucker und einem Tropfen Eau de Cologne aufs Glatteis führt, er binnen dreißig Minuten wegen Erregung öffentlichen Ärgernisses verhaftet wird.

Man hätte gern gewußt, womit der DST solche Leute in seine Gewalt bekam. Es gab da immer etwas. Aber der Hinweis war klar gewesen: »Behandeln Sie ihn, wie Sie's für richtig halten.« Mit anderen Worten, man ließ ihm freie Hand.

Sie hatten nichts gegen Laforêt, und ihr Interesse an ihm war jetzt rein akademisch. Borza, der braune Mann, hatte die Wahrheit gesagt: warum nicht? Laforêt war eine verstaubte und vergessene Akte, eine alte Geschichte, die seit 1960 niemanden mehr interessierte, und das war eine lange, lange Zeit.

Mit diesem McLintock wurde er vielleicht am besten fertig, wenn er plötzlich abreiste.

Kapitel 22

Selbst wenn man kein Privatflugzeug zur Verfügung hatte – es gab einen Ort, den man immer schnell erreichen konnte, und das war Brüssel. Er nahm den Telefonhörer ab.

»Gibt es eine Nachtmaschine nach Brüssel?«

»Moment – ist gerade gestartet. Die nächste geht morgen früh um sieben.«

»Wie ist es mit einem Zug?« Es war ihm eingefallen, daß dieser äußerst unangenehme McGuthrie – wie nannte er sich doch? – über Flugzeuge Bescheid wissen könnte. »Oh, ja. Es fährt immer ein Nachtzug. Sie haben noch reichlich Zeit, er fährt in einer Stunde von der Gare du Nord ab.« Das war zwar nicht gerade einer seiner Lieblingsbahnhöfe, aber Hauptsache, daß er den Zug bekam.

Belgien: Man sprach nie ganz das richtige Französisch für die Belgier, noch ganz das richtige Holländisch für die Flamen, so daß man immer das Gefühl hatte, taktlos zu sein, und man folgte dem Schild: *Sortie/Uitgang* mit einer Mischung aus Ärger und Erleichterung. Er mietete sich ein Auto, von einer Firma, die jedem erzählte, sie strenge sich immer mehr an. Und als es trotz Nebel, Schnee und Regen Tag zu werden begann, war er bereits im Baluka-Land; so nannte Arlette jene öde Gegend Flanderns, die weder holländisch noch belgisch zu sein scheint; es wäre vielleicht die beste Lösung gewesen, sie dem Großherzogtum Kurland einzuverleiben, das ebenso unschlüssig zwischen Litauen und Estland lag.

Der arme alte Laforêt, in diesem Winkel zu leben, der sich mit einiger Berechtigung als von Holland und Belgien sehr gehaßt betrachtete. Verstand er noch etwas anderes, als Soldat zu sein? Wie war sein Zuhause gewesen? Was hatte ihn hierher verschlagen? Die Idee, Pilze zu züchten oder dergleichen? Vielleicht eine Autowerkstatt oder ein kleines Hotel zu eröffnen? Die Art von Beruf, den man aus einer Broschüre »Wie werde ich Buchhalter?« lernt.

Er hatte kein Foto von Laforêt gesehen, aber er hatte zwei oder drei Beschreibungen von ihm, die zueinander paßten: Gewandtheit, Charme, gutes Aussehen, Intelligenz. Wieviel davon hatten die Jahre verwischt oder ausgelöscht? Blondes Haar, ein wenig lockig. Jetzt war er vielleicht grau, kahl oder trug ein Toupet. Was machte er hier, in einer Landschaft, wo es Dörfer gab, die Opoeteren und Neerglabbeck hießen und die Georges Simenon in einem seiner ersten Bücher geschildert hat? Hatte er zu trinken begonnen? Van der Valk hätte das gut verstanden.

Irgendwo in der Nähe von Hasselt – ein »langer Weg« – lag der Flugplatz; es konnte hier nicht viele geben. Er war auf dem Weg zu einem Grenzposten, wo er beim Zoll einen Bekannten hatte.

»Ein kleiner Flugplatz mit einer Fallschirmspringerschule? Die meisten Fliegerklubs haben einen. Es gibt viele, wir wollen sie uns mal auf der Karte ansehen. Ich kenne sie mehr oder weniger alle. Ein blonder Franzose? Ich muß Ihnen leider sagen, es gibt hier weit und breit keinen Franzosen. Die Leute, die auf diesen Flugplätzen arbeiten, ja, von denen kenne ich mehrere vom Grüßen. Vielleicht erkundigen Sie sich mal bei meinen Kollegen in Turnhout. In der Nähe der Großstädte gibt es Privatflugplätze von Leuten, die geschäftlich mal nach England, Deutschland oder weiß Gott wohin fliegen. Aber was laufen Sie hier auf dem Land herum? Sie könnten das alles bestimmt mit ein paar Anrufen herausbekommen.«

»Es ist alles sehr vage und noch nicht amtlich«, sagte van der Valk, »ich hatte gestern abend so eine dunkle Ahnung – und ich war sowieso in Brüssel.«

»Nun, soll ich meinen Kollegen in Turnhout anrufen? Er weiß besser Bescheid, falls es auf der belgischen Seite ist.«

»Das nehme ich sogar an. Ja, rufen Sie ihn an. Ich würde ihn gern sprechen.«

»Apparat sieben, bitte... Van Ryseghen?... Ist er nicht da? Draußen...? Ach, dann warte ich... Hallo, Johanny, wie geht's? Ist wohl sehr neblig bei euch? Hier auch. Hast du ein paar Minuten Zeit? Hier sitzt ein Freund bei mir, der eine polizeiliche Untersuchung führt. Nein, nein, ganz inoffiziell – kann ich ihn dir geben?«

»Ich weiß nichts Genaues«, sagte van der Valk. »Ein Mann, der vielleicht Angestellter auf einem Privatflugplatz ist. Franzose, und es kann sein, daß er mit Akzent spricht. Etwa vierzig, mittelgroß, blond, frisches Gesicht.«

»Wüßte nicht, wer das sein könnte. Es gibt freilich vieler solcher kleinen Flugplätze. Wie? O ja, eine Fallschirmspringerschule ist hier nichts Ungewöhnliches; jeder versucht, noch etwas extra zu verdienen. Besonders beliebt ist Unterricht für Piloten, die einen Flugschein für einmotorige Maschinen erwerben wollen. In Richtung Hasselt? Ja, zwei oder drei. Kann es nicht genau sagen. Versuchen Sie es mal in Bilsen oder in Maasesyck.«

Van der Valk hatte sich seinen Trumpf noch aufgespart, aber jetzt war es an der Zeit, ihn auszuspielen.

»Ich habe noch eine genauere Beschreibung. Vielleicht hilft die uns weiter. Ein großer schwerer, elegant gekleideter Mann. Dichtes silbernes Haar, gebräuntes Gesicht. Sieht wie etwa fünfzig aus, vielleicht des Haares wegen, und behauptet, mit der Fliegerei zu tun zu haben. Gibt sich als Kanadier aus.«

»Das könnte Conny Desmet sein – aber der ist kein Kanadier, sondern ein waschechter Belgier. Ich habe seinen Paß oft in der Hand gehabt. Er ist immer auf Achse.«

»Beruf?«

»Direktor einer Firma oder so was. Ich erinnere mich nicht genau. Kommt, glaube ich, aus Lüttich. Aber er ist Pilot, wenn Sie das mit der Fliegerei meinen.«

»Sie haben mir sehr geholfen.«

»Freut mich zu hören«, sagte die Stimme überrascht.

Schnee war gefallen – zwar nicht genug, um das flache Land gnädig zu verhüllen, aber doch so viel, daß die schwarzen Felder noch schwärzer aussehen. Es würde aber bestimmt noch mehr schneien.

Van der Valk hielt auf der Straße nach Hasselt vor einem Café. Ein Reinfall. Schon der Anblick der Flasche nahm ihm das Verlangen nach Rum. Auf dem Kaffee schwammen Fettaugen, und keiner konnte oder wollte ihm etwas sagen. Bauern... Aber mehr Glück hatte er an einer Tankstelle, wo ein nicht gerade schönes Mädchen mit flachem Busen, das aber sehr freundlich war, ihm bereitwillig Auskunft gab.

Dennoch war der Flugplatz schwer zu finden. Es gab so viele Nebenstraßen, daß er sich mehrmals verfuhr; als er dann aber fand, was er suchte, merkte er es erst, als er sozusagen mit der Nase darauf stieß.

Es sah nicht nach viel aus. Hätte eine der obskuren kleinen Fabriken sein können, in denen zwanzig Mädchen Werkzeug zum Reparieren von Fahrrädern herstellten, wie man sie in dieser Gegend häufig fand. Das Eisentor war alles andere als stabil, halb verrostet, und hing schief in den Angeln. Auf einem Holzschild stand »Aeroklub Polygon«. Ein schlecht betonierter Weg führte zu einer Gruppe von Gebäuden, denen man noch ansah, daß sie einmal Kuhställe und Scheunen gewesen waren. Er bog um die Ecke und war überrascht, denn vor ihm tauchte ein neuer einstöckiger Betonblock mit großen sauberen Fenstern auf, hinter denen man bunte Vorhänge und grüne Kletterpflanzen sah. Wieder ein Schild, aber hier stand in Goldbuchstaben auf hellblauem Grund: »Aeroklub Polygon und Fallschirmspringerschule«. Am anderen Ende befand sich, ein L bildend, der große Hangar. Er ging dorthin, wo zwei Autos parkten, und stieß die gläserne Schwingtür auf. Ein breiter, mit Matten ausgelegter Flur roch nach Farbe und Ölheizung. An einer Tür: »Zur Startbahn«. An zwei anderen Türen: »Herren« und »Damen«. An einer rechts: »Nur für Mitglieder« und einer links: »Büro«. Beide von Anschlagtafeln flankiert. In der Ecke stand eine öffentliche Fernsprechzelle. Er öffnete die Tür »Zur Startbahn« und gelangte auf ein betoniertes Vorfeld mit struppigem Gras dahinter. Vor dem Hangar sah man Ölflecke und eins der Flugzeuge, das ihn irgendwie an seine Jugend erinnerte und an Amy Johnson, die nach Australien geflogen war. Der Hangar war geschlossen. Zur Linken stand eine Glasbox mit vielen Antennen und einem schlaffen Luftsack an einer Stange: zweifellos die Flugkontrolle. Keine Menschenseele zu sehen. Am Ende des Gebäudes war etwas, das eine kleine Wohnung sein konnte. Hinter der Tür am anderen Ende mit der Aufschrift: »Nur für Mitglieder« lag sicherlich die Bar, in der es bei schönem Wetter am Wochenende gewiß von Gästen wimmelte.

Er ging zurück und probierte es im Büro. Plastikfliesen, Stahlrohrmöbel, Kunstledersessel und eine Neonleuchte. Hinter einer Schreibmaschine saß eine Frau, die ihre Nägel pflegte und gern noch für ein Mädchen gehalten worden wäre; über Dreißig, aber zickig, sobald ein Mann in die Nähe kam. Enganliegende schwarze Skihose, grellorangefarbener Pullover, zu dem die Nägel passen würden, wenn sie mit ihnen fertig war. Ganz hübsch, wenn man dunkles Haar mochte, das immer ein bißchen fettig aussah, sooft es auch gewaschen wurde. Sauber gezupfte Augenbrauen, orangefarbener Lippenstift und ein Anflug von Schnurrbart. Sie machte ein etwas erschrockenes Gesicht und sah ihn fragend an.

»Hab' Sie gar nicht kommen hören.«

»Ich hab' mein Auto ein Stück weiter abgestellt.«

Es ärgerte sie ein wenig, daß man sie überrascht hatte. »Ich fürchte, heute wird nicht geflogen.« In vorwurfsvollem Ton, als wäre es seine Schuld.

»Nein«, stimmte van der Valk heiter zu. »Ein Sauwetter.«

Vielleicht war er ein Kunde, und es war darum besser, entgegenkommend zu sein. »Kann ich Ihnen helfen?«

»Ist der Chef da?«

»Er ist leider in Antwerpen. Worum geht's?«

»Ich würde gern ihn oder jemand anderen sprechen.«

Puh, der wollte etwas verkaufen.

»Sind Sie Vertreter?« Seine Aufmachung war sehr bescheiden, sah nicht gerade nach Wohlstand aus. Er benahm sich nicht eigentlich wie ein Vertreter, aber die versuchten es ja auf jede Weise. »Sie sind Holländer – es kommen viele holländische Herren her. Aber Sie sind aus Westholland, ich kann es hören.« Kokett. »Sind Sie zum erstenmal da?«

»Sie sind doch wohl nicht ganz allein?« Sie war etwas nervös.

»Natürlich nicht. Der Chefmechaniker ist da, und Herr Bos sieht immer wieder mal herein. Aber er hat eine Menge zu tun. Könnten Sie mir nicht sagen, was Sie herführt?«

Bos! Warum hatte er nicht daran gedacht? Bos hieß im Holländischen oder Flämischen »Wald«, so wie Laforêt im Französischen.

»Gerade Herrn Bos möchte ich sprechen.«

Sein Äußeres gefiel ihr nicht, und sie stand hastig auf und blickte um sich, ob hier nichts zu klauen war. Es war besser, das Schubfach mit den Marken und dem Bargeld abzuschließen.

»Ich will sehen, ob er einen Moment Zeit hat.«

Sie ging, sich in den Hüften wiegend, durch den Flur bis zum anderen Ende des Gebäudes, das er von draußen für eine Privatwohnung gehalten hatte. Wider Willen war er nervös. Laforêt, dessen war er ganz sicher, war nicht der Typ, der immer eine Pistole bei sich trug, und er selber hatte auch keine. Aber es konnte dennoch kompliziert werden. Er hatte seinen Spazierstock mitgebracht und drehte ihn nervös zwischen den Knien.

Der Mann las sicher eine Zeitschrift und hatte die Füße hochgelegt; er hörte Stimmengemurmel. Das Mädchen kam wieder herein, nicht mehr so ängstlich. Herr Bos hatte gewiß gesagt, der Besucher sei harmlos. Und er sah auch gar nicht wie ein Polizeibeamter aus.

»Sobald er kann, kommt er.«

Er holte ein Zigarettenpäckchen aus der Tasche. »Rauchen Sie?«

»Ach, das sind französische – nein, danke. Ich mag nur Luckies.« Um ihn in seine Schranken zurückzuweisen. Mit einem Piloten ließ sie sich vielleicht ein, aber mit einem wie ihm nie und nimmer.

»Ja«, sagte sie, nach ihrer Nagelfeile spähend, »es kommen viele Geschäftsleute aus Maastricht, Roermond und sogar Eindhoven her. Wir haben sechs eigene Flugzeuge und mehrere Privatmaschinen. Und Herr – nun, er ist von der großen pharmazeutischen Fabrik – hat sich einen Mystère Jet gekauft und wird ihn hier unterstellen. Wir haben so viel Zulauf, daß wir leider viele Kunden abweisen müssen.«

»Das ist ja allerhand.« Er hoffte, das klang beeindruckt.

»Wir haben ein Flugzeug zu verkaufen, wenn Sie das interessiert.«

Er war nervös, und es verlangte ihn plötzlich, ihr den Mund zu schließen.

»Nein, aber ich engagiere Mädchen für einen alten Scheich. Er will ein ganzes Flugzeug voll haben.«

Sie blickte ihn an, als wolle sie ihn umbringen, und begann dann, laut auf ihrer Schreibmaschine zu hämmern. Die Tür hinter ihr öffnete sich, und ein Mann kam herein.

Die Beschreibung stimmte gar nicht, aber er wußte sofort, es war Laforêt. Sportlich gekleidet: Kordhose, Halbstiefel, Rollkragenpullover, eine Lederjacke lässig über die Schultern geworfen, und ein Stetson-Hut. Auch Laforêt wußte sofort, was er war – dessen war van der Valk sicher.

»Ist angerufen worden, oder waren Besucher da?« Mit kühler Chefstimme. Aber töricht – hätte er das nicht schon vorher fragen können? Er wollte sich Haltung geben.

Das Mädchen deutete mit dem Kinn auf van der Valk.

»Nur dieser Herr, der mir nicht sagen will, was ihn herführt.«

»Ach.« Die Augen, die kurz zu van der Valk hinblickten, waren blau und lebhaft. Er hatte Falten am Kinn, und sein Gesicht war vom Wind gerötet und gebräunt, aber nicht aufgedunsen. Man sah ihm noch an, daß er einmal Offizier gewesen war.

»Pete ist doch sicher mit dem Motor fertig.«

»Er war mit der Schaltung, oder was es war, nicht zufrieden. Jetzt wird er wohl erst mal Kaffee trinken.«

»Na gut. Daisy, sehen Sie zu, daß Sie die Ausbildungspläne bald fertig haben.« Daisy! Sie wurde Daisy genannt.

»Nun, Herr…«

»Van der Valk ist mein Name.« Er hatte gewiß die holländischen Zeitungen gelesen, in denen er pompös als Bezirkskommissar bezeichnet wurde, damit betraut, den Mord aufzuklären. Aber Laforêt zuckte nicht mit der Wimper.

»Wollen wir in die Bar gehen?«

»Eine gute Idee.«

In »Nur für Mitglieder« war niemand. Eine Putzfrau hatte die Aschenbecher nur flüchtig mit einem feuchten Lappen ausgewischt, aber das Linoleum war gebohnert, und die Kaffeemaschine funkelte erwartungsvoll. Laforêt nahm den Hut ab. Das Haar war noch blond, dicht und lockig, aber viel länger als früher. Er sah gar nicht wie ein Franzose aus, und sein Akzent war auch nicht französisch; sein Holländisch klang dagegen wie aus Luxemburg. Vielleicht war er dorther.

»Einen Whisky?«

»Nur einen kleinen.«

»Ist's so recht?«

»Danke, Leutnant.«

»Sie wissen es also?«

»Mehr durch Zufall.«

»Wie haben Sie's herausbekommen? Sie waren doch nicht – würde ich denken – besonders darauf aus, es…«

»Es im Ausland zu verbreiten? Nein, nicht sehr. Glück, Beharrlichkeit, ein bißchen Frechheit. Und Fahrerei. Ich bin fast bis nach Pau gekommen.«

»Auf Ihr Wohl!«

»Auf Ihr Wohl!«

»Wen haben Sie gesprochen?«

»Voisin.«

»Ach.« Er erinnerte sich an Voisin.

»Er war äußerst nett und sehr darauf bedacht, daß Ihnen Gerechtigkeit widerfährt.«

»Ja«, nachdenklich, »ja, er ist ein anständiger Kerl.«

»Die Dinge haben sich geändert, wissen Sie. Es ist ein weiter Weg nach Hanoi.«

Laforêt zuckte die Schultern. Eine dumme Bemerkung. Für ihn war es nicht weit.

»Wußten sie, wo ich war? Es überrascht mich, daß sie sich die Mühe gemacht haben.«

»Nein, niemand wußte es. Ich habe den DST gefragt.« Die Augen blitzten auf. »Nein, nein, sie waren nicht hinter Ihnen her und sind es auch nicht. Nur eine alte Akte – eine Akte – eine gewisse Feindlichkeit gegenüber den Truppen, die in Algerien waren.« Laforêt lächelte fast. »Und Sie wissen ja, wie das mit Akten ist. Irgendein hyperordentlicher Bürokrat entdeckt sie und möchte dann hinten einen Stempel draufdrücken und sie in den Keller bringen lassen. Sie hat all die Jahre auf dem Speicher gelegen. Und ich war der – wie soll ich es nennen? – der Katalysator.«

Er nickte, sehr ruhig. Vielleicht zu ruhig. Er trank einen Schluck Whisky. Und ich bin zu verkrampft, dachte van der Valk und trank auch einen Schluck.

»Wie wär's, wenn wir über Esther Marx sprächen?«

»Sind Sie gekommen – um mich zu verhaften?«

»Ich habe keine amtliche Vollmacht dazu. Möchten Sie lieber mit zu den Belgiern kommen? Oder mit mir nach Holland fahren?«

»Sie scheinen sehr sicher zu sein.«

»Ich bin gar nicht sicher, sonst hätte ich einen Lastwagen mit zwei Gendarmen und einem Haftbefehl geschickt.«

»Aber es deutet wohl alles stark darauf hin?«

»Dafür müssen wir erst noch mehr wissen. Sie könnten mir zum Beispiel sagen, wo Sie waren, was Sie getan haben und derlei.«

»Sagen...« Laforêts Stimme klang verächtlich. »Sie wollen doch Beweise, mit Zeugen und allem.«

»Ein Richter würde das wollen. Ich handle nur auf eine wenn auch begründete Mutmaßung hin. So etwas gibt es. Ich möchte mehr wissen. Es wäre besser, wir unterhielten uns in meinem Büro.«

Laforêt hielt sein Glas in der Hand und lehnte sich entspannt an die Bar, blickte durch das Fenster auf die feuchten Felder und den Betonstreifen. Was van der Valk sagte oder tat, schien ihn nicht im geringsten zu interessieren.

»Ich könnte fliehen.« Sinnend.

»Sie könnten uns unnötige Scherereien machen«, sagte van der

Valk, »aber ich bezweifle, daß Sie es der Mühe wert finden.«

»Sie scheinen gar nicht besorgt zu sein. Ich bin hier unter Freunden.«

»Was hätte es für einen Sinn, wenn ich besorgt wäre, und was hat es für einen Sinn, daß wir uns diese Fragen stellen? Ich muß Ihnen eine förmliche Frage stellen. Haben Sie sie getötet? Ich bin sogar verpflichtet, sie in aller Form zu stellen, da ich ein Polizeibeamter im Dienst bin und unter Eid stehe. François-Xaver Laforêt, geben Sie zu, daß Sie Esther Zomerlust-Marx mit oder ohne Überlegung getötet haben?«

»Zomerlust... Ja... Ja... Es wird wohl so sein.«

»Sie wollen damit sagen, so einfach ist es nicht.«

Schulterzucken.

»Nun, Sie werden sehen, wir bestehen nicht darauf, daß es einfach ist. Wir stehen nicht unter Kriegsgesetz.«

»Nein? Jahre im Gefängnis – oder im Irrenhaus –, es kommt auf das gleiche hinaus. Warum darüber reden? Warum es erklären? Was soll das nützen?«

»Das haben weder Sie noch ich zu entscheiden.« Scharf.

Laforêt blickte ihn mit glasigen Augen an, als ob in den wenigen Tropfen Whisky ein Rauschgift gewesen wäre.

»Hier.«

»Danke, ich rauche nicht.«

Und er wird auch nicht mit großer Gebärde Selbstmord begehen, dachte van der Valk. Man sollte ihm einen Tritt in den Hintern geben, ehe er sich töricht in sich selbst zurückzieht. Wenn er schizophren sein will, soll er damit warten, bis wir von hier weg sind.

»Setzen Sie sich hier zu mir an den Tisch. Ich will nicht, daß das alberne Mädchen an der Tür lauscht. Tun wir so, als besprächen wir etwas Geschäftliches.«

»Sie tippt.« Mit einem dünnen Lächeln.

»Hören Sie, es gibt nur eine Möglichkeit, wenn wir dieses Geschäft machen wollen: Wir müssen Ratenzahlungen vereinbaren. Setzen Sie sich, und ich verkaufe Ihnen eine Unfallversicherung.« Er holte sein Notizbuch heraus und einen Füllfederhalter. Er brauchte beides nicht, aber dadurch bekam das Ganze etwas mehr Wirklichkeit – und das hatte einen Sinn.

»Ihr Holländer«, sagte Laforêt nachsichtig.

»Ja, wir Holländer. Frage Nummer eins: warum eine Maschinenpistole?«

Laforêt setzte sich, griff in die Tasche und holte ein Stück Kaugummi heraus, das er langsam auswickelte und auf das er mit starken weißen Zähnen biß. Die Zähne erinnerten van der Valk an Esther Marx. Er wollte Ruth nicht erwähnen, aber wenn der Knabe es nötig hatte, daß man ihm einen Eimer voll neunzigprozentigem Alkohol über den Kopf goß, dann sollte er ihn haben.

»Warum eine Maschinenpistole?« sagte er noch einmal leise.

»Sie gehört dem großen Kerl.«

»Reden Sie keinen Unsinn.«

»Er liebt Pistolen, sammelt sie. Ich besitze keine. Es war eine Neuerwerbung von ihm. Er spielte hier auf dem Platz eines Tages mit ihr. Sie lag herum, und ich nahm sie an mich. Schien ganz brauchbar zu sein.«

»Was haben Sie damit gemacht?«

»Sie natürlich hierher zurückgebracht.«

»Soll das heißen, sie ist noch da?«

»Bei uns gibt's viele Pistolen.« In ruhigem Ton. »Möchten Sie sie haben?«

»Im Augenblick nicht. Danke.« Er wollte nicht mit Pistolen spielen. Aber nett von ihm, ihm die Information zu geben.

»Wer ist denn der große Kerl?«

»Ein Lump.« Kühl. »Wenn Sie wirklich Esthers Mörder fassen wollen, und wenn ich Ihnen einen guten Rat geben darf, dann tun Sie gut daran, ihn zu verhaften. Mich natürlich auch«, fügte er hinzu, als ob das völlig gleich sei. Spielt Theater, dachte van der Valk.

»Erzählen Sie mir keine Märchen, das führt uns nirgendwohin. Kehren wir zu Ihrer Fahrt zurück. Sie haben also die Maschinenpistole an sich genommen und sind in Ihr Auto gestiegen. Ist der Fiat draußen Ihrer?«

»Der Kerl ist echt, keine Attrappe.«

»Und Sie beschuldigen ihn? Wo ist dieser Bösewicht?«

»In Antwerpen oder sonstwo. Er ist immer unterwegs, kauft billig und verkauft teuer.«

»Und er wohnt hier?«

»Ihm gehört das alles.« Laforêt blickte wieder aus dem Fenster. »Verzeihen Sie mir, daß ich Sie belogen habe. Er ist nicht in Antwerpen. Da kommt er.« Aber van der Valk ließ Laforêt nicht aus den Augen.

»Auf einem Schlitten mit Glöckchen?«

»Horchen Sie mal.« Von draußen konnte man das Brummen eines kleinen Flugzeugs hören. Es wurde leiser, als es einen Kreis beschrieb, und dann wieder stärker, als es niederging, schwoll zu ohrenbetäubendem Lärm an, der plötzlich aufhörte. Laforêt und van der Valk blickten sich an: der eine hatte scharfe Züge, der andere sanfte, weiche, so gar nicht die eines Mannes, der gerade gestanden hatte, seine ehemalige Geliebte ermordet zu haben. Wenn es möglich war, amüsierte er sich sogar.

»Der große Kerl«, sagte er leise.

Van der Valk blickte hinaus. Ein modernes, flottes, hellgestrichenes Flugzeug mit allen technischen Vorrichtungen und sehr komfortabel für vier Personen eingerichtet. Eine massive Gestalt. Entspannt und herrisch stieg er mit der Behendigkeit eines Golfspielers aus und kam in wiegendem Schritt herüber. Van der Valks Gesicht verlor den harten gespannten Ausdruck, und ein breites ironisches Grinsen trat an dessen Stelle. Laforêt stand auf, ohne sich zu beeilen, und ergriff die auf der Bar stehende Whiskyflasche.

»Nein, danke.«

Er goß sich selber auch keinen ein, blieb aber, die Hände in den Taschen, mit der Miene eines interessierten Zuschauers stehen. Das Stimmengemurmel draußen hatte mit Scherzen begonnen, war dann zu der Frage »War Besuch da?« übergegangen, wurde plötzlich erregt und verstummte. Die Schritte klangen lauter und auf der Matte im Flur leiser. Die Tür knirschte.

»Guten Tag, Mr. McLintock«, sagte van der Valk liebenswürdig.

Kapitel 23

»Mr. McLintock«, sagte Laforêt belustigt. Der große Mann blieb einen Augenblick stehen und peilte die Lage. Sein dichtes silbernes Haar sah so prächtig aus wie immer, aber das glatte gebräunte Gesicht war zwanzig Jahre älter und durch seinen Argwohn garstiger denn je. Er ging langsam zur Bar hinüber, ergriff die Whiskyflasche und hielt ein Glas ins Licht, um zu sehen, ob es sauber war. Van der Valk steckte sich eine Zigarette an.

»Sie sind wirklich schnell hergekommen. Wie recht hatte ich, mich zu fragen, hinter was Sie her waren – Mr. Balthasar.«

»Sie kennen sich?« fragte Laforêt, aber es klang nicht überrascht.

»Ein Spion, mein Junge. Nennt sich Balthasar und sagt, er sei Schweizer Anwalt. Er ist hinter dir her, falls du es noch nicht weißt. Die Franzosen sind ganz plötzlich an dir interessiert – was hast du angestellt? Ich weiß nicht, wie er auf mich gekommen ist, obwohl ich es mir denken kann. Ich wußte nicht, wieviel er wußte, und darum habe ich ihn ein bißchen hingehalten: Dachte, es wäre besser, ich käme schnell her und ließe dich wissen, daß der DST Geld für deine Adresse geboten hat.« Er holte eine Zigarre heraus und zündete sie an. »Das Übliche. Du kennst mich. Bin genug herumgekommen, um zu wissen, wie man so was anpackt. Hab' ihm ein bißchen Honig ums Maul geschmiert, aber jemand anders hat ihn, nach dem zu urteilen, was ich jetzt sehe, draufgeschlagen.«

»Er heißt nicht Balthasar und ist kein Schweizer«, sagte Laforêt. »Er heißt van der Valk und ist ein holländischer Polizeibeamter.«

Die wachsamen grauen Augen funkelten plötzlich wild. Er zog bedächtig an seiner Zigarre und sagte: »Nicht zu glauben.«

»Ich bin nur etwas früher aufgestanden, Mr. McLintock, und um Ihre vernünftigen Worte zu gebrauchen, ich habe mich versichert.«

»Ich bin ein interessierter Zuschauer.«

»Etwas mehr als das.«

Der große Mann grinste, hob sein Glas, sagte: »Auf das Glück« und trank. »Nichts. Ich habe Ihnen nichts zu sagen. Ihr arbeitet immer mit Bluff, wenn ihr nicht wißt, wie ihr weiterkommen sollt. Wessen Sie Bos bezichtigen – Laforêt –, weiß ich nicht, und es ist mir auch gleich. Aber meine Weste ist rein. Ich bin nicht verpflichtet, jemandem, der so neugierig ist wie Sie, die Wahrheit zu sagen.«

»Ich glaube, Sie geben einen Zeugen ab. Ich halte es sogar für möglich, daß ein Richter wünschen könnte, von Ihnen die Wahrheit zu hören. Und das täte bestimmt weh, wenn es auch nicht unbedingt tödlich wäre, Herr Desmet. Das sind Sie doch?«

»Ja, so heiße ich, Herr van der Valk. Sie haben gefragt – fragen Sie weiter. Conny Desmet, ein schlichter Geschäftsmann, gegen den nichts vorliegt. Fragen Sie überall – in Brüssel oder Antwerpen –, Sie werden die gleiche Antwort bekommen: Er ist unbescholten, ein schlichter Bürger.«

»Und in Paris? Ich weiß bereits, was für eine Antwort ich dort bekommen werde. Ein zeitweiliger Spitzel, in dessen heiße kleine Hand DST von Zeit zu Zeit einen Penny hat gleiten lassen – so wie ich es gelegentlich bei meinen eigenen eifrigen kleinen Zuträgern tue, die mich anrufen und mich mit Klatsch über ihre Nachbarn versorgen. Machen Sie mir jetzt nichts mehr vor.«

»Wer streitet das ab?« sagte Desmet und goß sich noch etwas Whisky ein. »Es ist nichts Ungesetzliches. Ich bin Geschäftsmann, habe das Ohr auf dem Boden. Ich höre, daß jemand einen Mann namens Laforêt sucht. Da ich ein Freund von ihm bin, möchte ich etwas mehr erfahren, damit ich ihn notfalls warnen kann.«

»Und was verdienen Sie, wenn Sie ihn verraten?«

»Weißt du, was er geboten hat?« Verächtlich zu Laforêt. »Tausend elende Franken, um zu erfahren, wo du bist. Dieser Knauser.«

»Wieviel hättest du genommen?« fragte Laforêt interessiert.

»Etwa zwei«, sagte van der Valk. »Er wollte Sie warnen und dann weitere tausend von mir dafür fordern, daß er mir sagte, wohin Sie verschwunden waren. Er wollte nach Paris zurückflitzen, wo ich auf ihn wartete, wie er glaubte. Es hat ihn etwas überrascht, mich hier zu finden.«

Er hatte gehofft, den großen Mann zu ärgern, daß er ihn zu einer Unklugheit verleitete, aber Beleidigungen machten dem nichts aus – er war wahrscheinlich an viel Schlimmeres gewöhnt.

Laforêt wickelte ein frisches Stück Kaugummi aus. »Das stimmt ungefähr«, sagte er erstaunlich entspannt. Ihm war jetzt wohl alles gleich, er hatte nichts zu verlieren. »Haben ihn ganz schön hübsch durchschaut«, fuhr er im Plauderton fort, als wäre der große Mann gar nicht anwesend. »Aber man darf ihn nicht unterschätzen. Er hat dies hier aus dem Nichts aufgebaut. Ich habe nie viel mehr getan als meinen Lebensunterhalt verdient – er hat mich als eine Art Manager und natürlich auch als Lehrer für Fallschirmspringer angestellt. Er ist geschickt und intelligent, hat eine Lizenz als Pilot von Reklameflugzeugen und steht sich gut mit allen großen Tieren der Gegend. Jetzt gerade beginnt er die Spitze zu erklimmen und wirklich Geld zu machen, und er wäre bald in der Lage, mich zu entlassen, weil er mich leicht ersetzen könnte. Er hat einen weiten Weg hinter sich. Wollen Sie wissen, was den DST an ihm interessiert? Er ist Exlegionär – dadurch habe ich ihn kennengelernt; wir sind ehemalige Kameraden.« Das Wort »Kameraden« klang seltsam sarkastisch. Desmet und van der Valk hörten still zu.

»Er ist Unteroffizier geworden«, fuhr Laforêt fort, spuckte seinen Kaugummi aus und warf ihn in einen Aschenbecher. »Immer willig, immer da, immer lächelnd. Aber ein Kasernenhengst, der alle Kniffe kannte. Behielt die beste Chance immer im Auge. War sehr schnell dazu bereit, die Fahne zu wechseln, als die Vietminh ihn dazu aufforderten – denn, wissen Sie, er schuldete den Franzosen nichts.«

»Ich werde dich in meinem Testament bedenken«, sagte Desmet. »Der junge Offizier, der zähe Fallschirmspringer, der in die Höhle an der Dominique kroch.«

»Damit hatte er mich in der Hand«, sagte Laforêt lächelnd zu van der Valk.

»Ich habe noch etwas mehr gegen dich in der Hand, und ich glaube, es ist genau das, was dieser Polizeibeamte wissen möchte, um dich einzubuchten – einen Mord.«

Laforêt lachte ihm ins Gesicht.

»Du kommst einen Posttag zu spät: Er weiß schon alles.«

Desmet rauchte seine Zigarre und überdachte das.

»Wer berechtigt Sie, hier zu sein?« fragte er van der Valk plötzlich. »Sie sind hier auf meinem Gelände, und ich kann Sie jederzeit hinauswerfen.«

»Das können Sie tatsächlich«, antwortete van der Valk müde, »aber es wäre eine miserable Taktik. Ich habe einen Sonderauftrag vom Justizministerium in Den Haag, mit dem zusammenzuarbeiten die Franzosen und die Belgier und jeder andere nur allzugern bereit wären. Nehmen wir an, ich wollte Sie von vier Gendarmen verhaften lassen, dann genügt ein Telefonanruf; es dauert genau eine Viertelstunde.«

»Und weswegen?«

»Ich habe da die Wahl zwischen einem halben Dutzend Vergehen.« Heiter. »Behinderung der Justiz, Beihilfe zur Flucht für einen Verbrecher, von dem Sie wissen, daß er gesucht wird, versuchte Bestechung eines Beamten – soll ich fortfahren?«

Desmet verschlug diese Frechheit einen Moment die Sprache. »Und was für Beweise haben Sie? Sagen Sie mir das. Mein Anwalt kann in fünf Minuten hier sein, um Sie wegen unberechtigter Verhaftung und Ehrabschneidung zu belangen.«

»Nun, versuchen Sie's. Wir werden ja sehen«, sagte van der Valk. »Wir könnten Sie monatelang einsperren, mein Teurer, Sie in Ochsenscheiße ertränken, und jeden Tag würde etwas über Sie in der Zeitung stehen. Das wäre für die alten Freunde, all die Geschäftsleute in Antwerpen und Brüssel, die mit dem ehrenwerten Joe McLintock aus dem hohen Norden pokern, ein schöner Schreck. Sie würden es sich künftig zweimal überlegen, sich von Ihnen zu einem Whisky einladen zu lassen.«

In der Pause, die folgte, bemerkte Laforêt: »Fragen Sie ihn lieber, wo er vor etwa einem Monat Esther Marx getroffen hat.«

»Wissen Sie es?«

»Natürlich. Was sie mir nicht gesagt hat – sie wollte mir nicht weh tun –, hat er gesagt. Und hat es weidlich genossen.«

Desmet, der sich zum drittenmal einen großen Whisky eingoß, ließ den Blick abwechselnd von einem zum anderen schweifen, wog alles kühl ab und überlegte, was es ihm an Üblem einbringen konnte. Solange es nur Beleidigungen waren…

»Ja«, sagte er schließlich, »sag's schon. Der Offizier hat sich all die Jahre bemüht, einen Minderwertigkeitskomplex loszuwerden: sag's schon. Es interessiert mich wirklich. Ich habe das Gefühl, es sind deine letzten Minuten, Freundchen. Du wirst den Rest deines Lebens hinter Gittern verbringen, ganz gleich, was du tust oder sagst. Während Conny Desmet als freier Mann hinausgehen wird. Und welche kleinen Skandale du auch aufzuwärmen versuchst, die Menschen vergessen immer schnell. Wußtest du das nicht? Du kannst tun, was du willst, in ein paar Monaten haben sie's vergessen. Nur kleine Schnüffler wie du vergessen nicht, da sie zu blöde sind, um zu merken, daß jeder andere vergessen hat.« Sie waren jetzt alle sehr gesprächig, dachte van der Valk, aber das kam daher, daß sie schon um elf Uhr vormittags eine Menge Whisky getrunken hatten. Sie sollten es nur weiter tun – sollten so viel trinken, daß sie alles ausplauderten. Dann würde man sehen …

»Erzählen Sie«, sagte er. »Nehmen Sie sich Zeit.«

Kapitel 24

Esther hatte in Rotterdam eingekauft. Etwa alle vier Monate fuhr sie mit dem Auto für einen Tag dorthin oder nach Amsterdam, stellte das Essen für Ruth bereit und kam erst spät abends zurück. Sie war bei diesen Fahrten immer darauf bedacht, ein paar Geschenke mitzubringen: ein neues Lederband für die Uhr oder eine Hülle für den Personalausweis, ein Etui für das Feuerzeug oder den Füllfederhalter, oder ein hübsches Sporthemd fürs Wochenende oder ein neues Reinigungsmittel fürs Auto, lauter Dinge, die ihren Mann freuten. Ruth war kein Problem, es gab immer etwas, das sie sich brennend wünschte und über das sie sich dann vor Freude nicht lassen konnte, worüber sie vergaß, daß sie den Tag allein gewesen war.

Für sie selbst war es in Wirklichkeit ein Vorwand; Einkaufen interessierte sie nicht sehr. Gewiß, die Warenhäuser hatten mehr Auswahl und stellten die Sachen raffinierter aus als die Läden zu Hause, und in kleinen teuren Boutiquen gab es kleine teure Kleider – o ja, das Betrachten machte Spaß, und Kleider lockten sie sehr. Aber ganz abgesehen von der Geldfrage, sie gab der Verlockung selten nach.

Sie kaufte sich vielleicht einen Schal oder ein Paar Handschuhe. Aber mehr als das reizte sie die Atmosphäre. Es war ein prickelndes Gefühl, auf den Straßen an Menschen vorbeizugehen, die sich in einer weniger engen Welt bewegten, in einem gepflegten Restaurant zu Mittag zu essen – und nicht nur in einer Snackbar –, sich einen Schnaps zu bestellen oder eine halbe Flasche eines trinkbaren Bordeaux. Es war zwar nicht das »Metropol« in Hanoi, aber dort wollte sie auch gar nicht sein. Sie wußte, Tagträume waren ein gefährlicheres Rauschgift als Opium und konnten ebenso schnell zu einer Sucht werden. Auch wenn sie italienische Schuhe trug, einen Mantel, der eine Menge Geld gekostet hatte, und Parfüm benutzte, sie ging nicht herum, als sei sie die Frau eines Generals. Sie stand mit beiden Beinen auf der Erde und machte sich genauso zurecht, wenn sie nur in den Gemüseladen an der Ecke ging. Aus Selbstachtung. Und der alte Simca, der immer blinkte und blitzte, war Harry Zomerlusts Wagen und keines anderen.

Es war gegen sechs an einem schönen Sommerabend – in den Straßen wehte, wie immer in Rotterdam, ein kühler Wind. Sie hatte den Wagen unten in der Lijnbaan geparkt. Und das war klug, denn dort konnte sie sich auf der Heimfahrt schnell in den Verkehrsstrom einordnen. Verdammt, irgendein blöder Kerl hatte seinen großen amerikanischen Wagen dazwischengequetscht, so daß sie wie eingeklemmt war und nur herauskonnte, wenn sie den Lack ihres oder des anderen Wagens zerkratzte. Darum war es besser, sich noch ein paar Minuten zu gedulden. Eine belgische Nummer – Belgier waren immer so. Ach, da kam er, Direktor einer Firma mit einer großen schwarzen Aktentasche – schönes weiches Leder. Harry würde die gefallen. Aber was sollte er mit einer Aktentasche.

»Sie haben mich leider eingeklemmt. Würden Sie bitte herausfahren?«

»Entschuldigen Sie, Mevrouw. Man muß parken, wo man kann, wissen Sie. Ach, das ist ja Esther.«

»Ach, natürlich, Sie sind Tuong-ot. Sie sehen so verdammt reich aus, daß ich Sie nicht gleich erkannt habe. Ich wette, Sie schieben immer noch mit Penicillin.« Bellendes Gelächter.

»Die alte Esther, die immer jeden beleidigt. Aber jetzt wollen wir die Wagen hier stehenlassen. Vielleicht verlieben sie sich ineinander und bekommen Junge.«

Esther lachte. Tuong-ot, der kleine Gauner, der sich immer herauszureden verstand.

»Was würde aus der Kreuzung wohl herauskommen?«

»Eine von General Motors entworfene Micky Mouse.«

»Kommen Sie, wir wollen einen Schnaps trinken.«

»Nun, einen, damit Sie sich richtig bei mir entschuldigen können.«

»In dem Lokal dort drüben gibt es Pastis. Kommen Sie.«

»Pernod oder Ricard?«

»Das ist mir ganz gleich, aber nur einen. Ich muß noch eine Stunde fahren.«

»Ich mehr als zwei. Tuong-ot erinnert mich wieder daran. Ich hatte es fast vergessen, aber Sie nicht.«

Sie hatte den dicken Flamen auch nicht vergessen, einen Unteroffizier der Legion, der dafür bekannt war, daß er Süßholz raspelte und es geschickt verstand, jede Vorschrift zu umgehen. Sie hatte ihn nicht sehr gemocht, aber er war harmlos. Man nannte ihn Tuong-ot, weil er erstaunlich große Mengen von dem roten Brei aus roten Pfefferschoten essen konnte, den es im Fernen Osten zu jedem Reisgericht gab. Die Holländer hatten ihn aus Indonesien mitgebracht, bei ihnen hieß er Sambal. Aber für sie bedeutete er Indochina, die kleinen Töpfe mit dem miesen roten Brei. Es war affektiert von dem dikken Flamen, ihn auf alles zu schmieren und ihn auszulöffeln, als wäre es Ketchup.

»Mögen Sie ihn immer noch?«

»Ich liebe ihn. Hab' ihn vorhin gerade gegessen und den Kellner nach mehr geschickt – hat der Augen gemacht!« Sie lachte amüsiert. Das war das Hübsche, wenn man nach Rotterdam kam, daß man irgend jemanden traf und etwas zusammen trank.

»Trinken wir auf die Vergangenheit«, sagte er.

»Nein, auf die Gegenwart, wenn Sie nichts dagegen haben. Auf die Zukunft, wenn Sie wollen.«

»Richtig. Zur Hölle mit der Vergangenheit. Auf das Heute kommt es an. Esther, Sie sehen großartig aus.«

»Was treiben Sie so?«

»Sie werden es nicht glauben, aber ich bin in der Flugzeugindustrie. Ich besitze einen kleinen Flugplatz in Limbourg, der sich prächtig entwickelt hat – sechs Flugzeuge, die mir gehören, und ich sitze in der Pilotenkanzel. Sie sollten uns mal besuchen. Es kommen Leute aus Eindhoven, Lüttich, Maastricht, Hasselt. Von überall.«

»Klingt ganz hübsch«, sagte Esther mechanisch.

»Kommen Sie, trinken wir noch einen auf die Gegenwart. Wie ist Ihre?«

»Langweilig, langweilig.« Sie lächelte. »Bin verheiratet, mit einem von der Armee. Ich führe ein sehr ruhiges Leben, hab' genug erlebt.«

»Und was machen Sie? Fliegen Sie noch?«

»Da müßte der Simca schon Flügel haben.«

»Sie sollten wirklich mal kommen. Es ist mein Ernst. Und mit dem Wagen ist es ja gar nicht weit. Sie können dann fliegen, soviel Sie wollen. Ich werde es Sie lehren. Was es kostet? Na, hören Sie mal, von Mädchen, die für uns geflogen sind, nehme ich nichts. Und Springen – Sie sollten kommen und ein paar von unseren fetten Geschäftsleuten das Springen beibringen... Ja, natürlich, wir haben eine Fallschirmspringerschule – wir haben alles – bis auf Sie.«

Sie war versucht, ihn beim Wort zu nehmen. Nicht jetzt, nicht so schnell. Esther tat nie etwas übereilt. Aber sie würde es sich überlegen.

»Ich sollte Sie jetzt, da Sie erwachsen, verheiratet und so weiter sind, nicht mehr Esther nennen.«

»Das stimmt. Für Sie bin ich Frau Zomerlust, und außerdem schlafe ich nur mit meinem Mann. Aber wenn Sie wollen, sagen Sie ruhig Esther.«

Die beiden Schnäpse hatten sie ein bißchen zu sehr enthemmt, aber sie würde auf der Hut sein.

»Nein, keinen mehr.«

»Esther, wer hätte das gedacht, eine Holländerin geworden! Sie sprechen wirklich so gut Holländisch wie ich.«

»Besser, hoffe ich, dicker Flame.«

»Wie nett. Seit Jahren hat mich keiner mehr ›dicker Flame‹ genannt.«

Aber er wurde nicht zudringlich, war äußerst höflich, öffnete ihr die Tür und verbeugte sich leicht, als er sich vor dem Auto von ihr trennte...

Ach was, harmlos! Und sie war vorsichtig gewesen und hatte ihm nichts erzählt.

Sie dachte nicht daran, daß er ihren neuen Namen und die Nummer des Simca wußte – das genügte für jemanden, der Lust und Talent hatte, etwas auszuhecken.

Ruth hatte schulfrei – Versammlung der Lehrergewerkschaft. In den Ferien gab es das nie. Sie diskutierten gewiß über ihr Gehalt oder ihre Pension – die Soldaten durften das nicht. Man konnte nicht von einer Entscheidung sprechen, und Esther hatte es sowieso satt, Entscheidungen zu fällen. Sie hatte so vieles entscheiden müssen, zum

Beispiel, ob sie hin und wieder mit dem Kind französisch sprechen sollte, und daß sie nicht noch ein Kind haben wollte: Sie konnte Harry, dem armen Teufel, keinen Vorwurf machen – es war nur eins von vielem und hatte sie gezwungen, noch eine Entscheidung zu fällen, die fast ebenso hart war, nämlich in eine Wohnung am Van-Lennep-Weg zu ziehen.

Sie hatte von einem eigenen Haus geträumt und von einer Rosenzucht. Wenn sie zwei Kinder oder mehr gehabt hätte... Vorschriften!

Ein strahlender Tag. Sie wollte Ruth mitnehmen. Es würde ein großes Erlebnis für sie sein, in einem Flugzeug zu fliegen. Und warum auch nicht? Was bedeutete schon der dicke Flame? Er wußte sowieso nichts von ihr – er war nach dem Sommer 1954 nicht wieder in Frankreich gewesen.

Noch etwas: Wenn sie allein kam, konnte er denken, es sei eine Aufforderung, sich mit ihr einzulassen. Wenn sie Ruth mitnahm, dann hieß das klar und deutlich, daß sie nicht mehr auf Abenteuer aus war.

Es war nicht das erstemal, daß sie allein über die Grenze fuhr. Selbst seit sie am Van-Lennep-Weg wohnte. Sie hatten die kümmerlichen vierzehn Tage Urlaub in Dänemark verbracht, und ein andermal waren sie am Rhein und in diesem Jahr in Norwegen gewesen. Sie hatte nicht nach England fahren wollen, und Harry hatte es nicht (sie übrigens auch nicht) nach Frankreich gezogen. Es gab ja so viele andere Reiseziele.

Da war die Grenze schon. Eine gute Straße. Ruth war keine Plaudertasche – und Esther ist es auch nicht, dachte sie und lächelte. Ich bin eine recht schlechte Mutter. Ich bin auch keine sehr gute Ehefrau. Aber ich versuche es.

Sollte sie nicht doch noch umkehren?

Nein, Ruth wäre dann furchtbar enttäuscht. Sie freute sich so darauf und hatte sogar gebettelt, einen Absprung machen zu dürfen, und Esther hatte versprechen müssen, selber zu springen. Sie wollte sich damit nicht aufspielen, aber vielleicht war es ein bißchen snobistisch. Niemand am Van-Lennep-Weg hielt viel von der kleinen Mevrouw Zomerlust: Sie war weder besonders beliebt, noch unbeliebt, hoffte sie. Aber eins wußte sie ganz sicher, keiner von denen konnte mit dem Fallschirm abspringen.

War es Untreue gegen ihren Mann, wieder einen Overall anzuziehen und einen Sprunghelm aufzusetzen? Sie glaubte es wirklich nicht. Wenn es klappte, würde sie es ihm berichten. Fast bestimmt würde er in seiner großzügigen, so gar nicht maliziösen Art darüber lachen und sagen, sie solle es nur tun, wenn es ihr Spaß mache, denn was ihr Spaß machte, machte auch ihm Spaß.

Dies mußte der Platz sein. Ein Dutzend Wagen, alle etwas größer als ihr Simca, aber sie schämte sich dessen nicht. Fette Geschäftsleute. Gut, sie würde ihnen Stunden geben. Sie mußte an Gilles denken, den alten Gilles, der schon über Vierzig gewesen war, als er seinen ersten Sprung machte.

»Zum Büro«, rief Ruth freudig erregt.

Jetzt konnte sie nicht mehr kneifen.

»Warte ein Weilchen draußen. Ich muß hinein. Geh mal dort drüben hin und besieh dir die Flugzeuge.«

Sie mußte mehrere Minuten warten, endlich kam sie an die Reihe. Ein schnippisches Mädchen blickte sie an, als wäre sie für diesen Klub nicht reich genug.

Sie mußte es dem blöden Ding erzählen. Conny Desmet gab gerade eine Stunde und würde in zwanzig Minuten landen, aber...

»Nein, ich bin eine alte Freundin von ihm.« Das stimmte nicht ganz, aber es ging das Büromädchen nichts an. »Ich bin gekommen, um mit dem Fallschirm abzuspringen.«

»Ach, dann müssen Sie sich an Herrn Bos wenden – ja, er ist da.« Wer, zum Teufel, war Herr Bos? Aber Ruth war sicher schon ganz ungeduldig. Das Mädchen stand auf und sah aus dem Fenster. »Ja, da ist er. Ist das Ihr Töchterchen? Der mit ihr spricht, ist es.«

Esther ging hinaus. Es war ihr, als sei sie wieder in Pau, wo sie zum allererstenmal abgesprungen war. Die Sonne blendete sie einen Moment, und dann sah sie ihn. Ihr Herz begann wild zu schlagen, und ihre Muskeln verkrampften sich.

Er. Sprach mit seiner Tochter. Sie ging langsam und zitternd näher und wartete darauf, daß er sie sah. Sie sagte nichts, denn es gab nichts zu sagen. Was sollte man sagen:

Der Schlag soll dich rühren?

Ich liebe dich?

»Guten Tag.«

»Tag, Mevrouw. Dies hier scheint eine Schülerin zu sein, oder sind's zwei?«

Er drehte sich um und blieb wie angewurzelt stehen. Esther bemühte sich krampfhaft, ihr Entsetzen nicht zu zeigen. »Komm, Liebling.« Ruth blickte sie erstaunt an. Noch nie hatte Esther sie Liebling genannt.

»Sie hat mir ihren Namen genannt«, sagte Laforêt leise.

Gott, wie bist du feige! Sieh ihn an, sprich mit ihm, sag etwas. Spring, du Törin, aber sie konnte nicht springen. Esther Marx – und konnte nicht springen.

»Komm, Ruth.«

»Warum?« Sie war natürlich enttäuscht.

»Ich weiß nicht. Es ist der falsche Platz. Ich muß mich geirrt haben. Komm, ich kauf' dir ein Eis.«

Es war ihr gelungen, nachdem sie sich töricht gebückt hatte, um Ruths Sandale zuzubinden, ihn anzusehen. Nur einen Moment hatte sie es über sich gebracht, ehe sie das protestierende Kind zum Auto zurückzog. Sie wußte nicht, was sie für ein Gesicht gemacht hatte, als sie ihn anblickte, aber sie hoffte, ihr Ausdruck habe besagt: »Entschuldige«, und er habe verstanden, was sie meinte.

Zwei Wochen lang hatte sie auf die Folgen gewartet, denn sie wußte, es würde unangenehme Folgen geben, und sie hatte Angst davor. Wenn sie sich auch eine Närrin schalt. Aber wenn man jemanden zum erstenmal seit der Nacht wiedersah, in der man auf ihn geschossen hatte, dann war das nun einmal ein Schock, wie man es auch betrachten mochte. Selbst nach zwölf Jahren. Es machte sie wütend, daß sie es nicht einmal Harry sagen konnte, auch nur andeutungsweise. Sie war in ihrer eigenen Falle gefangen. War sie es nicht selber gewesen, die darauf bestanden hatte, nie wieder, nie, nie auch nur mit einem Wort von der Vergangenheit zu sprechen?

Hatte er nicht in jener einen Sekunden erkannt, daß, was sie auch tat oder sagte, er nur mit dem kleinen Finger zu winken brauchte, und sie würde zu ihm zurückkehren, wenn sie nicht etwas davon abhielt? Und eine Minute lang hatte sie verzweifelt gebetet, daß nichts sie abhalten möge, und in der nächsten Sekunde um das Gegenteil.

Würde er herausbekommen, wo sie wohnte? Vielleicht durch Desmet. Sie wußte, früher oder später würde der eine oder andere von ihnen auf sie warten.

Esther sagte niemandem, was sie in den folgenden vierzehn Tagen durchmachte. Laforêt – mit dem die Phantasie immer leicht durchging, glaubte später, das geahnt zu haben.

Es war Desmet, der kam. Sie war ganz froh, als es endlich geschah. Und froh auch, daß er so gar nicht verlegen war und ohne weiteres zugab, daß er ihr nachspioniert hatte.

Er kam so lässig und selbstverständlich hereinspaziert wie ein Mann, der kommt, um einem zu sagen, man habe im Fußballtoto zehntausend gewonnen: »Guten Tag, Mevrouw. Wir haben eine große Neuigkeit für Sie.«

Die große Neuigkeit, die Menschen wie Desmet brachten, war ihr wunderbares eigenes Ich. Da saß er in seinem gut geschnittenen Anzug und Hemd, mit der schönen Aktentasche aus weichem schwarzem Leder, als wolle er ihr eine Versicherung aufschwatzen, und seinem breiten sonnigen Lächeln. Kam herein, ehe sie daran gedacht hatte, daß sie die Tür hätte zuschlagen können.

»Tag, Esther.«

»Entschuldigen Sie die Unordnung. Meine Kleine ist in der Schule. Ich habe niemanden erwartet. Nehmen Sie bitte Platz. Kann ich Ihnen etwas anbieten? Ich habe Whisky da.« Verzweifelt.

»Ja, ich würde gern einen trinken. Bei Esther ist man sicher, daß man etwas Gutes bekommt.« In ihrer Nervosität und Hast goß sie sich selber einen großen ein, einen viel größeren, als sie gewollt hatte, und verschüttete dabei sogar etwas. Es war eine ganz neue Flasche Johnny Walker, die sie erst am Vormittag gekauft hatte. Als er ging, war sie leer. Und sie blieb dort sitzen und betrachtete sie, führte sie an den Mund, um die letzten Tropfen in ihre Kehle laufen zu lassen, sie dann in den Mülleimer zu werfen und sie wieder herauszuholen mit dem absurden Gefühl, sie müsse sie auf eine Konsole stellen, mit einem Band darum und einer kleinen Karte mit Goldrand, auf der stand: Esther Marx ist eine Hure – jeder weiß das.

Esther Marx ist ein Hure, Esther Marx ist eine Hure, trommelte es in ihrem Kopf.

»Ich dachte, Conny, du mußt vorbeigehen und dich entschuldigen. Ohne es zu wissen oder auch nur zu ahnen – und das war verdammt dumm von mir – hast du sie in eine so peinliche Lage gebracht. Wie konntest du nur so schwer von Begriff sein? Natürlich wußte ich, wo du wohnst, es hat einige Mühe gekostet, es herauszubekommen. Konnte nicht zulassen, daß du dachtest, dieser alte Conny ist doch ein gemeiner Kerl, daß er gar nichts unternimmt. Nur lacht und sagt: Ein Jammer, aber vergessen wir's. Ich würde das keinem Mädchen antun. Und Esther! Nein, nein, nein. Man sollte wirklich nicht glauben, daß ein Mann so dumm sein kann. Aber ich habe gar nicht nachgedacht. Ja, ich wußte, du bist in Hanoi immer mit ihm zusammengewesen, aber wir haben alle damals komische Dinge gemacht. Viele von uns haben bestimmt so manches getan, dessen wir uns jetzt ein bißchen schämen. Aber das ist alles kalter Kaffee. Ich will damit sagen, die Leute, die Treffen veranstalten und sich wieder an die Zeit im guten alten El Alamein erinnern – oder wo immer sie waren –, die kann man einfach nicht ernst nehmen. So was hebt man für Kinder auf, die nie erwachsen werden. Will sagen – ich gebe zu, er konnte mit einem Mädchen wie dir nicht ehrlicher sein –, ich hatte ein paar Jahre danach von einem alten Kumpel gehört, den ich zufällig traf, daß es in Frankreich eine Schießerei gegeben habe. Aber ich habe gar nichts dabei gedacht. Es ist längst vergessen. Und auch du lebst dein eigenes Leben, hast dich verheiratet und hast nicht mehr darüber nachgegrübelt.

Nein, ich will's erklären. Ich richtete die Fliegerschule ein und wünschte nur jemanden zu kennen, der Fallschirmspringen lehren kann, denn das bringt viel ein, und wen treffe ich in einer Bar in Brüssel? Niemand anders als Leutnant Laforêt, und wer ist besser für einen solchen Job geeignet? Außerdem denkt er sowieso daran, den Beruf zu wechseln. Nun, ich meine, es kann keine Rede davon sein, daß er Angestellter ist, sondern er ist der ideale Partner, und es macht nichts, daß er kein Geld in die Firma gesteckt hat. Er arbeitet und übernimmt Verantwortung...«

So war es weitergegangen, und sie hatte in ihrem Fieber und ihrer Unsicherheit und Angst immer mehr getrunken und war schließlich stockbetrunken gewesen, zum erstenmal seit jener Nacht in der Bar, als sie die Pistole herausgezogen hatte, aus seinem Koffer. Betrunken. Betrunken wie eine stinkende Hure. Und natürlich hatte es so geendet, wie solche Szenen immer enden: Sie war aufgestanden, um die Aschenbecher zu leeren, und er hatte sie erst an die Küchenwand gedrängt, dann ins Wohnzimmer geschoben und aufs Sofa geworfen.

Endete derlei nicht immer so? Für was sonst war Esther Marx denn gut?

Sie war auf die Toilette gegangen und hatte sich erbrochen, und dann hatte sie geduscht, hatte auf dem gefliesten Boden gekauert und das Wasser über sich laufen lassen, bis es so spät war, daß Ruth jeden Augenblick kommen mußte, und sie hatte eine Tasse starken Kaffee nach der anderen getrunken und sich gezwungen, eine Kleinstadtmutter zu sein.

Eine vom Milchmann verführte Kleinstadtmutter.

Sie hatte nicht mehr leben wollen, und dann eines Tages war er gekommen, zehn Tage nach dem anderen.

Kapitel 25

Er war nicht dreist hereingekommen wie der andere. Er hatte Gott weiß wie viele Stunden draußen gewartet, vielleicht tagelang.

»Esther.« Es war fast ein Flüstern gewesen. Aber nach dem Erlebnis mit Desmet brauchte sie nicht mehr die errötende Hausfrau zu spielen. Sie konnte ihn ohne Verlegenheit anblicken, ganz natürlich mit ihm sprechen, einen normalen menschlichen Kontakt haben, ohne zu erstarren oder den Mund wie ein von einem Fischhaken gefangener Fisch aufzumachen und zu schließen.

»Du hättest nicht herkommen dürfen.«

»Ich weiß, aber ich mußte es. Verstehst du das?«

»Ja. Aber wir müssen uns woanders treffen. Moment... In einer Stunde... Nein, heute abend. Heute abend um neun.« Harry hatte Dienst, Feuerwache oder sonst was.

»Ich war sehr gefügig«, bemerkte Laforêt. »Ein wohlerzogener kleiner Junge und ein Mann, der alles mit sich machen läßt.«

Er sprach weiter, schien ganz vergessen zu haben, daß Desmet reglos und drohend am anderen Ende der Bar stand und Whisky trank.

»Wo haben Sie sich mit ihr getroffen?« fragte van der Valk.

»Im Wartesaal des Bahnhofs. Es gibt keinen besseren Ort für eine gefühlvolle Szene, denn dort achtet niemand darauf.« Aber es hatte keine gefühlvolle Szene gegeben. Esther war einmal zurückgewichen, aber sie würde nicht wieder zurückweichen.

In nicht unfreundlichem Ton sagte sie: »Ich habe versucht, etwas zu tun. Ich wollte einen Menschen glücklich machen. Es wird wohl nicht gelingen, aber ich habe es immerhin versucht. Jetzt wirkt es bestimmt sehr lächerlich und kläglich. Du hast meine Wohnung nicht gesehen, und du wirst sie auch nicht sehen. Nun, es ist eine kleine schäbige Wohnung. Du hast meinen Mann nicht gesehen, und du wirst auch ihn nicht sehen, denn wenn jemand versucht, ihn in meine schmutzigen Geschichten hineinzuziehen, bringe ich ihn um. Mit so wenig Gefühl, wie ich eine Schabe zertreten würde. Er ist ein stiller, arbeitsamer Mann. Niemand hält viel von ihm, und er von sich auch nicht. Aber er ist mehr wert als wir alle zusammen. Ich liebe ihn nicht, aber ich würde für ihn ins Gefängnis gehen und, wenn nötig, für ihn sterben. Du verstehst das nicht. Weil ich einmal für dich ins Gefängnis gegangen bin und für dich gestorben wäre, und du fandest das ganz richtig, weil ich dich liebte.

Es würde dich nicht einmal überraschen zu hören, ich liebte dich noch. Du würdest das als ganz selbstverständlich hinnehmen. So müßte es sein. Die all die Jahre treu gebliebene Esther. Ich bin ihr Mann.

Und darum bitte ich dich zu verschwinden. Wenigstens einmal dich als unwichtig zu betrachten. Bist du dazu fähig? Ich werde dich nicht wiedersehen, und ich werde nicht mit dir ausreißen oder heimlich mit dir schlafen oder sonst etwas, auch wenn ich es gern tun würde. Ich sorge für deine Tochter und versuche, sie so zu erziehen, daß du stolz auf sie sein könntest, aber ich lasse nicht zu, daß ihr euch seht. Trotzdem hätte ich mit dir sehr glücklich werden können.

Du gehst mit der Überzeugung herum, daß dich jeder anguckt, daß du unter einem Fluch stehst, nur weil du einmal die Nerven verloren hast. Ist das nicht reiner Egoismus? Man ist nicht wichtig genug.

Du hast dir all die Jahre vorgeworfen, nicht wie Hervouet zu sein. Erinnerst du dich an Hervouet?«

Natürlich erinnerte er sich. Niemand hatte den jungen Panzerhauptmann vergessen, der, obwohl er beide Arme in Gips hatte, bis zum letzten Tag kämpfte und erst auf dem Marsch in die Viet-Lager gestorben war.

»Romantisch.« In Esthers Mund klang das Wort spöttisch und bitter. »Du solltest wie Guérin sein, der beide Beine verloren hatte und sich lieber selber erschoß, als so weiterzuleben. Aber natürlich verlange ich nicht von dir, daß du dich erschießt. Das wäre nur ein noch größerer Egoismus. Erinnere dich lieber an das, was Langlais gesagt hat – ja, ich weiß, du wirst nicht gern an ihn erinnert. Jemand beklagte sich damals, er sei erschöpft. ›Erschöpft‹, sagte er, ›und wir? Man hat Sie nicht um Rat gefragt, Sie sollen kämpfen wie wir.‹

Denke an all die jungen Männer im Hospital, den mit dem einen Auge und dem zerfetzten Gesicht, Fox, Le Page, Guy de la Malène. Du glaubst, weil du sie einmal im Stich gelassen hast und sie dich hinausgeworfen haben, bist du für ewig in der Verbannung, für immer im Dunkel – und dir gefällt das. Aber jetzt ist es genug.«

Er hatte sie blöde angestarrt, während er in seinem Kaffee rührte.

»Ich möchte dich noch um etwas anderes bitten«, fuhr Esther unerbittlich fort. »Du hast eine recht angenehme Stellung dort, nicht wahr?«

»Keine schlechte, aber auch keine besonders gute.« Hastig.

»Nein, aber eine bequeme.« Sie sagte das ironisch. »Eine leichte Arbeit, die nicht viel von dir verlangt, und du kannst vor den Leuten paradieren und brauchst dich nicht unter das gewöhnliche Volk zu mischen. Du hast es nur mit einer auserwählten Schicht zu tun.«

»Das stimmt alles nicht.« Aber sie fegte seine Worte beiseite.

»Du hast fliegen gelernt und lehrst sie mit dem Fallschirm abspringen.«

»Ich mußte nehmen, was sich mir bot. Ich hatte keine Ausbildung, keine besonderen Fähigkeiten – ich konnte nichts.« Esther ergriff ihre Handtasche und stand auf.

»Gib die Stellung auf«, sagte sie leise. »Geh weit weg. Nicht für mich oder meinetwegen. Dieser Mann ist schlecht und gemein. Ich weiß nicht warum, aber ich weiß, er wartet nur auf eine Gelegenheit, dich zu erpressen, so wie er nur auf eine Gelegenheit wartet, mich zu erpressen. Aber er weiß auch, daß ich nicht nachgebe, auch wenn ich in allem anderen nachgebe.« Und schon war sie hinausgegangen.

»Esther«, hatte er gerufen, noch ganz verstört, weil es nun endgültig zwischen ihnen aus war. Aber sie war schon weg, und er wagte nicht, einen Skandal zu machen. Er wußte mit gutem Grund, daß Esther nicht mit sich spaßen ließ.

Sein Frieden war dahin, und er versuchte nachzudenken. Es war wirklich ein Jammer. Sie mochte sagen, was sie wollte, er hatte eine Stellung, in der er sich selbst achten konnte. Und in den drei Jahren, die er sie jetzt hatte, war er ein neuer Mensch geworden. Was hatte er bis dahin getan? Er hatte sich in Brüssel als Vertreter versucht, bis eines Tages das Glück es wollte, daß er Conny traf, und bei einem Schnaps hatte Conny gesagt: »Bei Gott, dies ist ein glücklicher Zufall«, und das war seine ehrliche Überzeugung.

Conny hatte den alten Bauernhof mit dem verwilderten Gelände ringsum entdeckt. Er besaß sein erstes Flugzeug und ein bißchen Geld. Er gab alles, was er hatte, um die Bank dazu zu bringen, daß sie ihm Kredit einräumte, und ein paar Geschäftsleute liehen ihm außerdem noch etwas. Und er hatte geschuftet. Wie hatte er geschuftet! Aber er mußte beständig unterwegs sein, damit die Quellen nicht versiegten, wie er es nannte, und er hatte keinen Vertrauensmann, der die undankbare Aufgabe auf sich nahm, den Schmutzhaufen in einen Aeroklub zu verwandeln. Laforêt war sein Mann.

Conny war ein schlechter Kerl, ein Schwindler, unehrlich und abwechselnd servil und frech. Aber ein guter Unteroffizier, den seine Männer liebten und der das Beste aus ihnen herauszuholen vermochte, ein Streber, aber er wollte nicht Feldwebel werden. Er war Geschäftsmann und wurde lieber reich und respektiert.

Laforêt selbst kam mit Conny gut aus. Sie wußten beide, daß es in der Vergangenheit des anderen einige nicht sehr glänzende Episoden gab, aber das war ihnen gleich; es war, als ob jeder von ihnen entschlossen sei, dem anderen das Beste in sich zu zeigen. Sie hatten zusammengearbeitet, und diese Arbeit war zu einem starken Band zwischen ihnen geworden. Sie hatten den Aeroklub buchstäblich Stein für Stein errichtet, sie beide allein. Desmet war fast jeden Tag fort gewesen, aber fast jeden Abend war er wiedergekommen und hatte eine Menge mitgebracht. Ein paar Sack Zement in dem alten Mercedes, einen Lastwagen, den er für zwei Sous aufgetrieben hatte und mit dem man den Sand abfahren konnte. Denn vor allem brauchten sie Beton, da das Feld neun Monate im Jahr ein Morast war und weder ein Auto noch ein Flugzeug manövrieren konnte.

Desmet brachte auch Lebensmittel mit – Kartoffeln oder Haferflocken –, und das war manchmal ihre einzige Nahrung gewesen. Dann gab es auch Wurst, Kästen Bier, große Stücke Rauchfleisch.

Wie schwer sein Tag auch gewesen war, Conny wusch sorgfältig ein Hemd, bügelte einen Anzug – bereit für den nächsten Tag. Und dann streifte er seinen Overall über und ging überall herum. Er war ungeheuer stark, und es war ein erfreulicher Anblick, ihn schwitzen zu sehen, wenn er einen mit flüssigem Beton gefüllten Karren über schwankende Bretter schob.

Er erinnerte sich, wie triumphierend Conny eine kleine Zementmischmaschine mitgebracht hatte, und an den freundlichen Architekten, der die Pläne entworfen hatte (er war jetzt einer ihrer besten Kunden), den Klempner, der sie wegen der Drainage beraten hatte, den alten Pete, den Mechaniker, der seiner halb bankrotten Autoreparaturwerkstatt in Antwerpen gründlich überdrüssig war – er war kein Geschäftsmann. Old Pete beteiligte sich nicht an den Bauarbeiten, doch er brachte das Flugzeug und das kostbare Auto in Gang, und er aß, was sie aßen, schlief, wo sie schliefen, gehörte zum Team. Aber er, Laforêt, hatte dies alles geschaffen, er und Conny.

Und Conny ließ sich nie entmutigen, verlor nie die Zuversicht, nie seine unverwüstliche Heiterkeit. Er sang und lachte, selbst wenn etwas schiefgegangen war, an jenen langen Abenden im ersten Sommer, als die Bank den Kredit gekündigt hatte und alles im Eimer zu sein schien. Sonntags zog er seinen guten Anzug an und ging wie ein großer Geschäftsmann umher, der sich davon überzeugt, ob sich seine Investition gelohnt hat, um den Sonntagsfahrern und den Touristen zu imponieren, die aus Neugier anhielten und fragten, was hier entstehe. Er stieg im Flugzeug auf und kreiste ein paarmal über dem Feld. »Damit sie glauben, daß dies wirklich ein Aeroklub wird, müssen sie ein Flugzeug fliegen sehen«, pflegte er zu sagen. »Sonst halten sie es nur für einen Kuhstall.« Er hatte Laforêt das Fliegen beigebracht an jenen Sommersonntagen und hatte eine komplette Fallschirmspringerausrüstung Gott weiß wo beschafft, und sie hatten für ein Sprungziel draußen an der Straße weiße Kreise gezeichnet, damit, sobald mehr als ein halbes Dutzend Autos am Sonntagnachmittag dort parkten, sie den Gaffern eine Gratisvorstellung geben konnten.

Er konnte Conny nicht im Stich lassen.

Denn sie hatten am Ende gewonnen. Conny hatte erst einen Chevrolet gekauft und dann den Dodge. Und zwischendurch hatte er einen Fiat erworben, den Vorführwagen einer großen Autovertretung, so gut wie neu. Und er hatte zu Laforêt gesagt: »Das ist deiner. Du hast hier fast zwei Winter festgesessen, bist fast nie herausgekommen, und jetzt mußt du mal eine Woche Urlaub machen. Fahr nach Brüssel und amüsier dich ein bißchen.«

Von dem Tage an hatten sie nicht mehr zurückgeblickt. Auf der Bank hatten sie Geld, und es waren Leute gekommen, die Stunden nehmen wollten. Aber Conny hatte nie stillsitzen können, war nie zufrieden gewesen, es mußte immer etwas geschehen. Und auch die Wohnung war seine Idee gewesen. Er schlief noch immer in einer kleinen Kammer hinter der Bar, aber er hatte darauf bestanden, daß Laforêt eine richtige Wohnung bekam.

»Und nicht nur, um den Kunden zu imponieren. Du brauchst sie. Ich schlafe so oft in Hotels, kann baden, wann ich will, und ins Restaurant gehen. Du mußt etwas haben, was dir Selbstachtung gibt.« Und die Wohnung war gebaut worden, mit Küche und Bad, und auch eine Putzfrau hatte man gefunden. Laforêt fuhr meistens in aller Frühe nach Hasselt, um sie abzuholen; inzwischen hatte sie alle Einkäufe gemacht und brachte Lebensmittel, frisches Gemüse und Obst mit. Ein Weinhändler aus Lüttich kam und füllte die Bar. Conny wußte, wie man eine Schankerlaubnis bekam. Und jetzt hatten sie sogar ein junges Mädchen, das die Besucher empfing, die Bücher führte und die Stundenpläne schrieb. Daisy hatte das Gefühl, sie leite das Ganze allein... Dahinter steckte wieder Conny. Er wußte, wie man mit Frauen umging.

Man konnte Conny nicht im Stich lassen. Er war verwirrt und besorgt und biß sich öfter in die Nägel, als er es in zehn Jahren getan hatte.

Kapitel 26

Er erwähnte es schließlich selber, und kaum war es heraus, da sah er an Connys Ausdruck, daß er nur ein Simpel war. Was war er je anders gewesen, als Hacke und Schaufel? Conny Desmet war der Kopf. Er hatte gewußt, wie man Vorschriften umging und wie man jemandem zehntausend Francs abschwatzte. Er wußte, wie man dickschädlige Geschäftsmänner herumkriegte und Mädchen flach legte. Und vor allem verstand er sich darauf, geduldig zu sein, nie etwas zu übereilen, nie Angst oder Nervosität zu zeigen, immer Zeit zu haben. Laforêt konnte das alles nicht.

Als er schließlich Esthers Namen erwähnte, merkte er, daß Desmet diesen Augenblick schon erwartet hatte. Er hatte mit ihm Katz und Maus gespielt.

Hatte Conny das all die Jahre schon getan? Plötzlich wußte es Laforêt nicht, und alles um ihn herum schwankte.

Sie tranken zusammen Kaffee; ein stiller Morgen zu Anfang des Herbstes, an dem die Sonne bleich durch den weißen Nebel schien. Laforêt röstete das Brot vom Tag zuvor auf einem elektrischen Toaster. Desmet, der auf den Schultern behaart war und an den Oberarmen noch Spuren von Talkum trug, holte saubere Wäsche aus dem Wäschekoffer.

»Gelegentlich macht die Möglichkeit Spaß«, sagte Laforêt, in seinem Kaffee rührend, »ich meine, es ist ganz unwahrscheinlich, aber es kann immerhin geschehen – jemanden aus der alten Zeit wiederzusehen. Ein komisches Gefühl. Man weiß, wie sehr man sich selber verändert hat und daß jeder andere sich auch verändert haben muß, und plötzlich sieht man ein Gesicht, das einem mal vertraut war.«

»Sprichst du von Esther Marx?« fragte Desmet lässig, der mit dikken Fingern seine Manschettenknöpfe aus dem Mund nahm und geschickt befestigte. »Ja, ich bin ihr vor ein paar Tagen in Rotterdam in den Weg gelaufen – sie lebt dort irgendwo an der Küste. Ich habe mit ihr auf dem Parkplatz eine Weile geplaudert und habe dann mit ihr in Erinnerung an die guten alten Zeiten einen Schnaps getrunken – die alten Zeiten, über die du immer so viel grübelst und die heute so viel Bedeutung haben wie eine Kartoffel, die man wegwirft, weil sie erfroren ist.«

»Was macht sie jetzt?«

»Sie ist mit einem Mann verheiratet, der in der holländischen Armee dient, denk doch nur!«

»Was ist schon dabei?« fragte Laforêt etwas ärgerlich.

»Nun, damals – und ich will dich nicht kränken, alter Knabe, denn ich erinnere mich, du warst mit ihr in Hanoi fast immer zusammen –, damals mußte es für die Mädchen immer ein Offizier sein. Aber alles gleicht sich aus, wie ich dir stets sage. Jetzt ist sie mit einem Unteroffizier verheiratet.«

»Weißt du, daß sie vor einer Woche hier auftauchte? Ging sofort wieder, als sie mich sah, was ja auch ganz natürlich war. Du bist nie verlegen, aber andere sind's.«

»Was war denn dabei? Daisy hat es mir erzählt. Du meinst, du warst verlegen?«

»Ein bißchen. Es war schließlich eine peinliche Situation. Wahrscheinlich wollte sie dich sehen. Sie war völlig durcheinander. Du bist wie aus Stein, ich kann gar nicht verstehen, wie du so gefühllos sein kannst.«

Desmet trank friedlich seinen Kaffee.

»Ich habe schwache Stellen wie jeder Mensch, aber wenn ich sie albern finde, dann versuche ich, sie loszuwerden. Ein zweitklassiger Soldat oder ein General – kein Unterschied mehr heute, nicht wahr? Suche die schwachen Stellen der anderen, das ist mein Motto. Prahle nicht mit deinen eigenen. Gib mir bitte noch etwas Kaffee.«

»Ja, die kleine Marx wiederzusehen, hat mir wirklich Spaß gemacht. Ein amüsantes Mädchen. Als wir einen Schnaps tranken, habe ich im Scherz gesagt: ›Warum kommen Sie nicht einmal und zeigen ein paar von unseren fetten Kunden hier, wie man mit dem Fallschirm abspringt?‹ Ich habe aber nicht geahnt, daß sie das so ernst nehmen würde. Scheint sich nach jenen guten alten Zeiten zurückzusehnen, als sie so etwas wie eine Heldin war.«

»Warum, zum Teufel, Conny«, verzweifelt, »hast du das getan, obwohl du doch genau wußtest, mich würde das gar nicht entzükken?«

»Ich wollte dich nicht ärgern. Die kleine Stute hat dir mal bös mitgespielt, du hast es mir selber gesagt, und ich habe darüber munkeln hören. Aber wen interessiert das jetzt? Man kann nicht in der Welt herumgehen und ewig Angst haben, daß man jemandem begegnet. Denk doch mal nach, du bist stetig aufgestiegen, genau wie ich. Werden wir nicht von allen geachtet, obwohl wir aus dem Nichts gekommen sind? Im Gegenteil, gerade deswegen. Prahlen wir mit der Zeit, als wir nichts zu essen hatten? Das tun wir nicht, aber wir schämen uns ihrer auch nicht. Und was ist das Mädchen schon? Du wunderst dich, warum sie hergekommen ist? Sie will damit nur so tun, als sei sie noch nicht bald vierzig. Will wieder die Jugendliche spielen. Sie hat mir ihre Adresse gegeben – willst du sie haben?« Er suchte in seinen Taschen und holte einen alten Umschlag heraus. »Ich brauche sie nicht, ich habe andere. Du könntest sie schon morgen umlegen, wenn es dir Spaß macht. Fällt dir in die Hand wie eine reife Pflaume. Solltest es wirklich versuchen. Du hast nie genug Selbstvertrauen. Und der holländischen Armee Hörner aufzusetzen, ist noch ein Extraspaß.«

Desmet lachte über diesen lustigen Gedanken und band seinen Schlips um. »Ich muß mich jetzt auf die Beine machen, ich muß nach Aachen.«

Der Umschlag war das Ergebnis von Conny Desmets Detektivarbeit. Er hatte darauf gekritzelt: »PX 7799 – 25 Zomerlust.« Und darunter: »Unteroffizier. Juliana-Kaserne, Alphen.« Und noch tiefer stand: »Van Lennep 432.«

Laforêt dachte ein paar Tage darüber nach. Später fragte er sich, wie er nur so naiv hatte sein können. Aber er kam einfach nicht auf den Gedanken, daß, wenn Esther Conny wirklich ihre Adresse gegeben hatte, sie ihm kaum ihre Autonummer genannt hätte.

»George«, rief Desmet. »He, George.« Es war eine seiner Marotten, wenn er in besonders guter Stimmung war, den Menschen erfundene Vornamen zu geben. »Komm mal raus, ich will dir meine neue Kanone zeigen. Junge, was für ein prächtiges Ding! Hab' in Antwerpen in einer Bar einen Mann kennenglernt, einen von den Clowns der Vereinten Nationen. Er hatte nicht mehr genug Geld zum Trinken und bot mir ein Souvenir aus Israel zum Kauf an. Uzzi heißt sie. Guck mal, Abzug und Griff sind synchronisiert: eine Extrasicherung. Hattest du einen guten Tag? Übrigens, du warst ja in Amsterdam. Warst du bei der Marx?«

»Nein«, log Laforêt. »Nein, du hattest ganz recht, die Vergangenheit hat keine Bedeutung. Das ist eine schöne Waffe.«

»Ich wünschte, ich hätte sie schon unlängst gehabt, um sie damit ein bißchen zu puffen. Ha, ha – bum-bum! Esther wollte dich nicht in Verlegenheit bringen. Hab' sie ein bißchen betrunken gemacht. Liebt ihren Whisky. Es ist mir noch nie so leicht geworden – einfach unglaublich, wie schnell sie sich hinschmeißen ließ. Brauchte nicht erst die Pistole auf sie zu richten. Junge, Junge!«

Das Lokal war ein typisches holländisches Lokal mit polierter Kaffeemaschine, Tischdecken mit einem orientalischen Muster und Heineken-Bieruntersetzern. Am frühen Nachmittag war fast niemand dort, und der saubere grauhaarige Besitzer war gern zum Klatschen bereit.

»Geben Sie mir bitte ein Bier... Kommen wohl viele Soldaten her, wo die Kaserne doch gegenüberliegt?«

»Nicht eigentlich – die sind mir zu laut. Aber die Längerdienenden, die sind ruhig. Kommen herein und trinken ein Bier, um die Zeit totzuschlagen – sie wohnen alle nicht in der Kaserne.« Er polierte die blitzblanke Kaffeemaschine sorgfältig.

»Ich glaube, ich kenne einen der Unteroffiziere. Zomerlust.«

»Ein stiller netter Mann. Sie sind doch Belgier, nicht wahr? Da regnet's nie, es gießt. Neulich war auch ein Belgier da, der Zomerlust kannte – sind, glaub' ich, in Korea zusammen gewesen. Sie haben beide ein Bier getrunken.«

»Ich war auch in Korea.«

»Alte Soldaten, die immer von den alten Zeiten reden. Ich war in der Résistance. Noch ein Bier?«

»Nein, danke. Muß weiter.«

»Sind Sie auf dem Weg nach Utrecht? Man sieht eine ganze Menge belgische Autos auf der Straße... Der andere neulich hatte einen dieser großen amerikanischen Schlitten... Schönen Dank. Wünsche gute Fahrt.«

Auch so hätte er gewußt, daß es bestimmt Desmet war. Es paßte genau zu ihm, daß er sich erst einmal überzeugte, wo der Mann steckte, ehe er zu der Frau ging. Laforêt betrachtete einen Augenblick die Kaserne. Es war ihm, als habe er alles Zeitgefühl verloren und Vergangenheit, Gegenwart und Zukunft seien eins geworden.

Desmet – amüsierte sich in Holland – Esther ... »Das ist ein schlechter Mann.« – Zomerlust, der in Korea und dann in Frankreich gewesen war – ebenfalls einer, der Esthers Gunst genoß. Wer schließlich nicht? Wahrscheinlich hatte es das halbe Camp mit ihr getrieben.

Ja, ja, Desmet, der kleine Lump.

Kapitel 27

Desmet goß sich selber noch einen Whisky ein. War es der fünfte oder erst der vierte? Van der Valk hatte sie nicht mehr gezählt. Da es so große waren, kam es gar nicht darauf an.

»So eine Gemeinheit und so einen Blödsinn habe ich noch nie gehört.«

»Der Meinung bin ich auch«, meinte van der Valk sehr höflich. »Sie würden sicher sagen, daß er alles im Kopf durcheinandergebracht hat. Durch das Brüten haben sich die Grenzen zwischen Wirklichkeit und Phantasie verwischt. Jetzt lügt er, was das Zeug hält, aber er ist sich dessen selbst gar nicht bewußt. Er glaubt es alles. Wollten Sie das sagen?«

Er hatte Desmet eine Weile ruhig gemustert, während Laforêt monoton weiter von den traurigen Erlebnissen berichtete. Er hatte Talent, der Junge. Hätte einen guten Polizeibeamten abgegeben – einen von der Art, der sich bestechen läßt ... Er konnte sich vorstellen, wie er mit seinem besonderen Instinkt die richtigen Worte, den richtigen Ton gefunden hatte, um einen Mann wie Zomerlust einzuwikkeln, der so unschuldig und lauter war, daß er einem solchen Mann auf den Leim ging. Desmet hätte ihm eine Versicherung, einen Gebrauchtwagen, alles andrehen können.

»Das Interessante an all dem ist«, begann er freundlich, fast pedantisch, »daß natürlich jeder von Ihnen beiden Esther Marx getötet haben kann.« Jetzt bekam er von Desmet einen verächtlichen Blick. »Wir haben nur keinen materiellen Beweis.«

»Seien Sie doch nicht verrückt, Mann – er gibt es zu.«

»Er dramatisiert wie üblich«, sagte van der Valk kühl. »Er fühlt sich schuldig, wie er sich immer schuldig gefühlt hat. Jetzt, da er etwas gefunden hat, das er beichten kann – etwas, das er passend und tragisch findet –, ist er nur zu beglückt.«

»Wollen Sie damit sagen, daß Sie ihm nicht glauben?«

»Herr Desmet, Sie sind ein intelligenter und erfahrener Mann.«

»Ja, das bin ich.«

»Aber wenn Sie so viele falsche Geständnisse gehört hätten wie ich, dann wären Sie etwas skeptischer.«

»Aber er war doch dort!«

»Sie auch. Sie wußten beide, wo sie wohnte, wußten genau, wann Zomerlust Dienst hatte, konnten einen kleinen Mord planen, ohne daß dabei etwas schiefging. Sie wußten beide von der Maschinenpistole, konnten mit ihr umgehen, hatten Zugang zu ihr.«

Die dunkle heisere Stimme wurde plötzlich still. »Wie ist es mit dem Motiv? Er hatte jedes Motiv, aber was für eins konnte ich haben? Die Frau war mir völlig gleichgültig.«

»Ach, ich könnte«, sagte van der Valk fast schüchtern, »Motive für Sie konstruieren, und sei es nur Ihre enorme Eitelkeit. Ich beginne Esther zu verstehen. Sie merkte in einem gegebenen Augenblick – höchstwahrscheinlich in dem Augenblick, da Sie sie mit Whisky hatten vollaufen lassen und aufs Sofa geworfen hatten –, daß Sie ein viel verächtlicherer Mensch waren als der Mann, auf den sie einmal geschossen hatte, um ihn zu töten. Und ich kann mir vorstellen, daß sie auch die sarkastischen Worte fand, mit denen sie Ihnen das deutlich machte. Ich spekuliere, und das hat keine Bedeutung. Sie wissen das selber. Sie leben mit der beständigen Kenntnis Ihres Charakters – möglicherweise machte Sie das zugleich zu einem aggressiven Verkäufer und einem vollendeten Schauspieler. Mich geht es zum Glück nichts an.«

»Das möchte ich auch meinen«, brummte Desmet. Der Whisky hatte seine Augen getrübt. Er blinzelte van der Valk an, als ob er versuchte, dahinterzukommen, ob dieser Verrückte wirklich glaubte, was er da sagte.

Laforêt schien in eine Vision versunken zu sein, hatte den Kopf vorgebeugt, so daß das hellblonde Haar das jugendliche gesunde Gesicht verdunkelte. Unreif und so weiter, dachte van der Valk ungeduldig. Laforêt erinnerte ihn mehr und mehr an Woyzeck, den Soldaten, der vom Arzt drangsaliert und vom Tambourmajor verspottet wurde, der seine Marie tötete, ohne es zu verstehen, ja, ohne es eigentlich zu wissen... »Es gibt da noch andere Hypothesen«, fuhr er fort. »Man könnte durchaus vermuten, daß Desmet diese Frau mit kalter Berechnung erschossen hat. Laforêt war zweifellos ein nützliches Werkzeug, hatte aber viel von seinem Wert verloren. Außerdem war er eine beständige Erinnerung an die lebende oder tote Esther Marx. Desmet hat das Ohr am Boden, wie er mit Stolz sagt. Um sein Einkommen aufzubessern, arbeitete er gelegentlich für den DST. Das war sehr hübsch ausgedacht.

Der sehr patriotische dicke Flame haßte die Franzosen. Er hatte Laforêt immer gehaßt, so wie er auch Esther Marx immer gehaßt hatte. Er hatte mit den Viets kollaboriert und war schließlich deswegen aus der Legion ausgestoßen worden. Daß er immer wieder laut verkündete, die Vergangenheit sei ihm schnuppe, zeigte, daß sie mehr an ihm nagte, als er zugeben wollte. Die Franzosen waren für viele einstige Demütigungen verantwortlich, aber es war nur klug, einen Fuß in ihrem Lager zu behalten – genau wie in Dien Bien Phu. Als er hörte, daß der DST aus ihm unbekannten Gründen sich für Laforêt interessierte, war für ihn die Zeit gekommen, sich eines lästig gewordenen Komplicen zu entledigen.«

Desmet hatte den Kopf eingezogen, und sein nach Whisky riechender Atem wehte van der Valk ins Gesicht. »Reizend, wunderbar kombiniert.« Er schlug mit der Hand auf die Bar. »Alles dummes Zeug. Beweisen Sie es, weiter verlange ich nichts. Beweisen Sie es!«

»Sie verkennen die Funktionen eines Kriminalbeamten«, sagte van der Valk freundlich. »Ich habe nichts weiter zu tun, als Sie einem Richter vorzuführen. Der Richter entscheidet dann über alles Weitere.«

»Hören Sie mal, mein Lieber. Was Sie da sagen, ist für ein einfaches Gemüt wie mich zu kompliziert. Sie haben nur Unsinn verzapft. Wenn dieser Mann hier noch so viele Morde zugibt, dann ist das seine Sache. Kein Richter könnte mich auf das hin, was Sie da vorbringen, einsperren. Er hat sie getötet. Sie haben ein Vorurteil gegen mich. Gewiß, ich gebe zu, ich bin kein Heiliger, und Sie wollen mich darauf festnageln.«

Van der Valk stand auf und blickte den Mann ernst an. »Sie haben auch da wieder recht, Desmet. Aber es gibt noch einen Punkt, der dem Richter nicht entgehen wird. Etwas, das mich seit dem Tage, da ich mit dieser Untersuchung begonnen habe, nicht in Ruhe läßt. Es war sozusagen ein perfekter Mord. Der Mörder hat daran gedacht, zu warten, bis das Fernsehen eine laute Gangsterserie brachte, in der so viel geschossen wurde, daß es bis zu einem gewissen Grade seine eigenen Schüsse übertönen konnte. Das war nicht spontan – das war geplant. Die Schüsse wurden von nur einer Person gehört, einer Hausfrau, die im gleichen Stock wohnt. Sie glaubte, Mevrouw Zomerlust sei von einer Leiter gefallen, und da sie eine hilfreiche Seele ist, ging sie hinüber. Sie klopfte an. Mit geradezu bewundernswerter Geistesgegenwart öffnete ihr der Mörder, versteckte sich in der Toilette gleich hinter der Tür, wartete, bis sie nervös und zögernd ins Wohnzimmer gegangen war, wartete darauf, daß sie einen Schock bekam – und schlich sich dann leise hinaus. Ich halte es für unwahrscheinlich, daß Laforêt so etwas getan hat, und der Richter wird es ebenfalls für unwahrscheinlich halten. Aber ich halte es für wahrscheinlich, daß Sie es waren. Ob es der Richter auch tut, bleibt abzuwarten. Vieleicht findet er einen Zeugen, der sich erinnert, Sie gesehen zu haben. Jedenfalls nehme ich Sie jetzt beide mit.« Er ging zur Tür und öffnete sie. »Machen Sie nicht den Fehler wegzurennen. Sie können nirgendwo hin. Wenn Sie an Ihr Flugzeug denken – ich brauche nur Alarm zu geben, und der Radarschirm findet Sie binnen drei Minuten. Also machen Sie keine Schwierigkeiten.«

Er ging durch den Flur in das Büro und zeigte der erstaunten Daisy seine Marke.

»Kommissar van der Valk von der holländischen Kriminalpolizei. Rufen Sie das nächte Polizeirevier an. Verlangen Sie den Beamten vom Dienst, und reichen Sie mir dann den Hörer.« Das Mädchen starrte ihn erschrocken an, zögerte und griff tastend, als sei ihre Hand gelähmt, nach dem Hörer.

»Legen Sie auf, Daisy!« Desmet stand schwitzend und betrunken im Flur. Er mußte betrunken sein, das war die einzige Erklärung für diese törichte Reaktion. Er hatte eine Pistole in der Hand, eine amerikanische Polizeipistole. Van der Valk schätzte es nicht, so ein Ding in den Händen eines Betrunkenen zu sehen. Er wandte sich halb zur Seite, stellte seinen Stock auf den Boden zwischen seine Beine und legte beide Hände darauf.

»Noch eine Gangsterserie«, sagte er in schneidendem Ton. »Sie wollen mich erschießen, wollen das Mädchen erschießen, weil es eine Zeugin ist, wollen Laforêt erschießen, ebenfalls ein Zeuge, und das Ganze hier in Flammen aufgehen lassen. Ein James-Cagney-

Film von 1936. Legen Sie die Pistole hin, Dummkopf! Rufen Sie die Polizei«, fügte er, zu dem Mädchen gewandt, hinzu.

Desmet begann rückwärts auf die Tür zuzugehen, die zum Flugplatz führte, wobei er die Pistole auf van der Valk gerichtet hielt, der keine Miene verzog.

»Sie sind doch ein Fallschirmspringer, Laforêt. Nehmen Sie ihm das Ding ab.«

»Nein.«

Laforêt stand in der anderen Tür, hatte die Hände in den Taschen und kaute an einem Streichholz.

»Nein, Herr van der Valk, lassen Sie ihn laufen, wenn er möchte. Sie haben das, was Sie wollen – mich. Ich will ihn nicht. Dies ist eine Angelegenheit zwischen Esther und mir, nur zwischen uns beiden. Ihn geht es nichts an. Er hat nichts damit zu tun.«

»Rufen Sie die Polizei«, rief van der Valk über seine Schulter. Dieser Blödian Laforêt verpatzte noch alles. Aber das Mädchen war durch das Melodrama so gelähmt, daß sie keinen Finger rührte.

»Los, Frankie«, rief Desmet plötzlich. »Laß dich nicht bluffen. Ich halte ihn mit der Pistole in Schach – schneid du die verfluchten Telefondrähte durch. Sie brauchen eine halbe Stunde, ehe sie hier sind, und ich rette dich. Verlaß dich auf mich. Er und seine Interpol scheren mich nicht das geringste. Ich weiß, wie man Radar überlisten kann.«

»Whiskygeschwätz«, sagte van der Valk zum Fußboden.

Laforêt schien einen Entschluß zu fassen. Leise ging er auf Zehenspitzen zum Telefon, zog ein Messer aus der Tasche, grinste van der Valk an, schnitt die Telefonleitung durch, ging dann so zurück, daß die Pistole weiter auf van der Valk gerichtet war, und tat das gleiche mit dem Telefon im Flur. »Rückzug durch den Dschungel«, sagte er vergnügt. »Überlaß das mir, Conny. Brauchst du noch was? Kleider, Geld?«

»Nur meine Aktentasche, die liegt dort auf dem Stuhl. Mach dir keine Sorgen, Junge – ich habe gute Freunde. Die holländische Polizei!« Er spuckte aus wie ein Straßenjunge.

»Macht, was ihr wollt«, sagte van der Valk kühl. »Vielleicht ist das ebensogut.«

»Hast du getankt?« fragte Laforêt.

»Reichlich, Frankie, reichlich. Conny denkt an so was. Conny kann noch klar denken und zögert nie. Ein Jammer um das alles, denkst du. Hab keine Angst. Überlaß es nur Conny.«

Er stellte sich dicht an die Wand, damit Laforêt vorbei konnte, fuchtelte mit seinem Revolver vor van der Valks Nase. Van der Valk bewegte seinen Stock ein wenig, um sich bequemer darauf stützen zu können. Die Pistole knallte plötzlich. Das Mädchen schrie auf, und die Kugel schleuderte den Stock quer über den Flur.

»Sie denken, ich bin betrunken«, sagte Desmet ruhig. »Glauben Sie nur nicht, daß ich Sie nicht erschieße, wenn ich muß. Treten Sie auf den Betonstreifen hinaus.« Er ging die Holzstufen hinunter. Der Motor des Flugzeugs begann zu brummen. Desmet ging gemächlich auf das Flugzeug zu, die Pistole immer noch auf van der Valk gerichtet, kletterte hinein, machte Laforêt ein Zeichen, auf den anderen Sitz zu rücken, sagte etwas zu ihm und setzte sich an den Steuerknüppel. Das kleine Flugzeug wendete und begann über den Betonstreifen zu fahren. Van der Valk sah ruhig zu, und als es die Rollbahn erreichte und immer schneller wurde, grinste er ein wenig. Das Mädchen hinter ihm stotterte nervös: »Ich hab' mein Auto hier. Soll ich die Polizei rufen? Der Laden im Dorf hat ein Telefon.«

»Bemühen Sie sich nicht«, sagte van der Valk ruhig.

Das Flugzeug stieg auf, beschrieb einen Kreis, und er beobachtete es weiter. Das Mädchen hinter ihm war sprachlos. Das Flugzeug flog jetzt dreißig Meter hoch in einer Entfernung von weniger als dreihundert Metern. Plötzlich schaukelte es in der Luft. Hatte eine Bö es gepackt? Der Motor schien an Kraft zu verlieren, als hätte sich der Benzinfilter verstopft.

»Ach«, schrie das Mädchen auf und steckte die Hand in den Mund.

Die Tür der Maschine schlug plötzlich auf, und eine Gestalt erschien, die über ein Hindernis kletterte. Sie stemmte sich mit den Händen gegen den Wind, umklammerte den Türrahmen, stellte die Füße zusammen, spannte beide Knie. Das Flugzeug verlor an Geschwindigkeit, hob die Nase, schien gegen eine unsichtbare Barriere zu stoßen, kam in die klassische überzogene Fluglage und stürzte unheimlich schnell ab. Es zerschellte am Rande des Platzes hinter einem Zaun und einem Entwässerungsgraben und ward nicht mehr gesehen; aber gleich darauf loderten Flammen auf, und gleichzeitig explodierten mit großem Getöse die Tanks. Das Mädchen schrie, aber van der Valk nahm keine Notiz davon. Dramatisch bis zum letzten Augenblick, dachte er plötzlich erschöpft. Die Gestalt im Türrahmen hatte gerade noch Zeit gehabt.

Der Fallschirmjäger war abgesprungen.

Kapitel 28

»Dramatisch«, wiederholte er säuerlich für einen ganz verstörten Polizeibeamten. Feuerwehr, Unfallwagen der Polizei, die Kriminalbeamten aus der Gegend und ein protestierender Untersuchungsrichter waren erschienen. Überall wurden Ministerien mit gereizten Telefonanrufen bombardiert. Der DST, dachte van der Valk ärgerlich, lachte wahrscheinlich schadenfroh. Dieser verdammte dickschädlige Narr Laforêt und seine höllischen Dramen verpfuschten alles bis zur letzten Sekunde, nur um sein eigenes Leben zu verpfuschen. Er hatte Mitleid mit Laforêt gehabt, aber jetzt war ihm das fast vergangen. Diese geradezu krankhaft Selbstsüchtigen, die ihr Leben lang die erste Geige hatten spielen wollen und immer noch nichts begriffen, sondern noch etwas tun mußten.

Ach, eigentlich konnte er sich gar nicht beschweren. Es hatte nicht ihm gegolten. Sie war natürlich auch auf ihn gemünzt gewesen, diese letzte wütende prahlerische Geste. Galt auch dem DST und der Vergangenheit, aber vor allem Esther.

»Ach, dieser ganze Verwaltungskram«, brummte der Belgier. Sie wurden beide von aufgeregten Vorgesetzten gescholten. »Ich verstehe das alles sowieso nicht. Natürlich weiß ich von diesem Mord, im Fernsehen und in den Zeitungen ist darüber berichtet worden. Wer ist denn da draußen? Gott, die Presse... Man muß wohl dafür dankbar sein, daß der Irre mit der Maschinenpistole tot ist – ja, wir haben sie gefunden. Die Fotos der Kugeln, die heute abend fertig werden, lassen sich leicht mit denen vergleichen, die Ihre Leute haben. Es ist wirklich die Maschinenpistole, mit der die Marx erschossen worden ist. Doch wer war's denn nun? Ich finde mich da nicht mehr zurecht.«

»Ehrlich gesagt, ich weiß es auch nicht«, sagte van der Valk entschuldigend. »Es wird offen bleiben, bis jemand aus dem Haus den

Mann auf einem Foto erkennt. Es kann ebensogut der eine wie der andere gewesen sein.«

»Aber dieser Laforêt hat doch bestimmt...«

»Sie getötet, als er erfuhr, daß sie mit Desmet geschlafen hatte? Ich bin dessen nicht so sicher. Wenn er's gewesen wäre, hätte man ihn geschnappt, oder er hätte sich selber gestellt und sich umgebracht. Kann ihn mir nicht auf diesem Flugplatz vorstellen, wo er meistens allein war und versuchte, damit fertig zu werden. Ich glaube, er hat gar nicht verstanden, was geschehen war, bis ich erschien, und da legte er ein Geständnis ab – für ihn schien das eine Art Sühne für die Ermordung Esthers zu sein. Ein im Grunde ganz unreifer Mensch.«

»Aber der andere? Warum sollte er sie erschossen haben?«

Van der Valk zuckte die Schultern.

»Warum war er so dumm, eine Pistole auf mich zu richten? Weil er tatsächlich glaubte, es würde ihm nichts passieren. Wenn man einen gewissen Druck auf eine bestimmte Art von Psychopath ausübt, wird er gewalttätig – ich hätte das kommen sehen müssen. Aber als ich eintraf, war ich noch zu neunzig Prozent davon überzeugt, daß es Laforêt gewesen war. Und wie machte man es am besten mit ihm? Man schmierte ihm Honig um den Mund. Haben sie das nicht gern? Sie möchten sich wichtig fühlen, man soll viel Wesens von ihnen machen, ihnen das Gefühl geben, jeder sei hingerissen von ihnen. Wenn ich ihm das alles bot, dessen war ich sicher, kam er wie ein braves Kind mit mir über die Grenze – und ich hätte mich gar nicht um Haftbefehle kümmern müssen. Hätte Sie natürlich davon in Kenntnis gesetzt.«

Der belgische Polizeibeamte kicherte.

»Sie Heuchler. Nun, jetzt sind Sie ertappt«, mit einem Genuß, der aber nicht eigentlich gehässig war, ein wenig amüsiert vielleicht über das Schauspiel, daß ein geschätzter Kollege von seinem Vorgesetzten angebrüllt wurde.

»Nun«, sagte van der Valk, sich verteidigend, »ich wußte nicht, daß es einen materiellen Beweis gab. Diese beiden Dummköpfe haben die Maschinenpistole nicht einmal in den Fluß geworfen.«

Die höheren Dienststellen waren freilich nicht erbaut von van der Valk. Und das kam oft vor. Es besänftigte sie aber der Gedanke, daß das alles dem Staat viel Geld ersparen würde. Sie ließen ihn nur drei Stunden warten, und er versprach, einen ausführlichen Bericht zu schreiben und zugleich eine genaue Aufstellung seiner Ausgaben.

Die Belgier besänftigte der Gedanke, daß das ganze mobile und immobile Vermögen des toten Herrn Desmet konfisziert werden konnte, wenn die bevorstehende Untersuchung die vermuteten Steuerhinterziehungen bestätigte.

Van der Valk hatte noch immer den Mietwagen. Verdammt noch mal, er wußte, die Kasse würde das merken und ihm seine Ausgaben nur bis zur holländischen Grenze ersetzen. War er nicht berechtigt, in den holländischen Eisenbahnen gratis zu fahren? Es würde ihm nichts nützen, wenn er ihnen sagte, daß ihm an jenem besonderen Abend nicht danach gewesen war, mit der holländischen Eisenbahn zu fahren.

Er verließ die Autobahn in Utrecht und bog in die Nebenstraße ein, die zur Küste führt. Über Alphen nach Den Haag. In Alphen sah er auf die Uhr. Ja, es war möglich, zumal jetzt, da Zomerlust keine Eile hatte, nach Hause zu kommen. Er parkte vor einem großen Café gegenüber der Kaserne und ließ den Blick über mehrere Tische schweifen, an denen Männer saßen und fachsimpelten.

»Einen kleinen Gin zum Munterwerden, einen Apfelsaft gegen den Durst. Haben Sie französische Zigaretten?«

»Sind Sie Belgier?«

»Nein, aber ist Zomerlust hier?«

»Jeder fragt nach Zomerlust. Ja, er sitzt dort drüben in der Ecke.«

»Seine Frau ist ermordet worden, das dürfen Sie nicht vergessen.«

»Ach das. Hab's in der Zeitung gelesen. Aber er will nicht darüber sprechen. Sind Sie Journalist?«

»Ja.«

»Hat man den Täter gefaßt?«

»Ja.«

»Das ist immerhin etwas.«

Unteroffizier Zomerlust war kein Trinker.

»Nein, danke, Herr van der Valk. Mehr als zwei Bier trinke ich nie. Ist Ruth artig?«

»Machen Sie sich ihretwegen Sorge?«

»Nein.«

»Ich wollte Ihnen vorschlagen, mal bei mir im Büro vorbeizukommen. Die Sache ist aufgeklärt. Zwei Männer waren daran beteiligt. Sie haben versucht, in einem Flugzeug zu entkommen, aber es ist abgestürzt. Sie sind beide tot. Es wird in den Zeitungen ausführlich darüber berichtet werden und natürlich völlig entstellt. Wenn Sie mehr erfahren möchten – Sie wissen, wohin Sie sich wenden müssen; es ist Ihr Recht.«

Die milden blauen Augen blickten ihn nachdenklich an.

»Ich will das gar nicht lesen und auch nicht zu Ihnen kommen, wenn ich es nicht muß. Ich habe« – er suchte nach dem richtigen Wort – »es aus meinen Gedanken verscheucht. Also zwei Männer. Aber erzählen Sie mir nur nichts von Liebhabern und Eifersucht und derlei, denn das ist Quatsch, und Sie wissen es.«

»Ich denke nicht daran.« Sanft. »Es hatte mit der Vergangenheit zu tun, wie ich immer gedacht habe, und Sie wußten das natürlich.«

»Esthers Vergangenheit war ihre Sache – und ist es noch.«

Nicht zum erstenmal bewunderte van der Valk diesen schlichten würdigen Mann, der gerade durch seine Schlichtheit ein so guter Ehemann für Esther gewesen war.

»Es ist nichts, dessen Sie – oder sie – sich schämen müßten. Zwei Männer, die sie einst gekannt hat. Soldaten. Beide fürchteten, etwas aus ihrer Vergangenheit könnte ans Licht kommen. Sie begegneten ihr ganz zufällig und waren beunruhigt, als sie merkten, daß sie sie erkannte. Der eine war selber ein Erpresser, der andere ein im Grunde harmloser Hysteriker. Sie fürchteten, daß die Vergangenheit ans Licht käme.«

Zomerlust lachte kurz auf.

»Von Esther hätten sie nichts zu befürchten brauchen.«

»Ihre Tragödie war, daß ihnen das nicht klar wurde.«

»Sie war absolut treu. Sich selbst, ihrem Mann, dem, an das sie glaubte. Sie ist tot. Und Sie werden nie wissen, wie sie war.«

»Ich muß jetzt weiter«, sagte van der Valk.

»Gehen Sie Ruths wegen zu einem Anwalt. Ich habe Ihnen mein Wort gegeben – und wenn ich das tue, bleibt es dabei.«

»Ich weiß.«

Er hatte nicht die Zeit gehabt zu telefonieren, und zu Hause erwartete ihn niemand.

»Für alle weichgekochte Eier«, entschied Arlette, zu froh über seine gesunde Heimkehr, als daß sie sich geärgert hätte, weil er sie nicht benachrichtigt hatte.

Ruth saß am Schreibtisch und machte brav ihre Schularbeiten. Ihr Gesicht leuchtete auf, als sie ihn sah, und das rührte ihn. In der Küche zog er andere Schuhe an und berichtete dabei Arlette kurz von allem. Sie begann vorm Herd leise zu weinen und kehrte ihm beharrlich den Rücken. Tränen fielen in das Wasser, in dem die Eier gekocht werden sollten. Er gab ihr liebevoll einen sanften Klaps.

»Nun brauchst du kein Salz mehr reinzutun.«

Er hinkte ins Wohnzimmer zurück, merkte plötzlich, wie unendlich müde er war – er mußte sie für ein paar Minuten allein lassen.

»Ich muß ein Gedicht für morgen auswendig lernen«, sagte Ruth.

»Kannst du's schon?«

»So ziemlich.«

»Gib's mir, ich höre dich ab.«

Das Gedicht war säuberlich abgeschrieben, und auf die Seite hatte sie mit Farbstift Apfelbäume gezeichnet. Vier orthographische Fehler waren mit roter Tinte verbessert.

»Kranker Herbst, von Guillaume Apollinaire«, sagte sie mit wichtiger Miene. »Es ist ein schönes Gedicht.«

»Ein gutes Gedicht«, sagte er.

»Kranker, geliebter Herbst,
du wirst sterben, wenn der Orkan
in den Rosengärten pfeifen wird,
wenn es in den Obstgärten geschneit hat.«

»Bis jetzt sehr gut. Bitte, die zweite Strophe.«

»Armer Herbst,
sterbe weiß und in der Fülle
des Schnees und der reifen Früchte...«

»Am Him...«

»Ach ja...«

»Am Himmel
fliegen Sperber.«

»Am Himmel fliegen Sperber.« Er hatte einen Augenblick vergessen, wo er war. »Entschuldige. Nun die letzte Strophe.«

»Am fernen Waldrand
haben die Hirsche geschrien.
Und wie liebe ich, o Jahreszeit, wie liebe ich deine Geräusche.
Die Früchte fallen, ohne daß man sie pflückt.
Der Wind und der Wald, sie weinen
alle ihre Tränen im Herbst um jedes Blatt.«

»Ich glaube«, meinte van der Valk einsichtig, »du hast dir wirklich einen Gulden verdient.«

»Du hast bestimmt meine geräucherte Gänsebrust vergessen«, schimpfte Arlette beim Hereinstürmen.